Über dieses Buch

Iwan S. Turgenjew war zeitlebens ein unglücklich Liebender. So verwundert es nicht, daß wir gerade ihm einige der schönsten Liebesgeschichten der Weltliteratur verdanken, daß dieses Thema in seinem gesamten erzählerischen Werk immer präsent ist.
In der berühmten Novelle ›Asja‹ wird vom Erzähler rückblikkend aufgezeichnet, wie ganz allmählich jener rätselhafte Prozeß in Gang gebracht wurde, an dessen Ende – zu spät – die Bewußtwerdung seiner Liebe zu Asja stand. Einzigartig in Turgenjews erzählerischem Werk ist die Novelle ›Eine Unglückliche‹, die in ihren dunklen Farben an Dostojewskij erinnert: Erzählt wird die erschütternde Lebensgeschichte einer jungen Frau, die das tragische Scheitern zweier Liebesbeziehungen in den Tod treibt. »Als sublimer erotischer Spiritualist« erweist sich Turgenjew nach den Worten des Literaturhistorikers Stender-Petersen in einer seiner letzten Liebesgeschichten, der Erzählung ›Das Lied der triumphierenden Liebe‹, mit der der Dichter die Phänomene Trance und Somnambulismus aufgreift und mit den orientalischen Elementen der französischen Literatur jener Zeit verbindet. Die Novelle spielt im italienischen Ferrara des 16. Jahrhunderts. Mucius, von einer langen Orientreise zurückgekehrt, verführt mit seinen magischen Kräften Valeria, die junge Frau seines Bruders.

Iwan S. Turgenjew

Liebesgeschichten

Deutscher Taschenbuch Verlag

Vollständige Ausgabe.
Aus dem Russischen übertragen von Ena von Baer
und den Übersetzern der Mitauer Ausgabe.
Mit einem Nachwort, einer Zeittafel und Literaturhinweisen
von Jurij Murašov.

Von Iwan S. Turgenjew
sind im Deutschen Taschenbuch Verlag erschienen:
Väter und Söhne (2113)
Aufzeichnungen eines Jägers (2114)
Unheimliche Geschichten (2116)

April 1983
Deutscher Taschenbuch Verlag GmbH & Co. KG, München

Umschlaggestaltung: Celestino Piatti unter Verwendung
einer Illustration von K. A. Klementjewa
Gesamtherstellung: C. H. Beck'sche Buchdruckerei,
Nördlingen
Printed in Germany · ISBN 3-423-02115-2

INHALT

Asja

1

Ich war damals fünfundzwanzig Jahre alt, begann N. N.; – wie ihr seht, Begebenheiten längst verflossener Tage. Ich hatte mich soeben frei gemacht und war ins Ausland gereist, nicht um »meine Erziehung zu vollenden«, wie man damals zu sagen pflegte, sondern einfach, weil ich mich in Gottes weiter Welt umschauen wollte. Ich war gesund, jung, heiter, an Geld fehlte es mir nicht, Sorgen drückten mich noch nicht – ich lebte in den Tag hinein, tat, was ich wollte, mit einem Wort, ich stand in vollem Flor. Es fiel mir damals nicht ein, daß der Mensch keine Pflanze und seine Blütezeit nicht von Dauer ist. Die Jugend ißt vergoldete Pfefferkuchen und denkt dabei, das eben sei das tägliche Brot; – es kommt aber die Zeit, wo man sich nach einem Stück trockenen Brotes vergebens sehnen wird. Doch es lohnt sich nicht, davon zu reden.

Ich reiste ohne Ziel und Plan; machte überall halt, wo es mir gefiel, und zog weiter, sobald ich das Bedürfnis empfand, andere Gesichter zu sehen – namentlich: Gesichter. Mich interessierten ausschließlich die Menschen; ich haßte die sehenswerten Denkmäler, die Sammlungen von Merkwürdigkeiten, schon der Anblick eines Lohndieners erregte in mir ein Gefühl von Langeweile und Erbitterung; in dem Dresdener »grünen Gewölbe« hätte ich fast den Verstand verloren. Die Natur wirkte mächtig auf mich, ich liebte jedoch nicht ihre sogenannten Schönheiten, ihre gewaltigen Berge, Felsen und Wasserfälle; ich liebte nicht, daß sie sich mir aufdränge, daß sie mich störe. Hingegen die Gesichter, die lebendigen, menschlichen Gesichter – die Rede der Menschen, ihre Bewegungen, ihr Lachen – das war es, was ich nicht entbehren konnte. Mitten in dem Gewühl war mir immer besonders leicht und froh zumute; es machte mir Vergnügen, dorthin zu gehen, wohin andere gingen; zu schreien, wenn andere schrien, und dabei zu sehen, wie diese andern schrien. Es belustigte mich, die Menschen zu beobachten ... ja ich beobachtete sie nicht allein, ich betrachtete sie mit einer gewissen freudigen und unersättlichen Neugier. Doch ich komme wieder von meiner Erzählung ab.

Vor zwanzig Jahren also lebte ich in der kleinen deutschen Stadt S. am linken Ufer des Rheins. Ich suchte die Einsamkeit; ich war von einer jungen Witwe, deren Bekanntschaft ich in einem Bad gemacht hatte, ins Herz getroffen worden. Sie war sehr hübsch und klug, kokettierte mit jedem – und auch mit mir armem Burschen –, anfangs hatte sie mich sogar ermuntert, nachher aber tief gekränkt, indem sie mich einem rotbackigen bayrischen Leutnant opferte. Aufrichtig gesprochen, die Wunde meines Herzens war nicht sehr tief; ich hielt es aber für meine Schuldigkeit, mich für einige Zeit der Traurigkeit und Abgeschiedenheit hinzugeben – woran doch die Jugend Vergnügen findet! – und ließ mich in S. nieder.

Dieses Städtchen gefiel mir wegen seiner Lage am Fuß zweier hoher Hügel, wegen seiner baufälligen Mauern und Türme, seiner hundertjährigen Linden, seiner steilen Brücke über dem klaren, in den Rhein fließenden Bächlein – hauptsächlich jedoch wegen seines guten Weins. In den engen Gassen ergingen sich abends, unmittelbar nach Sonnenuntergang (es war im Juni), allerliebste, blondlockige Rheinländerinnen und wünschten dem Fremden, dem sie begegneten, mit lieblicher Stimme: »Guten Abend!« – Einige von ihnen kehrten selbst dann noch nicht heim, wenn bereits der Mond hinter den spitzen Dächern der alten Häuser emporstieg und die kleinen Steine des Pflasters sich deutlich in seinen unbeweglichen Strahlen abzeichneten. Ich schlenderte dann gern in der Stadt umher; der Mond schien unverwandt vom wolkenlosen Himmel auf sie herab; und die Stadt empfand diesen Blick und lag, in leisen Schlaf gehüllt, friedlich da, ganz vom Mondlicht umflossen, von diesem ruhigen und zugleich die Seele sanft erregenden Lichte. Der Hahn auf dem hohen, gotischen Glockenturm glänzte in mattem Gold; in dem gleichen Gold schillerten auch die Wasserstreifen auf der dunkeln Glanzfläche des Baches; kleine Lichter (der Deutsche geht sparsam um!) brannten bescheiden an den schmalen Fenstern unter den Schieferdächern; die Weinreben streckten geheimnisvoll ihre gekrümmten Ranken hinter der Mauer hervor; etwas huschte im Schatten des alten Brunnens auf dem dreieckigen Marktplatz vorüber, plötzlich ertönte das schläfrige Pfeifen des Nachtwächters, ein gutmütiger Hund knurrte mit halber Stimme, und die Luft umfing so milde das Gesicht, und die Linden dufteten so süß, daß die Brust unwillkürlich tiefer und tiefer Atem holte und das Wort »Gretchen« – halb Ausruf, halb Frage – auf den Lippen schwebte.

Die Stadt S. liegt zwei Werst vom Rhein ab. Ich ging oft, mir den majestätischen Strom zu betrachten, und blieb stundenlang, nicht ohne gewisse Anstrengung von der treulosen Witwe träumend, auf der Steinbank unter der einzeln stehenden, mächtigen Esche sitzen. Eine kleine Statue der Madonna mit einem fast kindlichen Gesicht und einem roten, von Schwertern durchbohrten Herzen auf der Brust blickte traurig aus den Zweigen hervor. An dem gegenüberliegenden Ufer lag das Städtchen L., das etwas größer war als das, in welchem ich mich niedergelassen hatte. Eines Abends saß ich auf meiner Lieblingsbank und schaute bald auf den Fluß, bald zum Himmel, bald auf die Weinberge. Vor mir kletterten blondköpfige Knaben an den Seiten eines auf das Ufer gezogenen Bootes herum, das umgestürzt, mit dem geteerten Kiel nach oben, dalag. Kleine Schiffchen mit leicht geblähten Segeln zogen langsam vorüber; grünliche Wogen glitten kaum gekräuselt mit leisem Rauschen vorbei. Plötzlich ertönten die Klänge einer Musik; ich horchte auf. In der Stadt L. wurde ein Walzer gespielt, der Kontrabaß brummte in abgebrochenen Tönen, die Geige klang unbestimmt dazwischen, die Flöte schrillte eifrig dazu.

»Was ist das?« fragte ich einen herankommenden alten Mann in Plüschweste, blauen Strümpfen und Schuhen mit Schnallen.

»Das«, gab er zur Antwort, das Mundstück seiner Pfeife aus einem Mundwinkel in den andern schiebend, »das sind die Studenten, die aus B. zum Kommers gekommen sind.«

Ich will mir doch diesen Kommers ansehen, dachte ich; ich bin ohnehin in L. noch nicht gewesen. Ich suchte einen Fährmann auf und fuhr hinüber.

2

Vielleicht weiß nicht jeder, was ein solcher Kommers bedeutet. Es ist eine besondere Art feierlichen Gelages, zu welchem sich die Studenten eines Landes oder einer Verbrüderung (»Landsmannschaft«) vereinigen. Fast alle Teilhaber an einem Kommers tragen das von alters her eingeführte Kostüm der deutschen Studenten: kurzer Schnürrock, hohe Stiefel und kleine Mütze mit farbigem Rand. Gewöhnlich versammeln sich die Studenten gegen Mittag unter dem Vorsitz des Seniors und zechen bis zum Morgen, trinken, singen Lieder, den Landesvater, das Gaudeamus, rauchen und machen die Philister herunter; zuweilen mieten sie sich auch ein Musikkorps.

Ein solcher Kommers wurde nun gerade in der Stadt L. vor einem kleinem Wirtshaus, zur Sonne benannt, in einem an die Straße stoßenden Garten abgehalten. Über dem Wirtshaus selbst und im Garten wehten Flaggen; Studenten saßen an Tischen unter gestutzten Lindenbäumen; eine mächtige Dogge lag unter einem der Tische; seitwärts in einer Efeulaube saßen die Musikanten und spielten eifrig auf, wobei sie sich von Zeit zu Zeit durch einen Trunk Bier stärkten. Auf der Straße, vor dem niedrigen Gartenzaun, hatten sich ziemlich viele Leute versammelt: die guten Bürger des Städtchens L. wollten nicht die Gelegenheit vorübergehen lassen, sich die fremden Gäste anzusehen. Ich mischte mich auch unter den Haufen der Zuschauer. Es machte mir Vergnügen, die Gesichter der Studenten zu betrachten; ihre Umarmungen, ihre Ausrufe, das harmlose Kokettieren der Jugend, die feurigen Blicke, das Lachen ohne Grund – das beste Lachen der Welt –, dieses ganze freundliche Brodeln des jugendlich frischen Lebens, dieses Ringen und Vorwärtsstreben – gleich wohin, nur vorwärts –, dieses gutmütige ungebundene Wesen rührte mich und steckte mich an. Soll ich nicht zu ihnen gehen? fragte ich mich ...

»Asja, hast du genug?« fragte plötzlich auf russisch eine Männerstimme hinter mir.

»Warten wir noch«, antwortete eine andere, weibliche Stimme in derselben Sprache.

Ich wandte mich rasch um ... Mein Blick fiel auf einen gut aussehenden jungen Mann mit Mütze und weiter Jacke; er führte am Arm ein Mädchen, nicht hoch von Wuchs, mit einem Strohhut, der den ganzen obern Teil ihres Gesichts bedeckte.

»Sie sind Russen?« brachte ich unwillkürlich hervor.

Der junge Mann lächelte und sagte: »Ja, wir sind Russen.«

»Ich hätte nie erwartet ... in dieser abgelegenen Gegend«, begann ich.

»Wir ebensowenig«, unterbrach er mich, »was tut das? Um so besser. Erlauben Sie, daß wir uns vorstellen: ich heiße Gagin, und das ist meine ...«, er stockte einen Augenblick, »meine Schwester. Und dürfen wir Ihren Namen wissen?«

Ich stellte mich vor, und wir knüpften ein Gespräch an. Ich erfuhr, daß Gagin wie ich zu seinem Vergnügen reise, vor einer Woche in der Stadt L. angekommen sei und sich in ihr niedergelassen habe. Ehrlich gesagt, machte ich ungern im Ausland Bekanntschaft mit Russen. Ich erkannte sie sogar von weitem an ihrem Gang, am Schnitt ihrer Kleidung, hauptsächlich jedoch am Gesicht. Dessen selbstzufriedener und verächtlicher, häufig befehlender Ausdruck pflegt plötzlich einem Ausdruck von Vorsicht und Scheu zu weichen ... In einem Augenblick steht der ganze Mensch Wache, sein Blick schweift unruhig umher ... Du meine Güte! ich hab doch nichts zusammengefaselt, man wird doch nicht über mich lachen? schien dieser bestürzte Blick zu sagen. Noch einen Augenblick – und das Majestätische in der Physiognomie ist wiederhergestellt, um nur noch dann und wann mit stumpfer Unentschlossenheit zu wechseln. Ja, ich mied die Russen, doch Gagin gefiel mir sogleich. Es gibt in der Welt solche glücklichen Gesichter; sie anzusehen ist jedem ein Vergnügen; man fühlt sich durch sie gleichsam erwärmt und geliebkost. Gagin hatte gerade ein solches liebes, freundliches Gesicht mit großen, sanften Augen und weichem, lockigem Haar. Er sprach so, daß man, auch wenn man sein Gesicht nicht sah, allein am Ton seiner Stimme fühlte, daß er lächelte.

Das Mädchen, welches er seine Schwester genannt hatte, schien mir gleich auf den ersten Blick sehr lieblich. Es lag etwas Eigentümliches, Besonderes in den Zügen ihres bräunlichen, runden Gesichts, mit der kleinen, feinen Nase, den fast kindlich gerundeten Wangen und den dunkeln, klaren Augen. Sie war graziös gebaut, jedoch anscheinend noch nicht voll entwickelt. Sie glich ihrem Bruder nicht im geringsten.

»Wollen Sie zu uns kommen?« fragte mich Gagin; »ich denke, wir haben uns die Deutschen genug angesehen. Unsere Landsleute würden freilich Scheiben eingeworfen und Stühle zerbrochen haben, aber die hier sind schrecklich anständig. Was meinst du, Asja, wollen wir nach Hause gehen?«

Das Mädchen nickte bejahend mit dem Kopf.

»Wir wohnen außerhalb der Stadt«, fuhr Gagin fort, »in einem Weinberg, in einem einzeln stehenden Häuschen, hoch oben. Es ist herrlich bei uns, sehn Sie sich's an. Die Wirtin hat versprochen, uns saure Milch zuzubereiten. Es wird ja jetzt bald dunkel werden, und da fahren Sie doch lieber bei Mondlicht über den Rhein.«

Wir machten uns auf den Weg. Durch ein niedriges Stadttor (eine alte Mauer aus Feldsteinen umgab die Stadt von allen Seiten, selbst die Schießscharten waren noch nicht alle zusammengestürzt) traten wir ins Freie, und nachdem wir ungefähr hundert Schritte an einer steinernen Mauer entlanggegangen waren, blieben wir vor einem engen Pförtchen stehen. Gagin öffnete es und führte uns auf einem steilen Weg den Berg hinauf. Zu beiden Seiten waren die Abhänge mit Weinstöcken bepflanzt; die Sonne war eben untergegangen, und ein leichter, purpurner Schimmer ruhte auf den grünen Reben, den langen Stöcken, dem trockenen, mit platten Schieferstücken und Steinen dicht bestreuten Boden und auf der weißen Mauer des kleinen Häuschens, mit dem schrägen und dunkeln Fachwerk und den vier hellen Fenstern, welches ganz oben auf dem Berg stand, den wir jetzt emporkletterten.

»Da ist unsre Wohnung!« rief Gagin aus, als wir uns dem Häuschen näherten, »und da bringt auch schon die Wirtin unsere Milch. Guten Abend, Madam! Wir wollen uns gleich darüber hermachen, doch vorher«, fügte er hinzu, »schauen Sie sich einmal um. Was sagen Sie zu dieser Aussicht?«

Die Aussicht war wirklich wundervoll. Der Rhein lag vor uns, ein Silberstreif zwischen grünen Ufern; an einer Stelle glühte er im purpurgoldenen Schein der untergehenden Sonne. Das am Ufer liegende Städtchen ließ alle seine Häuser und Gassen sehen; Hügel und Felder breiteten sich weithin aus. Unten war es schön, oben jedoch noch schöner: einen besonderen Eindruck machten auf mich die Reinheit und Tiefe des Himmels, die glanzvolle Durchsichtigkeit der Luft. Leicht und frisch wiegte sie sich und strich in sanfter Wellenbewegung hin, als fühlte auch sie sich freier auf der Höhe.

»Sie haben sich ein ausgezeichnetes Quartier gewählt«, sagte ich.

»Asja hat es entdeckt«, erwiderte Gagin; »nun Asja, richt alles her. Laß alles hierher bringen. Wir wollen im Freien zu Abend essen. Hier hört man die Musik besser. Haben Sie's nicht auch bemerkt«, setzte er hinzu; »in der Nähe taugt ein Walzer oft nichts – fade, rauhe Töne; aus der Ferne aber – wunderbar! alle romantischen Saiten des Herzens kommen in Bewegung.«

Asja (eigentlich war ihr Name Anna, Gagin jedoch nannte sie Asja, und ihr erlaubt mir wohl, sie auch so zu nennen), Asja begab sich ins Haus und kehrte bald mit der Hauswirtin zurück. Beide trugen zu zweien ein großes Tablett mit einem Topf voll Milch, Tellern, Löffeln, Zucker, Beeren und Brot. Wir setzten uns und machten uns ans Essen. Asja nahm den Hut ab; ihr schwarzes, etwas beschnittenes und wie bei Knaben frisiertes Haar fiel in dichten Locken über Schultern und Nacken. Anfangs hatte sie Scheu vor mir; aber Gagin sagte zu ihr: »Asja, hör auf, den Kopf einzuziehn! Er beißt nicht.«

Sie lächelte, und bald darauf redete sie mich selbst einige

Male an. Ich habe noch nie ein beweglicheres Wesen gesehen. Nicht einen Augenblick saß sie ruhig; sie stand auf, lief ins Haus, kam wieder heraus, sang mit halblauter Stimme und lachte häufig auf eine sehr seltsame Weise; es schien, als lachte sie nicht über das, was sie hörte, sondern über verschiedene Gedanken, die ihr gerade in den Sinn kamen. Ihre großen Augen blickten offen, hell und furchtlos, zuweilen jedoch zog sie die Lider zusammen, und dann wurde ihr Blick plötzlich tief und sanft.

Wir plauderten so beinahe zwei Stunden. Der Tag war längst erloschen, und der Abend, aus Purpurrot in helles Rosa, dann in bleiches Grau übergehend, löste sich endlich in Nacht auf, unser Gespräch aber floß ununterbrochen, friedlich und ruhig wie die uns umgebende Luft dahin. Gagin ließ eine Flasche Rheinwein bringen, und wir tranken sie, ohne zu eilen, aus. Die Musik war noch immer zu hören; doch die Töne schienen süßer und zarter; Lichter wurden in der Stadt und auf dem Fluß angezündet. Asja neigte plötzlich den Kopf, so daß die Locken ihr über die Augen herabfielen, verstummte und atmete tief auf; dann sagte sie uns, sie wolle schlafen, und ging ins Haus; ich sah jedoch, wie sie, ohne Licht anzuzünden, lange hinter dem geschlossenen Fenster stand. Endlich stieg der Mond herauf und ließ seinen Schein auf der Wasserfläche spielen, alles wurde hell, versank in Schatten, veränderte sich, sogar der Wein in unseren geschliffenen Gläsern erglühte in geheimnisvollem Glanz. Der Wind hatte nachgelassen, gleichsam seine Flügel eingezogen und sich vollständig gelegt; nächtliche, duftende Wärme stieg vom Boden auf.

»Es ist Zeit!« rief ich aus, »sonst finde ich keinen Fährmann mehr.«

»Es ist Zeit«, wiederholte Gagin.

Wir stiegen den Fußpfad hinunter. Plötzlich rollten Steine hinter uns her, es war Asja, die uns nacheilte.

»Schläfst du denn nicht?« fragte sie ihr Bruder, sie aber, ohne ihm Antwort zu geben, lief an uns vorüber. Die letzten ersterbenden Lämpchen, welche die Studenten im Garten des Wirtshauses angezündet hatten, beschienen von unten herauf das Laubwerk der Bäume, was diesen ein festliches und phantastisches Aussehen verlieh. Wir fanden Asja am Ufer: sie unterhielt sich mit dem Fährmann. Ich sprang ins Boot und nahm Abschied von meinen neuen Freunden. Gagin versprach, mich am folgenden Tag zu besuchen; ich drückte ihm die Hand und streckte sie dann Asja hin; sie aber sah mich nur an und nickte mit dem Kopf. Das Boot stieß ab und glitt auf dem raschen Strome dahin. Der Fährmann, ein rüstiger Alter, tauchte mit Anstrengung die Ruder in die dunkle Flut.

»Sie sind in den Mondstreifen hineingefahren, haben ihn zerteilt«, rief Asja mir nach.

Ich senkte das Auge; die Wellen plätscherten, in Dunkel gehüllt, um das Boot herum.

»Leben Sie wohl!« ertönte noch einmal ihre Stimme.

»Bis morgen«, setzte Gagin hinzu.

Das Boot legte an. Ich stieg aus und blickte zurück. Auf dem entgegengesetzten Ufer war niemand mehr zu sehen. Der Mondstreifen zog sich wieder wie eine goldene Brücke über den ganzen Strom. Gleichsam als Abschiedsgruß klangen die Töne eines alten Lannerschen Walzers herüber. Gagin hatte recht gehabt: ich fühlte, daß alle Saiten meines Herzens als Antwort auf jene Klänge erzitterten. Ich ging über die dunkelnden Felder nach Hause, die balsamische Luft langsam einatmend, und erreichte, ganz abgespannt von süßer Erschlaffung zielloser und unendlicher Erwartungen, mein Zimmer. Ich fühlte mich glücklich ... Aber worüber war ich denn glücklich? Ich wünschte nichts, ich dachte an nichts ... ich war glücklich.

Fast lachend im Vollgefühl angenehmer und wechselnder Eindrücke, sank ich in mein Bett und schloß bereits die Augen, als mir plötzlich einfiel, daß ich im Lauf des Abends nicht ein einziges Mal meiner grausamen Schönen gedacht hatte. Was bedeutet denn das? fragte ich mich; bin ich nicht verliebt? Doch als ich mir diese Frage vorgelegt hatte, war ich, wie mir scheint, schon eingeschlafen, wie ein Kind in der Wiege.

3

Am andern Morgen (ich war bereits wach, aber noch nicht aufgestanden) klopfte jemand mit einem Stock unter meinem Fenster, und eine Stimme, die ich sogleich als die Gagins erkannte, stimmte an:

»Noch schläfst Du? Es soll
Die Gitarre Dich wecken ...«

Ich eilte, ihm die Tür zu öffnen.

»Guten Morgen«, sagte Gagin im Hereinkommen, »ich störe Sie etwas früh, aber schauen Sie, was für ein Morgen! Frische, Tau, die Lerchen singen ...«

Mit seinem lockigen, glänzenden Haar, dem bloßen Hals und den rosigen Wangen war er selbst frisch wie der Morgen.

Ich kleidete mich an; wir traten hinaus in den Garten, setzten uns auf eine Bank, ließen uns Kaffee bringen und begannen zu plaudern. Gagin teilte mir seine Zukunftspläne mit: im Besitz eines anständigen Vermögens und völlig unabhängig, wollte er sich der Malerei widmen, nur bedauerte er, daß ihm dieser Gedanke so spät gekommen sei und er viel Zeit unnütz verloren habe; ich erwähnte gleichfalls meine Pläne und vertraute ihm nebenbei das Geheimnis meiner unglücklichen Liebe an. Er hörte mich herablassend an, aber soviel ich bemerken konnte, erregte in ihm meine Leidenschaft keine starke Teilnahme. Nachdem er ein paarmal aus Höflichkeit gegen mich mitgeseufzt hatte, schlug er mir vor, zu ihm zu kommen und seine Studien anzusehen. Ich war sogleich bereit.

Asja trafen wir nicht an. Sie war, nach Aussage der Hauswirtin, auf die »Ruine« gegangen. Zwei Werst vom Städtchen L. befanden sich Überreste einer mittelalterlichen Burg. Gagin legte mir alle seine Mappen vor. In seinen Entwürfen war viel Leben und Wahrheit, eine gewisse Freiheit und Breite, jedoch keiner war ausgeführt, und die Zeichnung war nachlässig und nicht ohne Fehler. Ich sagte ihm meine Meinung freiheraus.

»Ja, ja«, nahm er mit einem Seufzer das Wort, »Sie haben recht; das alles ist sehr schwach und unvollkommen. Was ist dabei zu tun! Ich habe nicht studiert, wie sich's gebührt, und da schlägt noch dazu die slawische Nachlässigkeit durch. Vor der Arbeit ist's, als schwebe man wie im Adlerflug dahin: den Erdball, scheint's, könnte man aus seiner Bahn reißen, kommt's aber zum Handeln, so verliert man gleich die Kraft und wird müde.«

Ich versuchte ihm Mut einzusprechen, er aber wies mich ab mit der Hand, raffte seine Mappen zusammen und warf sie auf den Diwan. – »Wenn die Geduld vorhält, soll noch etwas aus mir werden«, brummte er in den Bart, »wenn nicht – dann bleibe ich Landjunker. Doch gehen wir lieber zu Asja.«

Wir gingen.

4

Der Weg zur Ruine schlängelte sich am Abhang eines bewaldeten Tales hin, in dessen Grund ein Bach rauschend über Gestein rollte, als drängte es ihn, sich in dem großen Strom zu verlieren, der ruhig hinter dem scharfzackigen Bergrand hervorschimmerte. Gagin lenkte meine Aufmerksamkeit auf einige vorteilhaft beleuchtete Punkte; aus seinen Worten sprach, wenn nicht der Maler, so doch gewiß der Künstler. Bald tauchte die Ruine auf. Auf dem Gipfel eines nackten Felsens erhob sich ein viereckiger, ganz geschwärzter, noch fester Turm, der aber durch einen Riß der Länge nach wie zerspalten war. Bemooste Mauern stießen an den Turm; hier und dort rankte sich Efeu; krummästiges Gestrüpp füllte die Schießscharten und eingestürzten Gewölbe. Ein steiniger Weg führte zum Tor, das verschont geblieben war. Wir waren diesem schon nahe, als plötzlich vor uns eine weibliche Gestalt vorbeiglitt, rasch über die Trümmerhaufen dahineilte und sich auf einen Vorsprung der Mauer setzte, gerade über dem Abgrund.

»Das ist ja Asja!« rief Gagin aus, »diese Verrückte!«

Wir traten durch das Tor in einen kleineren Hof, der zur Hälfte mit wild wachsenden Apfelbäumen und Brennesseln überwuchert war. Auf dem Vorsprung saß tatsächlich Asja. Sie wandte das Gesicht zu uns und lachte auf, rührte sich aber nicht von der Stelle. Gagin drohte ihr mit dem Finger, ich machte ihr laut Vorwürfe über ihre Unvorsichtigkeit.

»Lassen Sie das«, flüsterte mir Gagin zu; »reizen Sie sie nicht; Sie kennen sie nicht: sie wäre noch imstande den Turm hinaufzuklettern. Betrachten Sie sich lieber das dort, wie doch die Leutchen hier herum erfinderisch sind.«

Ich blickte mich um: in einem Winkel hatte sich's eine gute Alte in einem engen Gehäuse von Brettern bequem gemacht, strickte ihren Strumpf und schielte durch ihre Brille zu uns herüber. Sie verkaufte an Touristen Bier, Kuchen und Selterswasser. Wir setzten uns auf eine Bank und machten uns an unsere schweren Zinnkannen mit kühlem Bier. Asja saß immer noch unbeweglich da, sie hatte ihre Füße heraufgezogen und um den Kopf eine Schärpe von Nesseltuch geschlungen. Ihre schlanke Gestalt zeichnete sich deutlich und schön auf dem hellen Himmelsgrund ab; aber ich konnte sie nicht ohne Mißvergnügen ansehen. Noch am Tag vorher hatte ich an ihr etwas Gespanntes, Unnatürliches wahrgenommen ... Sie will uns in Erstaunen setzen, dachte ich, wozu das? was für ein kindischer Einfall? Als wenn sie meine Gedanken erraten hätte, warf sie einen raschen und durchdringenden Blick auf mich, lachte auf, sprang in zwei Sätzen die Mauer herab und bat sich, zu der Alten tretend, ein Glas Wasser aus.

»Du glaubst wohl, ich wolle trinken?« sagte sie, zum Bruder gewendet, »nein; es sind da Blumen auf der Mauer, die man unbedingt gießen muß.«

Gagin erwiderte nichts; sie aber kletterte, mit dem Glas in der Hand, die Ruine hinauf, machte von Zeit zu Zeit halt, beugte sich nieder und ließ in ergötzlicher Wichtigtuerei einige Tropfen Wasser herabfallen, die hell in der Sonne glitzerten. Ihre Bewegungen waren sehr anmutig, mich aber ärgerte sie wie zuvor, obgleich ich unwillkürlich ihre Leichtigkeit und Gewandtheit bewunderte. An einer gefährlichen Stelle tat sie absichtlich einen Schrei und lachte dann laut ... das brachte mich noch mehr auf.

»Die klettert ja wie eine Geiß«, brummte die Alte vor sich hin und hielt für einen Augenblick mit Stricken inne.

Inzwischen hatte Asja das Glas geleert und war, sich schelmisch hin und her wiegend, zu uns zurückgekehrt. Ein eigentümliches Lächeln umspielte kaum merklich ihre Brauen, die Nasenflügel und Lippen; halb dreist, halb heiter blinzelten die dunklen Augen.

Sie finden mein Betragen anstößig, schien ihr Gesicht zu sagen, gleichviel: ich weiß doch, daß Sie mich bewundern.

»Sehr gewandt, Asja, sehr gewandt!« sagte Gagin halblaut.

Es war, als fühlte sie plötzlich Scham; sie senkte die langen Wimpern und setzte sich, wie schuldbewußt, bescheiden zu uns. Jetzt zum ersten Male betrachtete ich mir genau ihr Gesicht, das veränderlichste Gesicht, das ich jemals gesehen habe. Einige Augenblicke darauf wurde es ganz bleich und nahm einen gesammelten, fast wehmütigen Ausdruck an; ihre Züge kamen mir jetzt sogar breiter, strenger und einfacher vor. Sie war ganz still geworden. Wir machten einen Gang um die Ruine herum (Asja folgte uns) und ergötzten uns an der Aussicht. Unterdessen rückte die Mittagsstunde heran. Gagin bezahlte die Alte, bat noch um eine Kanne Bier und rief, zu mir gewandt, mit einer hinterlistigen Grimasse: »Auf das Wohl der Dame Ihres Herzens!«

»Hat er denn – haben Sie denn eine solche Dame?« fragte auf einmal Asja.

»Wer hätte denn keine?« erwiderte Gagin.

Asja wurde plötzlich nachdenklich; ihr Gesicht bekam wieder einen andern Ausdruck, das herausfordernde, fast dreiste Lächeln war zurückgekehrt.

Auf dem Heimweg lachte und tollte sie noch ärger. Sie brach sich einen langen Zweig ab, lehnte ihn an ihre Schulter wie eine

Flinte und band sich die Schärpe um den Kopf. Ich erinnere mich, es begegnete uns eine zahlreiche Gesellschaft blondhaariger, gezierter Engländer: wie auf gegebenes Kommando streiften alle in kaltem Erstaunen Asja mit ihren glasigen Blicken, während diese, ihnen zum Trotz, laut zu singen anfing. Zu Hause angekommen, begab sie sich sogleich auf ihr Zimmer und zeigte sich erst kurz vor dem Essen, in ihr bestes Kleid gekleidet, mit sorgfältig gekämmten Haaren und in Handschuhen. Zu Tisch hielt sie sich sehr sittsam, beinahe steif, berührte kaum die Speisen und trank Wasser aus einem Weinglas. Offenbar lag ihr daran, sich mir in einer neuen Rolle vorzustellen – in der Rolle eines anständigen und wohlgesitteten Fräuleins. Gagin ließ sie gewähren; man sah sehr wohl, daß es ihm bereits zur Gewohnheit geworden war, ihr in allem den Willen zu lassen. Zuweilen sah er mich gutmütig an und zuckte leicht mit den Achseln, als wollte er sagen: Sie ist ein Kind; seien Sie nachsichtig. Als das Essen beendet war, erhob sich Asja, machte uns einen Knicks und fragte, den Hut aufsetzend, Gagin, ob sie zur Frau Luise gehen dürfe.

»Seit wann fragst du um Erlaubnis?« erwiderte er mit seinem unwandelbaren, diesmal etwas verwirrten Lächeln; »wird dir die Zeit mit uns lang?«

»Nein, ich habe aber gestern noch Frau Luise versprochen, sie zu besuchen; und dann, meine ich, bleibt ihr beide lieber allein; Herr N.« (sie zeigte auf mich) »wird dir noch etwas erzählen.«

Sie ging.

»Frau Luise«, begann Gagin, bemüht, meinen Blicken auszuweichen, »ist die Witwe eines ehemaligen Bürgermeisters von hier, eine gute, aber beschränkte Alte. Sie hat Asja sehr liebgewonnen. Asjas Leidenschaft ist's, mit Leuten niederer Abkunft Bekanntschaft zu machen; ich habe gefunden: die Ursache davon ist jedesmal der Stolz. Ich habe sie ziemlich verwöhnt, wie Sie sehen«, fügte er nach einer Pause hinzu; »aber was blieb mir übrig? Mit Strenge etwas durchsetzen wollen, das könnte ich bei niemandem, bei ihr nun vollends nicht. Es ist meine *Pflicht*, nachsichtig gegen sie zu sein.«

Ich schwieg. Gagin gab der Unterhaltung eine andere Wendung. Je mehr ich ihn kennenlernte, desto mehr gefiel er mir. Ich hatte ihn bald verstanden. Das war so eine echt russische Seele, wahrheitsliebend, treuherzig, einfach, doch leider etwas träge, ohne Halt und ohne innere Glut. Die Jugend sprudelte nicht in ihm; sie leuchtete in einem stillen Licht. Er war höchst liebenswürdig und gescheit, doch konnte ich mir nicht vorstellen, was wohl aus ihm im Mannesalter werden sollte. Künstler will er werden ... Ohne sauere, beständige Anstrengung wird niemand Künstler; du dich anstrengen, dachte ich beim Anblick des sanften Gesichtes und bei dem langsamen Tonfall seiner Stimme – nein! anstrengen wirst du dich nicht, dich zu beherrschen wird dir nicht gelingen! Und doch war es mir unmöglich, ihn nicht liebzuhaben: das Herz fühlte sich wahrhaft hingezogen zu ihm. Vier Stunden mochten wir miteinander verbracht haben, bald auf dem Sofa sitzend, bald ruhig vor dem Haus auf und ab gehend, und in diesen vier Stunden wurden wir vollends befreundet.

Der Tag hatte sich zu Ende geneigt, und es war Zeit geworden, nach Hause zu gehen. Asja war noch immer nicht heimgekehrt.

»Das ist mir doch ein ausgelassenes Ding«, sagte Gagin; »wenn Sie wollen, begleite ich Sie zurück; unterwegs sprechen wir bei Frau Luise vor; ich frage nach, ob sie noch da ist. Der Umweg ist unbedeutend.«

Wir stiegen in die Stadt hinab, lenkten in eine enge, krumme Quergasse ein und blieben vor einem zwei Fenster breiten, vierstöckigen Haus stehen. Der zweite Stock trat über den untern nach der Gasse zu vor, der dritte und vierte überragten den zweiten noch weiter; das ganze Haus mit seinem altertümlichen Schnitzwerk, den zwei dicken Pfeilern unten, dem scharfkantigen Ziegeldach und dem schnabelartig aus dem Dachboden hervorragenden Wellbaum war einem ungeheuren, höckerigen Vogel ähnlich.

»Asja!« rief Gagin, »bist du da?«

Ein erhelltes Fensterchen im dritten Stock wurde angestoßen und aufgemacht, und wir sahen den dunkelhaarigen Kopf Asjas. Hinter ihr guckte das zahnlose Gesicht einer schwachsichtigen Alten hervor.

»Bin hier«, antwortete Asja, sich mit den Ellenbogen kokett auf die Fensterbrüstung stützend. »Mir gefällt es hier. Da, nimm«, setzte sie hinzu, indem sie Gagin einen Geranienzweig herabwarf, »denk dir, ich wäre die Dame deines Herzens.«

Frau Luise lachte.

»N. geht«, entgegnete Gagin, »er möchte sich von dir verabschieden.«

»Wirklich?« äußerte Asja; »in diesem Fall gib ihm meinen Zweig, ich bin gleich zurück.«

Sie warf das Fenster zu und gab, wie mir schien, Frau Luise einen Kuß. Gagin reichte mir schweigend den Zweig. Schweigend steckte ich ihn in die Tasche, ging zur Überfahrt und ließ mich ans andere Ufer übersetzen.

Ich erinnere mich, während ich nach Hause ging, dachte ich an nichts, fühlte jedoch auf dem Herzen eine eigentümliche Schwere, als mich unerwartet ein scharfer, mir bekannter, in Deutschland jedoch ungewöhnlicher Geruch stutzig machte. Ich blieb stehen und gewahrte abseits vom Weg ein mäßig großes Hanfbeet, dessen Geruch mich sogleich an meine heimatliche Steppe erinnerte. Ein heftiges Heimweh ward in mir rege. Mich überkam das Verlangen, russische Luft zu atmen, auf russischer Erde zu wandeln. »Was mache ich hier, warum treibe ich mich unter Fremden umher?« rief ich aus, und die dumpfe Schwere, die mir auf der Seele lag, verwandelte sich augenblicklich in bittere, brennende Aufregung. Ganz anders gestimmt als am vorigen Tag langte ich zu Hause an. Ich fühlte mich einigermaßen aufgebracht und konnte mich lange nicht beruhigen. Ein mir selbst unerklärlicher Ärger hatte sich meiner bemächtigt. Ich setzte mich endlich, und meiner treulosen Witwe gedenkend (mit offiziellem Gedenken an diese Dame beschloß ich jeden meiner Tage), holte ich einen ihrer Briefe hervor. Ich faltete ihn jedoch nicht einmal auseinander, meine Gedanken hatten bereits eine andere Richtung eingeschlagen. Ich dachte ... dachte an Asja. Mir fiel ein, daß Gagin im Lauf der Unterhaltung von gewissen Hindernissen geredet hatte, die seine Rückkehr nach Rußland erschweren sollten ... »Aber ist sie denn seine Schwester?« rief ich laut.

Ich kleidete mich aus, legte mich zu Bett und versuchte einzuschlafen, aber eine Stunde darauf saß ich bereits auf meinem Lager, und mit dem Ellenbogen auf das Kissen gestützt, dachte ich wieder an das »launische Mädchen mit dem erzwungenen Lachen« ... »Sie sieht wie die kleine Raffaelsche Galathea in der Farnesina aus«, flüsterte ich – »ja; und sie ist nicht seine Schwester ...«

Der Brief der Witwe lag indessen ruhig auf dem Fußboden, weiß schimmernd in den Strahlen des Mondes.

5

Am folgenden Tag begab ich mich abermals nach L. Ich hatte mir eingeredet, ich wolle Gagin besuchen, insgeheim aber zog es mich hin, um zu beobachten, was wohl Asja angeben, ob sie wohl, wie am Tag zuvor, wieder »Extravaganzen« treiben werde. Ich traf beide im Gastzimmer an, und, sonderbar! – war es, weil ich die Nacht und diesen Morgen viel an Rußland gedacht hatte – mir kam Asja wie ein echt russisches Mädchen vor, ja wie ein ganz einfaches, fast wie ein Stubenmädchen. Sie hatte ein abgetragenes Kleid an, ihr Haar war hinter die Ohren zurückgekämmt, sie saß ruhig beim Fenster und arbeitete am Nährahmen, gesetzt, still, als wenn sie es in ihrem Leben nie anders getrieben hätte. Sie sprach fast gar nicht, betrachtete von Zeit zu Zeit ihre Arbeit, und ihre Züge hatten einen so nichtssagenden, alltäglichen Ausdruck, daß ich unwillkürlich an unsere naturwüchsigen Katinkas und Maschenkas erinnert wurde. Die Ähnlichkeit vollständig zu machen, stimmte sie das »Mütterlein, Liebste mein« an. Ich betrachtete ihr gelbliches, mattes Gesicht, gedachte der gestrigen Träumereien, und es wurde mir um irgend etwas leid. Das Wetter war herrlich. Gagin erklärte, er werde heute Studien nach der Natur machen; ich fragte ihn, ob er erlauben wolle, daß ich ihn begleite, ob es ihn nicht stören werde.

»Im Gegenteil«, sagte er; »Sie können mir gute Ratschläge geben.«

Er setzte einen runden Hut à la van Dyck auf, zog sein Malerhemd an, nahm die Mappe unter den Arm und machte sich auf den Weg; langsam folgte ich ihm nach. Asja blieb zu Hause. Im Fortgehen bat Gagin sie, dafür zu sorgen, daß die Suppe nicht zu wässerig werde; Asja versprach, in der Küche nachzusehen. Gagin erreichte einen Talgrund, den ich schon kannte, ließ sich auf einem Stein nieder und begann eine alte, hohle und breitästige Eiche abzuzeichnen. Ich legte mich ins Gras und holte ein Buch hervor, kam jedoch im Lesen nicht über die zweite Seite hinaus, und er verschmierte nur sein Papier; wir schwatzten größtenteils, und wenn mich mein Urteil nicht trügt, diskutierten wir recht klug und scharfsinnig darüber, wie man arbeiten solle, was man zu vermeiden, was sich anzueignen habe und was den wahren Wert des Künstlers unserer Tage ausmache. Gagin erklärte zuletzt, er sei heute nicht aufgelegt; er ließ sich neben mir nieder, und nun erst recht ergoß sich ungefesselt unser jugendliches Geplauder, das bald glühend heiß, bald träumerisch, bald wie begeistert, aber fast immer unbestimmt war und in dem der Russe sich so gern ergeht. Nachdem wir uns satt geplaudert hatten, kehrten wir voll des Gefühls der Befriedigung, etwas getan, etwas erreicht zu haben, nach Hause zurück. Ich fand Asja ganz so, wie ich sie verlassen hatte; wie bemüht ich auch war, Beobachtungen über sie anzustellen – keine Spur von Koketterie, keine Spur einer absichtlich angenommenen Rolle konnte ich an ihr bemerken; diesmal wäre es unmöglich gewesen, sie der Unnatürlichkeit zu beschuldigen.

»Aha!« sagte Gagin; »du hast dir Fasten und Buße auferlegt!« Abends gähnte sie einigemal ohne Verstellung und zog sich zeitig zurück. Ich selbst nahm auch bald Abschied von Gagin, und zu Hause angelangt, überließ ich mich keinen Träumereien mehr; dieser Tag verstrich in nüchternen Empfindungen. Ich erinnere mich jedoch, als ich mich schlafen legte, sagte ich unwillkürlich laut: »Was für ein Chamäleon doch, dieses Mädchen!« – und nach einigem Nachdenken fügte ich hinzu: »Und doch ist sie nicht seine Schwester.«

6

So vergingen zwei ganze Wochen. Ich besuchte Gagins alle Tage. Asja schien mich zu meiden, sie erlaubte sich indessen keine jener Tollheiten mehr, die mich während der zwei ersten Tage unserer Bekanntschaft so sehr befremdet hatten. Mich dünkte, sie war heimlich bekümmert oder verwirrt; auch lachte sie nicht so viel. Ich beobachtete sie mit Interesse.

Sie sprach ziemlich gut Französisch und Deutsch; doch konnte man aus allem bemerken, daß sie von ihrer Kindheit an nicht Frauenhänden anvertraut gewesen war und die sonderbare, ungewöhnliche Erziehung, die sie erhalten, nichts mit der Gagins gemein gehabt hatte. Trotz des Hutes à la van Dyck und des Malerhemdes sprach aus ihm der weiche, etwas verzärtelte großrussische Edelmann, sie aber glich nicht einem Edelfräulein; in allen ihren Bewegungen war etwas Unstetes: das war ein erst vor kurzem aufgesetztes Pfropfreis, ein noch gärender Wein. Von Natur schüchtern und verschämt, ärgerte sie sich doch über ihre Befangenheit, und aus Ärger bemühte sie sich, ungezwungen und dreist zu sein, was ihr nicht immer gelang. Einige Male lenkte ich das Gespräch auf ihr Leben in Rußland, auf ihre Vergangenheit; ungern antwortete sie auf meine Fragen; ich erfuhr jedoch, daß sie vor ihrer Reise ins Ausland längere Zeit auf dem Land zugebracht hatte. Einst traf ich sie mit einem Buch, sie war allein. Den Kopf auf beide Arme gestützt, die Finger tief im Haar verborgen, verschlang sie mit den Augen die Schrift.

»Bravo!« sagte ich, zu ihr herantretend; »Sie sind ja recht fleißig.«

Sie hob den Kopf und sah mich streng und ernst an.

»Sie meinen wohl, ich könnte nur lachen?« sagte sie und wollte sich entfernen.

Ich warf einen Blick auf den Titel des Buches: es war ein französischer Roman.

»Doch ich kann Ihre Wahl nicht billigen«, bemerkte ich.

»Was soll ich denn lesen!« rief sie und fügte, das Buch auf den Tisch werfend, hinzu: »Besser dann, ich vertreibe mir die Zeit mit Tollheiten«, und damit lief sie hinaus in den Garten.

Am Abend desselben Tages las ich Gagin »Hermann und Dorothea« vor. Anfangs machte sich Asja viel bei uns zu schaffen, dann hielt sie plötzlich inne, horchte auf, setzte sich still zu mir und hörte dem Lesen bis zu Ende zu. Am folgenden Tag wurde ich wieder irre an ihr, bis mir einfiel, daß ihr auf einmal der Gedanke gekommen sein müsse, frauenhaft und sittsam zu sein wie Dorothea. Mit einem Wort, sie war mir ein rätselhaftes Wesen. Voll Eigenliebe, reizbar, zog sie mich dennoch an, selbst wenn sie mich böse gemacht hatte. Ich war mehr und mehr überzeugt, daß sie nicht Gagins Schwester war. Sein Benehmen gegen sie war nicht das eines Bruders: es war zu freundlich, zu rücksichtsvoll und dabei etwas gezwungen. Ein eigener Zufall sollte allem Anschein nach meine Vermutungen bestätigen.

Als ich eines Abends zum Weinberg kam, wo Gagins wohnten, fand ich das Pförtchen verschlossen. Ohne viel zu überlegen, begab ich mich an eine ausgebrochene Stelle der Mauer, die ich schon früher bemerkt hatte, und sprang hinüber. Nicht weit von dieser Stelle, seitwärts vom Weg, befand sich eine kleine Akazienlaube; ich hatte sie bereits erreicht und wollte eben vorübergehen ... da vernahm ich plötzlich Asjas Stimme und die mit Heftigkeit und unter Tränen gesprochenen Worte: »Nein, niemanden will ich lieben außer dir, nein, nein, dich nur will ich lieben – und für immer.«

»So höre doch, Asja, beruhige dich«, sagte Gagin; »du weißt ja, ich glaube dir.« Beider Stimmen kamen aus der Laube. Ich sah beide durch die dünnen Zweige. Mich bemerkten sie nicht.

»Dich, dich allein«, wiederholte sie, warf sich ihm um den

Hals, und unter krampfhaftem Schluchzen begann sie ihn zu küssen und sich an seine Brust zu schmiegen. – »Nun denn, genug«, wiederholte er, ihr Haar leicht mit der Hand streichelnd.

Einige Augenblicke blieb ich unbeweglich ... plötzlich raffte ich mich zusammen. – Hervortreten, zu ihnen? – Für nichts in der Welt! durchzuckte mir's das Gehirn. Eiligen Schrittes kehrte ich zu der Mauer zurück, schnellte mich hinüber auf den Weg und erreichte fast laufend meine Wohnung. Ich lächelte, rieb mir die Hände und bewunderte den Zufall, der so unerwartet meinen Verdacht bestätigt hatte (ich hatte keinen Augenblick an dessen Richtigkeit gezweifelt); dabei war mir's aber doch recht weh ums Herz. Verstehen es die, sich zu verstellen! dachte ich bei mir. Und wozu das? Warum wollen sie mich zum besten haben? Das hatte ich nicht von ihnen erwartet ... Und welch ein rührendes Bekenntnis das war!

7

Ich schlief schlecht und stand am folgenden Morgen früh auf, schnürte meinen Ranzen, und nachdem ich meiner Wirtin erklärt hatte, sie brauche mich zur Nacht nicht zu erwarten, lenkte ich meine Schritte in die Berge, den Fluß hinauf, an welchem das Städtchen S. liegt. Diese Berge, ein Ausläufer des Hunsrücks, sind in geologischer Hinsicht sehr interessant, besonders sind sie merkwürdig wegen der Regelmäßigkeit und Reinheit der Basaltschichten; mir war es aber nicht um geologische Forschungen zu tun. Ich konnte mir nicht Rechenschaft darüber geben, was in mir vorging; eins fühlte ich bestimmt, ich verspürte kein Verlangen, die Gagins zu sehen. Ich redete mir ein, der einzige Grund meiner unerwarteten Abneigung gegen sie liege in der Entrüstung über ihre Falschheit. Was zwang sie, sich für Geschwister auszugeben? Dabei bemühte ich mich, nicht mehr an sie zu denken, schlenderte ohne Eile in den Bergen und Tälern umher, ließ mir in den Dorfwirtshäusern in friedlichem Gespräch mit Wirten und Gästen die Zeit vergehen, oder ich legte mich auf einen flachen, von der Sonne erwärmten Stein und sah, wie die Wolken zogen; zudem war ja das Wetter wunderschön. In dieser Weise vergingen mir drei Tage, und nicht ohne Vergnügen – obgleich mir von Zeit zu Zeit das Herz etwas beklommen wurde. Die ruhige Natur jener Gegend entsprach so recht meiner Stimmung. Ich gab mich gänzlich dem Spiel des Zufalls und der auf mich eindringenden Eindrücke hin; ohne Hast sich ablösend, glitten sie an der Seele vorüber und ließen zuletzt ein allgemeines Gefühl in ihr zurück, in welchem sich alles vermengte, was ich in jenen drei Tagen gesehen, gehört und empfunden hatte – alles: leichter Harzgeruch der Wälder; Geschrei und Geklopfe der Spechte; nie verstummendes Gemurmel heller Bäche mit gesprenkelten Forellen auf sandigem Grund; nicht allzu kühne Bergumrisse; graues Gestein; freundliche Dörfer mit ehrwürdigen alten Kirchen und Bäumen; Störche auf Weideplätzen: behagliche Mühlen mit lustig kreisendem Räderwerk; die treuherzigen Gesichter der Landbevölkerung, ihre blauen Kittel und grauen Strümpfe; knarrende, träge Fuhren mit wohlgenährten Gäulen, bisweilen auch mit Kühen davor; jugendliche Fußwanderer mit langem Haar auf saubergehaltenen, mit Apfel- und Birnbäumen besetzten Pfaden. Selbst jetzt noch denke ich mit Vergnügen an die damaligen Eindrücke zurück. Sei mir gegrüßt, bescheidener Winkel germanischen Bodens mit deiner anspruchslosen Genügsamkeit, den überall sichtbaren Anzeichen fleißiger Hände, ausdauernder, wenn auch nicht rascher Arbeit ... Gruß dir und Friede!

Am Ende des dritten Tages kehrte ich nach Hause zurück. Ich vergaß zu sagen, daß ich aus Ärger gegen die Gagins das Bild meiner hartherzigen Witwe wiederherzustellen versucht hatte; – meine Bemühungen waren vergeblich. Als ich an sie zu denken begann, besinne ich mich, erblickte ich vor mir ein kleines Bauernmädchen, ungefähr fünf Jahre alt, aus dessen rundem Gesichtchen neugierige Äuglein mich unschuldig groß anstaunten. Es schaute mich so kindlich treuherzig an ... Es überkam mich eine Scham bei seinem Blick, ich wollte nicht ihm gegenüber eine Lüge auf mich kommen lassen, und sogleich und für immer gab ich meinem früheren Gegenstand den Abschied.

Zu Hause fand ich einen Zettel von Gagin vor. Ihn hatte mein unerwarteter Entschluß befremdet, er machte mir Vorwürfe, daß ich ihn nicht mit mir genommen hätte, und ersuchte mich, zu ihm zu kommen, sobald ich zurückgekehrt wäre. Mißmutig durchflog ich den Zettel, ging aber am folgenden Tag nach L.

8

Gagin empfing mich freundlich, überschüttete mich mit liebevollen Vorwürfen; aber kaum hatte mich Asja erblickt, so brach sie wie absichtlich und ganz ohne Grund in lautes Lachen aus und lief, nach ihrer Weise, sogleich davon. Gagin kam außer Fassung, schalt sie brummend eine Verrückte und bat mich, sie zu entschuldigen. Ich muß gestehen, ich war sehr unwillig über Asja; ohnehin fühlte ich mich nicht behaglich, und da kam noch jenes unnatürliche Lachen und absonderliche Gebaren dazu. Ich tat indessen, als hätte ich nichts bemerkt, und teilte Gagin die Erlebnisse meiner kleinen Reise mit. Er erzählte mir, was er während meiner Abwesenheit gemacht hatte. Es wollte aber mit der Unterhaltung nicht recht gehen; Asja lief ein und aus; endlich erklärte ich, ich hätte eine eilige Arbeit und es sei Zeit, daß ich nach Hause ginge. Gagin wollte mich anfangs zurückhalten, dann aber erbot er sich – mich unverwandt ansehend –, mich zu begleiten. Im Vorzimmer trat Asja unerwartet auf mich zu und reichte mir die Hand; ich drückte kaum merklich ihre Finger und grüßte sie leichthin. Wir fuhren zusammen über den Rhein, kamen an meiner Lieblingsesche mit dem Madonnenbildchen vorbei und setzten uns auf eine Bank, um uns an der Aussicht zu weiden. Dort fand zwischen uns ein bemerkenswertes Gespräch statt.

Anfangs ließen wir nur wenige Worte fallen, versanken dann in Schweigen und hefteten unsere Blicke auf den hellen Strom.

»Sagen Sie«, begann plötzlich Gagin mit seinem gewohnten Lächeln; »welcher Meinung sind Sie über Asja? Nicht wahr, sie muß Ihnen ein wenig sonderbar vorkommen?«

»Ja«, erwiderte ich, nicht ohne einiges Befremden. – Ich hatte nicht erwartet, daß er von ihr reden werde.

»Man muß sie gut kennenlernen, um sie beurteilen zu können«, fuhr er fort; »sie hat ein sehr gutes Herz, aber einen wilden Kopf. Mit ihr ist es schwer auszukommen. Übrigens, ihre Schuld ist es nicht, und wenn Sie ihre Geschichte wüßten ...«

»Ihre Geschichte?« unterbrach ich ihn, »– ist sie denn nicht Ihre ...« Gagin blickte mich an.

»Sollten Sie vielleicht glauben, sie wäre nicht meine Schwester? Nein«, fuhr er fort, ohne auf meine Verwirrung zu achten, »sie ist es doch, eine Tochter meines Vaters. Hören Sie mich an. Ich fühle Zutrauen zu Ihnen und will ihnen alles erzählen.

Mein Vater war ein sehr braver, kluger, gebildeter und unglücklicher Mann. Das Geschick hatte ihm nicht ärger als vielen anderen mitgespielt: doch schon den ersten Stoß, den es ihm gab, ertrug er nicht. Er hatte frühzeitig nach seiner Neigung geheiratet; seine Frau, meine Mutter, starb bald; ich blieb als Kind von sechs Monaten zurück. Mein Vater brachte mich aufs Land, und volle zwölf Jahre ließ er sich nirgends sehen. Er beschäftigte sich selbst mit meiner Erziehung und würde sich niemals von mir getrennt haben, wenn nicht sein Bruder, mein leiblicher Oheim, uns auf unserem Landsitz besucht hätte. Dieser Oheim lebte beständig in Petersburg, wo er einen ziemlich wichtigen Posten bekleidete. Er überredete meinen Vater, der um keinen Preis sein Landgut verlassen mochte, mich seinen Händen anzuvertrauen. Er hielt ihm vor, es sei für einen Knaben meines Alters nachteilig, in völliger Abgeschiedenheit aufzuwachsen, und mit einem ewig niedergeschlagenen und schweigsamen Führer, wie es mein Vater sei, müßte ich unvermeidlich hinter meinen Altersgenossen zurückbleiben, ja mein Charakter selbst könne gar leicht dadurch gefährdet werden. Lange widersetzte sich mein Vater den Vorstellungen seines Bruders, gab aber endlich doch nach. Ich weinte beim Abschied vom Vater; ich liebte ihn, obgleich ich nie auf seinem Gesicht ein Lächeln gesehen hatte; in Petersburg angekommen, hatte ich bald unser finsteres und unheimliches Nest vergessen. Ich kam in die Junkerschule und wurde dann in ein Garderegiment gesteckt. Alljährlich besuchte ich auf einige Wochen unser Landgut und fand, daß mein Vater mit jedem Jahr trauriger, in sich versunkener und schwermütig bis zur Ängstlichkeit wurde. Er besuchte die Kirche täglich und hatte beinahe das Reden verlernt. Bei einem meiner Besuche (ich stand schon in den Zwanzigern) sah ich zum ersten Male in unserem Haus ein kleines, abgemagertes, schwarzäugiges Mädchen, das etwa zehn Jahre alt sein mochte, das war – Asja. Der Vater sagte, sie sei eine Waise, die er zur Verpflegung angenommen habe – das waren genau seine Worte. Ich gab nicht weiter acht auf sie; sie war wild, behend und schweigsam wie ein kleines Tier, und wenn ich das Lieblingszimmer meines Vaters betrat, ein großes, finsteres Gemach, in dem meine Mutter gestorben war und in dem sogar bei Tag Licht angezündet werden mußte, verkroch sie sich immer hinter Vaters altmodischen Lehnstuhl oder hinter den Bücherschrank. Es traf sich, daß ich während der drei bis vier folgenden Jahre meiner Dienstpflichten halber verhindert wurde, unser Landgut zu besuchen. Jeden Monat bekam ich vom Vater einen kurzen Brief; nur selten, und auch dann nur obenhin, wurde Asja erwähnt. Mein Vater war bereits über die Fünfzig, sah aber noch wie ein junger Mann aus. Stellen Sie sich mein Entsetzen vor: plötzlich bekomme ich ganz unerwartet einen Brief vom Verwalter, worin er mir eine tödliche Krankheit meines Vaters meldet und mich dringend bittet, so schnell als möglich zu kommen, wenn ich noch Abschied von ihm nehmen wolle. Ich flog Hals über Kopf und traf meinen Vater noch am Leben, aber im Verscheiden. Meine Gegenwart freute ihn außerordentlich, er zog mich in seine abgezehrten Arme, heftete auf mich einen langen, halb prüfenden, halb flehenden Blick, und nachdem er mir das Versprechen, seine letzte Bitte zu erfüllen, abgenommen hatte, befahl er seinem alten Kammerdiener, Asja zu holen. Der Alte führte sie zu ihm, sie hielt sich kaum auf den Beinen und zitterte am ganzen Leib.

‚Da, nimm', sprach mein Vater mit Anstrengung zu mir, ‚ich hinterlasse dir meine Tochter – deine Schwester. Du wirst alles von Jakow erfahren', setzte er hinzu, indem er auf den Kammerdiener wies.

Asja schluchzte laut und fiel mit dem Gesicht aufs Bett ... Eine halbe Stunde darauf war mein Vater verschieden.

Ich erfuhr folgendes: Asja war die Tochter meines Vaters und eines ehemaligen Stubenmädchens meiner Mutter, Tatjana. Lebhaft schwebt sie mir vor, diese Tatjana, mit ihrer hohen, schlanken Gestalt, mit dem regelmäßigen, ernsten Gesicht, den strengen, dunklen Augen. Sie hatte den Ruf eines stolzen, unnahbaren Mädchens. Soviel ich aus der ehrerbietigen, zurückhaltenden Rede Jakows entnehmen konnte, hatte mein Vater einige Jahre nach dem Tod meiner Mutter ein Verhältnis mit ihr begonnen. Zu jener Zeit befand sich Tatjana nicht mehr im herrschaftlichen Haus, sondern bei ihrer verheirateten Schwester, der Viehwärterin, in einem besondern Bauernhaus. Mein Vater fühlte sich sehr an sie gebunden und wollte sie sogar, nach meiner Abreise vom Landgut, heiraten, sie selbst aber lehnte es trotz seiner Bitten ab.

‚Die verstorbene Tatjana Wasiljewna', so berichtete mir, mit hinter dem Rücken verschränkten Händen an der Tür stehend, Jakow, ‚war in allen Stücken sehr bedachtsam und wollte Ihren Vater nicht kränken. ›Eine rechte Frau, die ich für Sie wäre! Eine wahre Edelfrau!‹ hat sie gesagt, in meiner Gegenwart hat sie es gesagt.' Tatjana wollte nicht einmal zu uns ins Haus, sondern blieb, nach wie vor, bei ihrer Schwester wohnen, mit Asja zusammen. Ich hatte als Kind Tatjana oft an Feiertagen in der Kirche gesehen. Sie stand mitten unter dem Volk, gewöhnlich am Fenster, trug ein dunkles Tuch um den Kopf gebunden und einen gelben Schal auf den Schultern – das strenge Profil ihres Gesichts stach von der durchsichtigen Scheibe scharf ab – sie betete inbrünstig und demütig und machte tiefe Verbeugungen, nach alter Sitte. Als der Oheim mich fortnahm, war Asja erst zwei Jahre, und als sie ihre Mutter verlor, neun Jahre alt.

Gleich nach Tatjanas Tod nahm mein Vater Asja zu sich ins Haus. Schon früher hatte er den Wunsch geäußert, sie bei sich zu haben, Tatjana hatte es ihm aber abgeschlagen. Sie können sich vorstellen, was in Asja vorgehen mußte, als sie zum Gutsherrn ins Haus genommen wurde. Bis auf den heutigen Tag kann sie die Stunde nicht vergessen, als man ihr zum ersten Male ein seidenes Kleid anlegte und ihr das Händchen küßte. Bei Lebzeiten der Mutter wurde sie von dieser sehr streng gehalten; beim Vater ließ man ihr volle Freiheit. Er wurde ihr Erzieher; außer ihm sah sie niemanden. Er verhätschelte sie nicht, ich will sagen, er trug sich nicht mit ihr herum wie eine Kinderfrau, liebte sie aber leidenschaftlich und versagte ihr nichts: er war sich ihr gegenüber einer Schuld bewußt. Asja merkte bald, daß sie die Hauptperson im Hause war, sie wußte, daß der Gutsherr ihr Vater war, jedoch ebenso bald begriff sie auch ihre zweideutige Stellung; Eigenwillen und Mißtrauen entwickelten sich bei ihr in hohem Grad; schlechte Gewohnheiten wurzelten sich ein, die Einfalt verschwand. Sie wollte (das hat sie mir selbst einmal bekannt) die *ganze Welt* zwingen, ihre Abkunft zu vergessen, sie schämte sich ihrer Mutter; schämte sich, daß sie sich ihrer geschämt hatte, und war wieder stolz auf sie. Sie sehen, sie wußte und weiß vieles, was man in ihrem Alter nicht wissen sollte... Liegt aber die Schuld an ihr? Die Kraft der Jugend kochte in ihr, das Blut wallte, und in der Nähe keine Hand, die sie geleitet hätte... Vollkommenste Unabhängigkeit in allem! Läßt sich aber eine solche leicht ertragen? Sie wollte anderen Fräulein nicht nachstehen. Sie warf sich auf Bücher. Was konnte da Gutes herauskommen? Das regellos begonnene Leben fuhr fort, sich regellos zu entfalten, doch blieb das Herz unverderbt und der Verstand gesund.

Und so sah ich mich zwanzigjährigen Burschen mit der Sorge um ein dreizehnjähriges Mädchen behaftet! In den ersten Tagen nach dem Tode des Vaters verursachte meine Stimme ihr ein Gefühl wie Fieberschauer, meine Liebkosungen machten sie schwermütig, und erst nach und nach, nur allmählich, gewöhnte sie sich an mich. Und später, nachdem sie die Gewißheit gewonnen hatte, daß ich sie wirklich als meine Schwester betrachtete und sie wie eine Schwester liebte, hing sie mir leidenschaftlich an: bei ihr ist kein Gefühl halb.

Ich brachte sie nach Petersburg. Wie schwer mir's auch wurde, mich von ihr zu trennen – zusammenleben mit ihr konnte ich in keinem Fall; ich tat sie in eine der besten Erziehungsanstalten: Asja sah die Notwendigkeit unserer Trennung ein; doch hatte es eine Krankheit zur Folge, an der sie beinahe gestorben wäre. Nach und nach wurde es verschmerzt, und sie verlebte vier Jahre in der Anstalt, blieb aber auch da, wider mein Erwarten, fast dieselbe, die sie bis dahin gewesen war. Die Vorsteherin der Anstalt klagte mir oft: ‚Sie bestrafen', sagte sie gewöhnlich, ‚kann man nicht; und mit Freundlichkeit kommt man bei ihr nicht weit.' Asja faßte alles ungewöhnlich leicht auf, lernte vorzüglich, besser als alle; war aber durchaus nicht in den allgemeinen Rahmen zu bringen; sie widerstrebte, schmollte ... Ich konnte es ihr nicht sehr verargen: in ihrer Stellung bleibt ihr nur, entweder sich jedermann dienstfertig zu zeigen oder sich vor jedermann zu scheuen. Von allen ihren Gefährtinnen stand ihr nur eine näher, ein unansehnliches, zurückgesetztes und armes Mädchen. Die übrigen jungen Mädchen, mit welchen sie erzogen wurde, großenteils aus guten Familien, liebten sie nicht, reizten sie auf und stichelten sie, wo sie nur konnten; Asja gab ihnen nicht um ein Haar nach. Einmal, während der Religionsstunde, kam der Lehrer auf den Begriff des Lasters zu sprechen. ‚Schmeichelei und Feigheit', äußerte Asja laut, ‚sind die ärgsten Laster.' Mit einem Wort, sie fuhr fort, ihren eigenen Weg zu wandeln, nur ihre Umgangsformen besserten sich, doch auch in dieser Hinsicht hat sie, wie mir scheint, keine erheblichen Fortschritte gemacht.

Sie hatte ihr siebzehntes Jahr erreicht; noch länger in der Anstalt zu bleiben war nicht möglich. Ich befand mich in großer Verlegenheit. Da kam mir auf einmal der glückliche Einfall, meine Entlassung aus dem Dienst zu nehmen und auf ein oder zwei Jahre mit Asja ins Ausland zu reisen. Gedacht – getan, und da sind wir nun beide an den Ufern des Rheins, wo ich mich bemühe, die Malerei zu erlernen, aber sie ... treibt wie früher allen möglichen Mutwillen. Nun aber muß ich hoffen, Sie werden kein zu strenges Urteil über sie fällen, denn, wie sie sich da auch verstellen mag, als sei ihr alles gleichgültig – es liegt ihr doch viel an der Meinung anderer und besonders an der Ihrigen.«

Und Gagin lächelte wieder mit seinem sanften Lächeln. Ich drückte ihm kräftig die Hand.

»So stehen nun die Dinge«, fuhr Gagin fort; »ich habe aber doch mit ihr meine Not. Ein wahrer Feuerbrand, das Mädchen.

Bis jetzt hat ihr noch niemand gefallen, wehe aber, wenn sie sich in einen verliebt! Zuweilen weiß ich gar nicht, was ich mit ihr anfangen soll. Fiel es ihr doch neulich ein, mir vorzuwerfen, ich wäre gegen sie kälter geworden, sie aber liebe allein mich und werde ihr Leben lang allein mich lieben ... Und wie sie dabei geschluchzt hat! ...«

Also das war es ... sagte ich bei mir und biß mich auf die Lippen. »Aber sagen Sie doch«, fragte ich Gagin, »da wir nun einmal offen zueinander geworden sind – sollte ihr denn in der Tat bis jetzt noch niemand gefallen haben? In Petersburg hat sie doch gewiß junge Männer gesehen?«

»Und die eben gefallen ihr ganz und gar nicht. Nein, Asja will einen Helden, einen außergewöhnlichen Menschen oder einen malerischen Schäfer in einer Bergschlucht. Doch ich hab mich mit Ihnen verplaudert, ich halte Sie auf«, setzte er hinzu, indem er sich erhob.

»Hören Sie«, sagte ich, »gehen wir zu Ihnen, ich möchte noch nicht nach Hause.«

»Und Ihre Arbeit?«

Ich antwortete nichts; gutmütig lächelte Gagin, und wir kehrten nach L. zurück. Als ich das bekannte Weingärtchen und das weiße Häuschen oben auf dem Berg zu Gesicht bekam, wurde mir's gewissermaßen warm, ja, das eben war's – es wurde mir warm und weich ums Herz, als hätte mir jemand unbemerkt Balsam darauf geträufelt. Mir wurde leicht nach Gagins Erzählung.

9

Asja begegnete uns auf der Schwelle des Hauses; ich erwartete, sie werde wieder lachen, sie trat uns aber bleich, schweigsam und mit gesenktem Blick entgegen.

»Da ist er wieder«, redete Gagin sie an, »und merk dir's, sein eigener Wunsch ist's gewesen, zurückzukommen.«

Asja blickte mich fragend an. Ich reichte ihr die Hand und drückte diesmal fest ihre kalten, feinen Finger. Sie tat mir sehr leid; jetzt verstand ich vieles, was mich früher an ihr irregemacht hatte: ihre innere Unruhe, ihr anstößiges Benehmen, ihr Bestreben, sich anders zu zeigen, als sie war – alles war mir klar geworden. Ich hatte einen Blick in diese Seele getan: es lastete auf ihr ein beständiger Druck, angstvoll kämpfte und arbeitete dieser unerfahrene Eigenwille, ihr ganzes Wesen strebte jedoch nach Wahrheit. Ich hatte es begriffen, warum mich dieses sonderbare Mädchen anzog; nicht bloß die über ihre ganze Gestalt ausgegossene Anmut, es war ihre Seele, die mir gefiel.

Gagin stöberte unter seinen Zeichnungen umher; ich schlug Asja vor, mit mir einen Spaziergang durch den Weinberg zu machen. Mit heiterer, fast ergebener Bereitwilligkeit ging sie darauf ein. Wir stiegen den Berg zur Hälfte hinab und ließen uns auf einer breiten Platte nieder.

»Und es war Ihnen ohne uns nicht langweilig?« begann Asja.

»War es Ihnen denn ohne mich langweilig?« fragte ich.

Asja sah mich von der Seite an.

»Ja«, erwiderte sie. »Ist es hübsch in den Bergen?« fuhr sie sogleich fort; »sind sie hoch? Höher als die Wolken? Erzählen Sie mir, was Sie gesehen haben. Meinem Bruder haben Sie's erzählt, ich habe aber nichts gehört.«

»Warum mußten Sie auch fortgehen?« warf ich hin.

»Ich tat es . . . weil . . . Jetzt werde ich nicht fortgehen«, setzte sie mit zutraulicher, sanfter Stimme hinzu. »Sie waren heute böse.«

»Ich?«

»Sie.«

»Weswegen denn? Ich bitte Sie . . .«

»Weiß nicht, Sie waren aber böse und gingen böse davon. Es war mir sehr unangenehm, daß Sie so fortgingen, und ich freue mich, daß Sie wiedergekommen sind.«

»Und mich freut es gleichfalls«, entgegnete ich.

Asja bewegte leicht die Schultern, eine nach der andern, wie Kinder es zu tun pflegen, wenn ihnen behaglich zumute ist.

»Oh, ich verstehe mich aufs Erraten!« fuhr sie fort; »in früherer Zeit brauchte der Vater bloß zu husten, so erkannte ich daran sogleich, ob er mit mir zufrieden war oder nicht.«

Bis zu dieser Stunde hatte Asja mit mir noch nie von ihrem Vater gesprochen. Das fiel mir auf.

»Sie hatten Ihren Vater lieb?« fragte ich und fühlte zu meinem großen Verdruß, daß ich rot wurde.

Sie erwiderte nichts, errötete aber auch. Wir verstummten beide. In der Ferne zog rauchend ein Dampfschiff auf dem Rhein dahin. Unsere Blicke folgten ihm nach.

»Warum erzählen Sie nichts?« sagte Asja halblaut.

»Weshalb lachten Sie heute auf, als Sie mich sahen?« fragte ich.

»Ich weiß es selbst nicht. Manchmal möcht ich weinen und muß lachen. Sie dürfen mich nicht beurteilen ... nach dem, was ich treibe. Ach, um es nicht zu vergessen, was für ein Märchen ist das, von der Lorelei? Das ist doch wohl ihr Fels, den man dort sieht? Es heißt, sie habe früher jeden unters Wasser gezogen, als sie aber mit der Liebe bekannt wurde, sich selbst hineingestürzt. Mir gefällt diese Sage. Frau Luise erzählt mir allerlei Märchen. Frau Luise hat einen schwarzen Kater mit gelben Augen ...«

Asja hob den Kopf und schüttelte ihre Locken.

»Ach, wie wohl fühle ich mich«, sagte sie.

In diesem Moment schlugen abgebrochene, einförmige Töne an unser Ohr. Hunderte von Stimmen auf einmal wiederholten in gemessenen Pausen einen Kirchengesang: eine Schar Pilger zog unten auf dem Weg mit Kreuzen und Fahnen vorüber.

»Ich wollte mit ihnen gehn«, rief Asja, indem sie dem allmählich verhallenden Stimmenschall lauschte.

»Sind Sie so fromm?«

»Ich möchte irgendwohin, weit fort, um zu beten, um etwas Schwieriges zu vollbringen«, setzte sie hinzu. »Die Tage eilen vorüber, das Leben wird ablaufen, und was haben wir geleistet?«

»Sie sind ehrgeizig«, bemerkte ich; »Sie möchten nicht umsonst gelebt haben, Sie möchten Spuren Ihres Daseins hinterlassen.«

»Wäre das denn unmöglich?«

Unmöglich, hätte ich fast nachgesprochen ... Ich tat einen Blick in ihre hellen Augen und sagte nur: »Versuchen Sie's!«

»Sagen Sie«, begann Asja nach einigem Schweigen, während flüchtige Schatten auf ihrem schon wieder bleich gewordenen Gesicht vorüberzogen, »jene Dame hatte Ihnen sehr gefallen ... Erinnern Sie sich, mein Bruder trank noch, in der Ruine, auf ihre Gesundheit; es war am Tag, nachdem wir bekannt wurden?«

Ich lachte auf.

»Es war ein Scherz von Ihrem Bruder; keine Dame hatte mir gefallen, jetzt wenigstens gefällt mir keine.«

»Was aber gefällt Ihnen an den Frauen?« fragte Asja, indem sie in unschuldiger Neugier den Kopf hob.

»Was für eine sonderbare Frage!« rief ich aus.

Asja wurde etwas verwirrt.

»Ich hätte nicht so eine Frage an Sie richten sollen, nicht

wahr? Entschuldigen Sie alles, ich bin es gewohnt, alles auszuplaudern, was mir durch den Kopf geht. Deshalb fürchte ich mich ja auch, zu reden.«

»Reden Sie nur, um Gottes willen, fürchten Sie sich nicht«, nahm ich das Wort; »ich bin so froh, daß Sie endlich aufhören, schüchtern zu sein.« Asja senkte den Blick und lachte mit einem stillen und leichten Lachen; dieses Lachen kannte ich nicht an ihr.

»Nun, so erzählen Sie denn«, fuhr sie fort, indem sie ihr Kleid glättete und über die Füße zog, als wollte sie länger sitzen bleiben, »erzählen Sie, oder lesen Sie mir etwas vor, wie damals, als Sie uns aus dem ‚Onegin' vorlasen.«

Sie wurde auf einmal nachdenklich ...

»Wo jetzt im Schatten grüner Zweige
Das Kreuz auf meiner Mutter Grab ...«

sagte sie leise vor sich hin.

»Bei Puschkin lauten diese Verse etwas anders«, bemerkte ich*.

»Ich möchte doch die Tatjana Puschkins sein«, fuhr sie, immer noch in Gedanken verloren, fort. »Erzählen Sie«, rief sie plötzlich lebhaft.

Mir war es aber nicht darum zu tun. Ich betrachtete sie, wie sie, von hellem Sonnenschein umflossen, ganz beruhigt und sanft dasaß. Alles um uns herum strahlte von Lust, unter und über uns – Himmel, Erde und Gewässer. Die Luft selbst, so schien es, war von Glanz getränkt.

»Sehen Sie doch, wie schön!« sagte ich, unwillkürlich die Stimme senkend.

»Ja; schön!« erwiderte sie ebenso leise, ohne mich anzusehen. »Wären wir beide Vögel – wie wollten wir uns da aufschwingen, wie würden wir fliegen ... ganz hineintauchen in dieses Blau ... Wir sind aber keine Vögel.«

»Es können uns aber doch Flügel wachsen«, erwiderte ich.

»Wie denn das?«

»Mit der Zeit – werden Sie es erleben. Es gibt Gefühle, die uns der Erde entrücken. Seien Sie unbesorgt, Sie werden Flügel bekommen.«

»Haben Sie denn welche gehabt?«

* Bei Puschkin heißt es »auf meiner Amme Grab« (Anmerkung des Übersetzers).

»Wie soll ich das sagen ... Bis jetzt, glaube ich, bin ich noch nicht geflogen.«

Asja verfiel wieder in Nachdenken. Ich beugte mich etwas zu ihr.

»Können Sie Walzer tanzen?« fragte sie unvermutet.

»Ich kann es«, erwiderte ich etwas befremdet.

»Dann kommen Sie, kommen Sie ... Ich werde meinen Bruder bitten, uns einen Walzer vorzuspielen ... Wir wollen uns einbilden, wir flögen, es wären uns Flügel gewachsen.«

Sie lief in das Haus. Ich eilte ihr nach, und einige Minuten darauf drehten wir uns in die Runde im engen Zimmer zu den lieblichen Tönen Lanners. Asja tanzte sehr gut, mit Geschick und Leichtigkeit. Etwas Weiches, Weibliches kam plötzlich in ihren kindlich-ernsten Zügen zum Vorschein. Noch lange hernach empfand meine Hand die Berührung ihres zarten Körpers, lange noch glaubte ich ihren nahen, beschleunigten Atem zu fühlen und die dunkeln, unbeweglichen, halb geschlossenen Augen des bleichen, doch belebten und von Locken umwallten Gesichtes vor mir zu haben.

10

Dieser ganze Tag verging, wie man es nicht besser wünschen konnte. Wir waren heiter wie Kinder. Asja war sehr liebenswürdig und natürlich. Für Gagin war es eine Freude, sie anzusehen. Ich verließ sie spät. In die Mitte des Rheins gelangt, bat ich den Fährmann, das Boot dem Lauf der Strömung zu überlassen. Der Alte hielt die Ruder empor – und der majestätische Strom trug uns dahin. Während ich um mich schaute, lauschte, Vergangenes in mir wachrief, empfand ich auf einmal eine geheime Unruhe im Herzen ... ich wandte die Augen zum Himmel – aber am Himmel war auch keine Ruhe; mit seinem glänzenden Sternenheer war er in steter Bewegung, kreiste, zitterte hin und her; ich beugte mich nieder zum Strom ... aber auch da, in der finsteren, kalten Tiefe, hüpften und flimmerten Sterne; überall begegnete mir unruhiger Lebensgeist – und die Unruhe in mir selbst wurde mächtiger. Ich stützte mich auf den Rand des Bootes. Das Säuseln des Windes um meine Ohren, das leise Plätschern des Wassers am Heck des Bootes regten mich auf, und der frische Hauch der Wellen kühlte mich nicht ab; am Ufer stimmte eine Nachtigall ihr Lied an, und dieses Lied wirkte auf mich wie süßes Gift. Tränen traten mir in die Augen, aber nicht Tränen eines gegenstandslosen Entzückens. Was ich empfand, war nicht jenes unbestimmte, erst unlängst ausgestandene Gefühl unermeßlichen Verlangens, wobei die Seele so weit, so volltönend wird und es ihr scheint, sie umfasse alles, sie liebe alles... Nein! in mir war die Begierde nach Glück entbrannt. Noch durfte ich es nicht bei seinem Namen nennen – Glück aber, Glück bis zur Übersättigung – das war es, wonach mich verlangte, wonach ich mich sehnte... Das Boot schwamm indes weiter, und der alte Fährmann saß, über die Ruder gebeugt, und schlummerte.

11

Am folgenden Tag, auf dem Wege zu Gagins, befragte ich mich nicht, ob ich in Asja verliebt sei, ich dachte jedoch viel an sie; ihr Schicksal interessierte mich, ich freute mich unseres unverhofften Zusammenkommens. Ich fühlte, daß ich sie erst seit dem gestrigen Tag kennengelernt hatte; bis dahin hatte sie sich von mir abgewendet. Und jetzt, nachdem sie sich mir endlich zu erkennen gegeben hatte, in welchem reizenden Licht erschien mir da ihr Bild, wie neu war es für mich, welch geheimer Zauber leuchtete mir aus ihm entgegen...

Rüstig schritt ich fort auf dem bekannten Pfad, immerzu nach dem in der Ferne weiß schimmernden Häuschen spähend; ich dachte nicht an die Zukunft – dachte nicht einmal an den morgigen Tag; mir war überaus wohl zumute.

Asja errötete, als ich in das Zimmer trat; ich bemerkte, daß sie sich wieder herausgeputzt hatte, der Ausdruck ihres Gesichtes paßte jedoch nicht zu dem Schmuck: er war traurig. Und ich kam so heiter gestimmt! Ich glaube sogar, sie hatte nach ihrer Gewohnheit davonlaufen wollen, sich aber Gewalt angetan – und war geblieben. Gagin fand ich in jener eigentümlichen Stimmung künstlerischen Feuereifers, welcher Dilettanten unversehens zu überfallen pflegt, sooft sie sich einbilden, es sei ihnen gelungen, die »Natur beim Schopf zu fassen«, wie sie es nennen. Er stand, mit zerwühltem Haar und mit Farben bespritzt, vor einer frischen Leinwand und strich auf ihr fast ungestüm mit dem Pinsel herum. Wie wütend nickte er mir mit dem Kopf zu, trat zurück, schloß die Augen halb und stürzte sich dann wieder auf sein Bild. Ich wollte ihn nicht stören und setzte mich zu Asja. Langsam wandten sich ihre dunkeln Augen mir zu.

»Sie sind heute nicht so, wie Sie gestern waren«, warf ich hin, nachdem ich vergebliche Versuche gemacht hatte, ein Lächeln auf ihren Lippen hervorzurufen.

»Ja, nicht so«, erwiderte sie mit langsamer und gedämpfter Stimme. »Das ist aber nichts. Ich habe nicht gut geschlafen und die ganze Nacht gedacht.«

»An was?«

»Ach, an vieles habe ich gedacht. Von Kindheit an war das so meine Gewohnheit: schon zu jener Zeit, als ich noch mit meiner Mutter lebte.«

Sie brachte dieses Wort mit einiger Anstrengung hervor und wiederholte dann nochmals: »Als ich mit meiner Mutter lebte ... Ich dachte, warum kann niemand vorauswissen, was sich mit ihm zutragen wird: man sieht sogar zuweilen das Unglück kommen – und doch kann man ihm nicht entgehen; und warum darf man nicht immer die Wahrheit frei heraussagen? ... Dann dachte ich daran, daß ich nichts weiß, daß ich noch lernen muß. Man sollte mich aufs neue erziehen, ich bin sehr schlecht erzogen worden. Ich verstehe nicht, Klavier zu spielen, kann nicht zeichnen, nähe sogar erbärmlich. Ich habe keine Fähigkeiten, man muß sich mit mir sehr langweilen.«

»Sie sind ungerecht gegen sich«, erwiderte ich. »Sie haben viel gelesen, sind gebildet, und mit Ihrem Verstand ...«

»Ich habe Verstand?« fragte sie naiv-wißbegierig, daß ich unwillkürlich auflachen mußte. Sie lächelte nicht einmal. »Bruder, hab ich Verstand?« fragte sie Gagin.

Er gab ihr keine Antwort und fuhr in seiner Arbeit fort, beständig die Pinsel tauschend und mit hochgehaltenem Arm.

»Ich bin mir manchmal selbst nicht bewußt, was mir im Kopf steckt«, fuhr Asja mit demselben gedankenvollen Ausdruck fort. »Zu gewissen Zeiten fürchte ich mich vor mir selbst, wahrhaftig. Ach, ich möcht so gern ... Ist es denn wahr, daß Frauen nicht viel lesen sollen?«

»Viel ist nicht nötig, aber ...«

»Sagen Sie mir, was muß ich lesen? Sagen Sie, was muß ich tun? Ich werde alles tun, was Sie mir sagen werden«, setzte sie, mit unschuldiger Zutraulichkeit sich zu mir wendend, hinzu.

Mir fiel nicht gleich ein, was ich darauf sagen sollte.

»Die Zeit wird Ihnen doch nicht lang werden mit mir?«

»Wie können Sie denken!« erwiderte ich.

»Nun, so danke ich Ihnen!« versetzte Asja; »ich hatte aber gedacht, Sie würden sich langweilen.«

Und ihre kleine, heiße Hand drückte kräftig die meinige.

»N.!« rief in diesem Augenblick Gagin, »ist dieser Hintergrund nicht zu dunkel?«

Ich trat zu ihm. Asja stand auf und entfernte sich.

12

Eine Stunde darauf kehrte sie zurück, blieb in der Tür stehen und winkte mich mit der Hand zu sich.

»Hören Sie«, sagte sie, »wenn ich stürbe, täte es Ihnen leid?«

»Was für Gedanken Sie doch heute haben!« rief ich aus.

»Ich bilde mir ein, ich werde bald sterben, mitunter scheint mir's, alles um mich herum nähme Abschied von mir. Sterben ist besser als so leben ... Ach, sehen Sie mich nicht so an; wahrhaftig, ich verstelle mich nicht. Ich bekomme sonst wieder Angst vor Ihnen.«

»Haben Sie denn Angst vor mir gehabt?«

»Wenn ich ein so sonderbares Wesen bin, liegt wirklich die Schuld nicht an mir«, erwiderte sie. »Sie sehen, ich kann schon nicht mehr lachen ...«

Sie blieb traurig und schwermütig bis zum Abend. Etwas, was ich nicht begriff, ging in ihr vor. Ihr Blick war häufig auf mich gerichtet, und jedesmal fühlte ich durch diesen mir unerklärlichen Blick mein Herz beklemmt. Sie schien ruhig – und dennoch, sooft ich sie ansah, war mir's, als müßte ich zu ihr sagen, sie solle sich nicht beunruhigen. – Ich schwelgte in ihrem Anblick, ich fand einen rührenden Reiz in ihren bleichen Zügen, in ihren unentschlossenen, langsamen Bewegungen; sie hingegen meinte – ich weiß nicht warum –, ich sei nicht bei Laune.

»Hören Sie«, sagte sie zu mir kurz vor dem Abschied; »mich quält der Gedanke, daß Sie mich für leichtsinnig halten ... Künftig müssen Sie immer alles glauben, was ich Ihnen sagen werde, nur müssen auch Sie gegen mich aufrichtig sein; ich werde Ihnen immer die Wahrheit sagen, ich gebe Ihnen mein Ehrenwort ...«

Dieses »Ehrenwort« machte mich wiederum lachen.

»Ach, lachen Sie nicht«, fiel sie mit Lebhaftigkeit ein, »sonst muß ich Ihnen heute sagen, was Sie mir gestern gesagt haben: ,Warum lachen Sie?'« – und nach einigem Schweigen fuhr sie fort: »Erinnern Sie sich, wir sprachen gestern von Flügeln? ... Mir sind Flügel gewachsen – aber wohin fliegen?«

»Was sagen Sie da«, entgegnete ich; »vor Ihnen liegen ja alle Wege offen ...«

Asja sah mir fest und scharf in die Augen.

»Sie haben heute keine gute Meinung von mir«, sagte sie und zog die Augenbrauen zusammen.

»Ich hätte keine gute Meinung? von Ihnen!«

»Was laßt ihr denn heute den Kopf so hängen?« unterbrach mich Gagin. »Wollt ihr, daß ich euch einen Walzer vorspiele, wie gestern?«

»Nein, nein«, antwortete Asja, indem sie die Hände zusammenpreßte, »heute auf keinen Fall!«

»Ich zwinge dich nicht, beruhige dich ...«

»Auf keinen Fall«, wiederholte sie bleich werdend.

....

Sollte sie mich lieben? dachte ich, als ich an den Rhein kam, dessen Wellen eilig dahinrollten.

13

Sollte sie mich lieben? fragte ich mich, als ich am anderen Tag erwachte. Ich wollte nicht in mein Inneres blicken. Ich fühlte, daß ihr Bild, das Bild des »Mädchens mit dem gezwungenen Lachen«, sich mir in die Seele hineingedrängt hatte und daß ich es nicht leicht so bald wieder loswerden könnte. Ich begab mich nach L. und blieb dort den ganzen Tag, Asja sah ich aber nur flüchtig. Sie fühlte sich unwohl: der Kopf tat ihr weh. Auf einen Augenblick kam sie herunter, mit verbundenem Kopf, halbgeschlossenen Augen, bleich, abgezehrt; sie lächelte schwach, sagte: »Es wird vergehen, es ist nichts, alles wird vergehen, nicht wahr?« und ging fort. Mir wurde es schwer ums Herz, ich empfand in mir eine trostlose Leere, doch mochte ich noch lange nicht fortgehen und kehrte erst spät nach Hause zurück, ohne sie nochmals gesehen zu haben.

Den folgenden Morgen verbrachte ich in einem dem Halbschlaf ähnlichen Zustand; ich wollte arbeiten – konnte es nicht; ich wollte gar nichts machen, an nichts denken ... auch das gelang mir nicht. Ich schlenderte in der Stadt umher, kehrte nach Hause zurück, ging wieder aus.

»Sind Sie vielleicht Herr N.?« ließ sich plötzlich hinter

mir die Stimme eines Kindes vernehmen. Ich blickte mich um; vor mir stand ein Knabe. »Das hier vom Fräulein Annette«, sagte er und überreichte mir einen Zettel.

Ich öffnete ihn und erkannte die unregelmäßigen und flüchtigen Schriftzüge Asjas. – »Ich muß Sie durchaus sehen«, schrieb sie mir, »kommen Sie heute um vier Uhr zur steinernen Kapelle am Weg zur Ruine. Ich habe heute eine große Unvorsichtigkeit begangen ... Kommen Sie, um Gottes willen, Sie sollen alles erfahren ... Sagen Sie dem Überbringer: ja.«

»Gibt's Antwort?« fragte mich der Knabe.

»Sage: ja«, antwortete ich. Der Knabe lief davon.

14

Auf meinem Zimmer angelangt, setzte ich mich hin und vertiefte mich in Gedanken. Das Herz klopfte mir stark. Einige Male durchlas ich Asjas Zettel. Ich sah auf die Uhr: es war noch nicht zwölf.

Die Tür ging auf – Gagin trat herein.

Sein Gesicht war traurig. Er faßte meine Hand und drückte sie stark. Er schien sehr aufgeregt.

»Was fehlt Ihnen?« fragte ich.

Gagin nahm einen Stuhl und setzte sich mir gegenüber. »Vor vier Tagen war es«, begann er mit erzwungenem Lächeln und stockend, »da setzte ich Sie durch meine Erzählung in Erstaunen; heute will ich es noch mehr. Mit einem anderen würde ich vermutlich nicht ... so geradeheraus ... Sie aber sind ein Mann von Ehre, sind mein Freund, nicht wahr? – Hören Sie nun: meine Schwester Asja ist in Sie verliebt.«

Ich fuhr zusammen und sprang auf ...

»Ihre Schwester, sagen Sie ...«

»Nun ja doch, ja«, unterbrach mich Gagin. »Ich sage Ihnen, sie hat den Verstand verloren und wird mich noch um den meinigen bringen. Glücklicherweise ist ihr die Lüge fremd, und sie hat Zutrauen zu mir. Ach, was für eine Seele ist in dem Mädchen! ... sie wird sich aber noch zugrunde richten, ganz gewiß.«

»Sie irren sich doch wohl«, bemerkte ich.

»Nein, ich irre mich nicht. Gestern, wie Sie wissen, blieb sie fast den ganzen Tag liegen, aß nichts, beklagte sich jedoch über nichts ... Sie klagt niemals. – Ich beunruhigte mich nicht, obgleich sich gegen Abend etwas Fieber bei ihr einstellte. Heute, um zwei Uhr morgens, weckte mich unsere Wirtin. ‚Kommen Sie', sagte sie, ‚zu Ihrer Schwester: es geht ihr nicht gut.' – Ich lief zu Asja und fand sie unausgekleidet, fiebernd, in Tränen; der Kopf brannte ihr, die Zähne schlugen aufeinander. ‚Was fehlt dir?' fragte ich, ‚bist du krank?' Sie warf sich mir um den Hals und drang in mich, ich solle sie fortschaffen, so bald wie möglich, wenn ich wolle, daß sie am Leben bleibe . . . Ich begreife nichts, suche sie zu beruhigen . . . Ihr Schluchzen nimmt zu . . . und plötzlich, während dieses Schluchzens erfahre ich . . . Nun, mit einem Wort, ich erfuhr, daß sie Sie liebt. – Ich versichere Ihnen, wir beide, als verständige Männer, können uns keinen Begriff machen, wie tief sie fühlt und mit welch unglaublicher Heftigkeit sich diese Gefühle bei ihr äußern; das überfällt sie ebenso unerwartet und unabwendbar wie ein Gewitter. – Sie sind ein sehr liebenswerter Mensch«, fuhr Gagin fort, »dennoch muß ich gestehen, daß ich es nicht begreife, warum sie sich in Sie verliebt hat. Sie behauptet, sie habe Sie auf den ersten Blick liebgewonnen. Deshalb hat sie auch neulich geweint, als sie mir beteuerte, sie wolle außer mir niemanden lieben. – Sie glaubt sich von Ihnen verschmäht, denkt, Sie wüßten um ihre Herkunft; sie fragte mich, ob ich Ihnen ihre Lebensgeschichte erzählt hätte – ich verneinte es selbstverständlich; aber ihr Feingefühl ist einfach erstaunlich. Sie wünscht nur eins: fort, gleich fort. Bis zum Morgen blieb ich bei ihr sitzen; sie hat mir das Ehrenwort abgenommen, daß wir morgen schon fort sein werden von hier – und darauf erst schlief sie ein. Ich sann und sann darüber nach und entschloß mich – mit Ihnen zu sprechen. Meiner Ansicht nach hat Asja recht: das beste ist – daß wir beide von hier wegreisen. Ich würde sie heute noch fortbringen, wenn mich nicht ein Gedanke, der mir durch den Kopf ging, davon zurückhielte. Vielleicht . . . wer kann es wissen? – gefällt Ihnen meine Schwester? – Wenn dies der Fall wäre, weshalb sollte ich sie denn wegführen? – Da beschloß ich denn, jede Scham beiseite gesetzt . . . Zudem habe ich ja selbst einiges bemerkt . . . beschloß ich nun . . . aus Ihrem Mund zu vernehmen . . .« Der arme Gagin wurde ganz verwirrt. »Bitte, verzeihen Sie mir«, setzte er hinzu; »ich bin in dergleichen Geschichten unerfahren.«

Ich ergriff seine Hand.

»Sie wollen wissen«, sagte ich mit fester Stimme, »ob mir Ihre Schwester gefällt? – Ja, sie gefällt mir . . .« Gagin blickte mich an.

»Aber«, brachte er stotternd hervor, »sie heiraten wollen Sie nicht?«

»Wie wollen Sie, daß ich auf eine solche Frage Antwort gebe? Bedenken Sie selbst, könnte ich wohl jetzt ...«

»Ich weiß, ich weiß«, unterbrach mich Gagin. »Ich habe durchaus kein Recht, eine Antwort von Ihnen zu verlangen, und meine Frage war – im höchsten Grad unpassend. – Was sollte ich aber tun? Mit Feuer darf man nicht spielen. Sie kennen Asja nicht: es wäre möglich, daß sie erkrankte, davonliefe, Ihnen eine Zusammenkunft vorschlüge ... Eine andere wüßte alles zu verbergen und die Gelegenheit abzuwarten – nicht aber sie. Dies trifft sich mit ihr zum ersten Male – das ist eben das Schlimme dabei! Wenn Sie gesehen hätten, wie sie heute schluchzend mir zu Füßen lag, Sie würden meine Befürchtungen begreifen.«

Ich wurde nachdenklich. Gagins Worte »Ihnen eine Zusammenkunft vorschlagen« trafen mich ins Herz. Ich hielt es für schändlich, seine freimütige Offenherzigkeit nicht mit gleicher Offenherzigkeit zu erwidern.

»Ja«, sagte ich zuletzt; »Sie haben recht. Vor einer Stunde bekam ich von Ihrer Schwester einen Zettel. Hier ist er.«

Gagin nahm den Zettel, durchflog ihn hastig und ließ die Hände auf die Knie fallen. Der Ausdruck des Erstaunens auf seinem Gesicht war sehr ergötzlich, ich war jedoch nicht zum Lachen geneigt.

»Sie sind, ich wiederhole es, ein Ehrenmann«, sagte er; »was aber wäre wohl jetzt zu tun? Wie? ihr Wunsch ist es fortzureisen, und sie schreibt Ihnen und macht sich Vorwürfe über ihre eigene Unvorsichtigkeit ... und wann mag sie das geschrieben haben? Was will sie denn von Ihnen?«

Ich beruhigte ihn, und wir begannen zu plaudern, so kaltblütig wie möglich, darüber, was wir zu tun hätten.

Folgendes wurde endlich beschlossen: um jeden verzweifelten Schritt zu verhüten, sollte ich mich am bestimmten Ort einfinden und mich ehrlich mit Asja aussprechen; Gagin verpflichtete sich, zu Hause zu bleiben und den Anschein zu vermeiden, als wisse er etwas von dem Zettel; abends, so beschlossen wir, wollten wir wieder zusammenkommen. – »Ich setze volles Vertrauen in Sie«, sagte Gagin und drückte mir heftig die Hand; »schonen Sie Asja und mich. Morgen aber reisen wir dennoch ab«, fügte er hinzu, indem er aufstand; »denn Asja werden Sie doch nicht heiraten.«

»Geben Sie mir Zeit bis zum Abend«, erwiderte ich.

»Es sei, aber Sie werden sie doch nicht heiraten.«

Er entfernte sich, ich aber warf mich auf das Sofa und schloß die Augen. Der Kopf drehte sich mir wie im Kreis herum: gar zu viel Eindrücke auf einmal waren auf mich eingestürmt. Mich ärgerte Gagins Offenherzigkeit, auch über Asja war ich ärgerlich, ihre Liebe erfreute und verwirrte mich zugleich. Ich konnte nicht begreifen, was sie hatte veranlassen können, dem Bruder alles zu erzählen; die Notwendigkeit eines raschen, ja augenblicklichen Entschlusses quälte mich ... »Ein siebzehnjähriges Mädchen, von solchem Charakter, heiraten; wie ist das möglich?« sagte ich aufstehend.

15

Zur verabredeten Stunde fuhr ich über den Rhein, und das erste Gesicht, das mir am entgegengesetzten Ufer begegnete, war derselbe Knabe, der am Morgen zu mir gekommen war. Er schien mich erwartet zu haben.

»Von Fräulein Annette«, sagte er und übergab mir wieder einen Zettel. Asja zeigte mir an, sie bestimme einen andern Ort für unsere Zusammenkunft. Ich sollte in anderthalb Stunden nicht zur Kapelle, sondern ins Haus zu Frau Luise kommen, unten anklopfen und in den dritten Stock hinaufsteigen.

»Wieder ja?« fragte mich der Knabe.

»Ja«, wiederholte ich und schritt dem Rheinufer zu. Nach Hause zurückzukehren, dazu war es nicht mehr Zeit, in den Gassen herumschlendern – wollte ich nicht. Außerhalb der Stadtmauer befand sich ein kleiner Garten mit einer überdachten Kegelbahn und Tischen für Biergäste. Ich trat hinein. Einige schon ältliche Gäste schoben Kegel; polternd rollten die Kugeln, und von Zeit zu Zeit ließen sich beifällige Ausrufe hören. Ein hübsches Dienstmädchen mit rotgeweinten Augen brachte mir eine Kanne Bier; ich sah ihr ins Gesicht. Sie wandte sich rasch ab und ging fort.

»Ja, ja«, ließ sich ein in der Nähe sitzender, beleibter und rotbäckiger Bürger vernehmen, »unser Hannchen ist heute sehr betrübt. Ihr Bräutigam ist unter die Soldaten gegangen.« Ich warf einen Blick auf sie: sie hatte sich in einen Winkel gedrückt und die Wange auf die Hand gestützt; die Tränen rieselten eine nach der andern an ihren Fingern hinab. Es verlangte jemand Bier; sie brachte das Bier und kehrte auf ihren Platz zurück. Ihr Gram wirkte auf mich zurück; ich verfiel in Nachdenken über meine bevorstehende Zusammenkunft: ich dachte an sie, aber mit Besorgnis, nicht mit Freude. Nicht leichten Herzens begab ich mich zu dieser Zusammenkunft, kein Hingeben freudiger, wechselseitiger Liebe stand mir bevor; ich hatte ein gegebenes Versprechen zu halten, eine schwierige Pflicht zu erfüllen. »Mit ihr darf man nicht scherzen« – diese Worte Gagins hatten sich wie Pfeile in meine Seele hineingebohrt. Und hatte ich denn nicht erst vor vier Tagen, in jenem Boot, das die Wellen dahintrugen, nach Glück geschmachtet? Es schien möglich zu werden – ich aber schwankte, stieß es fort; ich mußte es von mir fortstoßen... Das Unerwartete daran machte mich verwirrt. Selbst Asja, mit ihrem feurigen Kopf, ihrer Kindlichkeit, ihrer Erziehung, dieses anziehende, aber sonderbare Wesen – ich gestehe es, es flößte mir Furcht ein. Lange kämpften in mir diese Gefühle. Die angesetzte Frist rückte heran. Ich kann sie nicht heiraten, entschied ich zuletzt; sie wird nicht erfahren, daß auch ich sie liebe.

Ich stand auf – und nachdem ich dem armen Hannchen einen Taler in die Hand gedrückt hatte (wofür sie mir nicht einmal dankte), begab ich mich zum Haus der Frau Luise. Dämmerungsschatten schwebten bereits in der Luft, und über die dunkle Gasse leuchtete am Himmel ein schmaler Streif im Widerschein der Abendröte. Ich pochte leise an die Tür; sie wurde sogleich geöffnet. Ich trat über die Schwelle und befand mich plötzlich im Dunkeln.

»Hierher!« ertönte die Stimme einer alten Frau, »Sie werden erwartet.«

Tappend tat ich ein paar Schritte, eine knochige Hand faßte die meinige.

»Sind Sie es, Frau Luise«, fragte ich?

»Ich bin's«, antwortete mir dieselbe Stimme, »ich bin's, mein schmucker junger Herr.« Die Alte führte mich dann eine steile Treppe hinauf und blieb auf dem Absatz des dritten Stockes stehen. Beim matten Licht, das durch ein kleines Fensterchen hereinfiel, erblickte ich das runzlige Gesicht der Bürgermeisterswitwe. Ein widerlich schlaues Lächeln verzerrte ihre eingefallenen Lippen und zog die glanzlosen, kleinen Augen zusammen. Sie wies mir eine kleine Tür. Ich öffnete mit zitternder Hand und warf die Tür hinter mir zu.

16

Es war ziemlich finster in der Kammer, die ich betrat, und ich konnte Asja nicht gleich sehen. In ein großes Umschlagetuch gehüllt, saß sie auf einem Stuhl beim Fenster und hielt den Kopf weggewandt und fast versteckt, wie ein erschrockenes Vögelchen. Ihr Atem ging rasch, und sie zitterte am ganzen Leib. Sie tat mir unsäglich leid. Ich trat zu ihr heran. Sie wandte den Kopf noch mehr ab . . .

»Anna Nikolajewna«, redete ich sie an.

Sie richtete sich plötzlich auf, wollte mich anblicken – vermochte es nicht. Ich ergriff ihre Hand, sie war kalt und blieb wie abgestorben in der meinigen liegen.

»Ich wünschte . . .« begann Asja und versuchte zu lächeln, doch ihre bleichen Lippen wollten ihr nicht gehorchen, »ich wollte . . . Nein, ich kann nicht«, sagte sie und verstummte. Und wirklich, die Stimme brach ihr bei jedem Wort.

Ich setzte mich neben sie.

»Anna Nikolajewna«, wiederholte ich und konnte gleichfalls nichts weiter hervorbringen.

Stillschweigen trat ein. Ich hielt immer noch ihre Hand und blickte sie an. Sie saß wie vorher in sich eingezogen da, atmete schwer und kaute sanft an ihrer Unterlippe, um nicht zu weinen und um die hervorbrechenden Tränen zurückzuhalten . . . Ich hielt die Augen auf sie gerichtet: es lag etwas rührend Hilfloses in ihrer schüchternen Unbeweglichkeit: es schien, als habe sie den Stuhl kaum erreichen können und sei in demselben zusammengebrochen. Das Herz ging mir über . . .

»Asja«, sagte ich kaum hörbar . . .

Sie schlug langsam die Augen zu mir auf . . . O Blick einer liebenden Frau, wer beschreibt dich? Diese Augen, sie drückten Flehen, Zutrauen, Frage, Hingebung aus . . . Ich vermochte nicht, ihrem Zauber zu widerstehen. Ein brennendes Feuer durchzuckte mich wie von Stichen glühender Nadeln; ich beugte mich nieder und drückte meine Lippen auf ihre Hand . . .

Ein bebender Laut, wie von unterbrochenem Seufzen, schlug an mein Ohr, und ich spürte auf meinem Haar die zarte Berührung einer Hand, die wie ein Blatt zitterte. Ich hob den Kopf und sah ihr Gesicht. Wie so schnell umgewandelt kam es mir vor! Der Ausdruck der Angst war aus ihm geschwunden, der Blick schweifte weit hinaus in den Raum und zog mich nach, die Lippen waren etwas geöffnet, die Stirn bleich wie Marmor und die Locken nach hinten geschoben, als wenn der Wind sie zurückgeworfen hätte. Ich vergaß alles, zog sie an mich – willig gehorchte ihre Hand, und der ganze Körper folgte dieser nach, der Schal glitt von den Schultern herab, und ihr Kopf neigte sich still an meine Brust und legte sich an meine brennenden Lippen . . .

»Die Ihre . . .« flüsterte sie kaum hörbar.

Schon schlang sich mein Arm um ihren Körper . . . da durchzuckte mich plötzlich wie ein Blitz der Gedanke an Gagin. »Was machen wir!« rief ich aus und schob sie zurück . . . »Ihr Bruder . . . weiß alles . . . Er weiß, daß wir hier zusammenkommen.«

Asja sank auf den Stuhl.

»Ja«, fuhr ich fort, indem ich aufstand und auf die andere Seite des Zimmers trat. »Ihr Bruder weiß alles . . . Ich mußte ihm alles erzählen.«

»Sie mußten?« stammelte sie kaum vernehmbar. Sie konnte noch immer nicht zu sich kommen und verstand mich nur unvollständig.

»Ja, ja«, wiederholte ich mit einer gewissen Erbitterung, »und daran sind Sie schuld, Sie allein. Warum haben Sie Ihr Geheimnis verraten? Wer hat Sie gezwungen, Ihrem Bruder alles zu erzählen? Er selbst war heute bei mir und teilte mir Ihre Unterredung mit ihm mit.«

Ich vermied es, Asja anzusehen, und ging mit großen Schritten im Zimmer auf und ab. »Jetzt ist alles verloren, alles, alles.«

Asja wollte von ihrem Sitz aufstehen.

»Bleiben Sie«, rief ich, »bleiben Sie, ich bitte Sie. Sie haben es mit einem Mann von Ehre zu tun – ja, mit einem Mann von Ehre. – Aber, um des Himmels willen, was hat Sie so aufgeregt? Sollten Sie an mir eine Veränderung bemerkt haben? Ich konnte es aber unmöglich vor Ihrem Bruder geheimhalten, als er mich heute besuchte.«

Was rede ich denn da? dachte ich bei mir, und der Gedanke, daß ich ein ehrloser Betrüger sei, daß Gagin um unsere Zusammenkunft wisse, daß alles ausgeschwatzt, verdreht und verdorben sei – durchkreuzte mir jetzt das Gehirn.

»Ich hatte ja meinen Bruder nicht rufen lassen«, erwiderte Asja mit erschreckter, tonloser Stimme, »er war aus freien Stükken gekommen.«

»Nun sehen Sie einmal, was Sie da angerichtet haben«, fuhr ich fort. »Sie wollen jetzt fortreisen . . .«

»Ja, ich muß fort«, flüsterte sie ebenso leise; »auch habe ich Sie nur deshalb hierher gebeten, um von Ihnen Abschied zu nehmen.«

»Und Sie denken«, erwiderte ich, »es wird mir leicht sein, von Ihnen zu scheiden?«

»Warum mußten Sie es denn meinem Bruder erzählen?« wiederholte Asja verwundert.

»Ich sage Ihnen – ich durfte nicht anders verfahren. Wenn Sie sich nicht selbst verraten hätten . . .«

»Ich hatte mich auf meinem Zimmer eingeschlossen«, erwiderte sie treuherzig; »ich wußte nicht, daß meine Wirtin einen andern Schlüssel hatte . . .«

Diese unschuldige Ausrede, aus ihrem Mund, in solcher Minute – brachte mich damals fast auf . . . Jetzt aber kann ich nicht ohne Rührung daran zurückdenken. Armes, ehrliches, aufrichtiges Kind!

»Und somit ist denn alles aus!« begann ich wieder, »alles. Jetzt müssen wir uns trennen.« Ich warf einen verstohlenen Blick auf Asja . . . ihr Gesicht wurde immer röter. Sie war, ich fühlte es, beschämt und beängstigt. Ich selbst bewegte mich und redete wie ein Fieberkranker. »Sie haben dem keimenden Gefühl nicht Zeit gelassen, sich zu entfalten, Sie selbst haben unsern Bund zerrissen, Sie hatten kein Zutrauen zu mir, Sie hegten Zweifel an mir.«

Während ich redete, hatte sich Asja mehr und mehr nach vorne gebeugt – und sank plötzlich auf die Knie, ließ den Kopf in ihre Hände fallen und brach in Schluchzen aus. Ich stürzte auf sie zu, versuchte sie aufzurichten, sie aber sträubte sich dagegen. Ich kann Weibertränen nicht ertragen: wenn ich sie sehe, verliere ich sogleich alle Fassung.

»Anna Nikolajewna, Asja«, rief ich wiederholt, »ich bitte, ich beschwöre Sie, um Gottes willen hören sie auf . . .« Ich ergriff wieder ihre Hand.

Doch zu meinem größten Erstaunen sprang sie plötzlich auf – stürzte schnell wie der Blitz zur Tür und verschwand . . .

Als einige Zeit darauf Frau Luise eintrat – stand ich noch in der Mitte des Zimmers, wie vom Blitz getroffen. Ich faßte es nicht, wie diese Zusammenkunft ein so rasches, so dummes Ende nehmen konnte, da ich selbst noch nicht den hundertsten Teil von dem gesagt hatte, was ich sagen wollte und mußte, und ich noch ungewiß war, wie sie endigen werde.

»Ist das Fräulein fort?« fragte mich Frau Luise und zog ihre gelben Augenbrauen bis an den Haaraufsatz in die Höhe.

Ich gaffte sie an wie ein Blödsinniger – und ging fort.

17

Ich verließ die Stadt und nahm meinen Weg ins Freie hinaus. Ärger, wütender Ärger quälte mich. Ich überhäufte mich mit Vorwürfen. Wie war es mir möglich gewesen, den Grund zu verkennen, der Asja veranlaßt hatte, den Zusammenkunftsort abzuändern; wie hatte ich nicht zu würdigen gewußt, was es sie kosten mußte, zu der Alten zu gehen; warum hatte ich sie nicht zurückgehalten! Unter vier Augen mit ihr, in dem einsamen, spärlich erleuchteten Zimmer, fand ich die Kraft, hatte ich das Herz – sie von mir zu stoßen, ihr sogar Vorwürfe zu machen ... Und jetzt verfolgte mich ihr Bild, ich tat ihr Abbitte; wie Feuer zehrte an mir die Erinnerung an jenes bleiche Gesicht, jene feuchten und scheuen Augen, das aufgelöste Haar über dem gebeugten Nacken, das sanfte Anschmiegen ihres Kopfes an meine Brust. – »Die Ihre ...« tönte ihr Flüstern in meinem Ohr noch nach. Ich habe gewissenhaft gehandelt – suchte ich mir einzureden ... Lüge! War das denn der Schluß, den ich wirklich gewollt hatte? Bin ich denn imstande, mich von ihr zu trennen? Kann ich sie wohl verlieren? Wahnsinniger! Wahnsinniger! wiederholte ich mit Erbitterung.

Unterdessen war die Nacht hereingebrochen. Mit großen Schritten eilte ich dem Hause zu, in dem Asja wohnte.

18

Gagin kam mir entgegen.

»Haben Sie meine Schwester gesehen?« rief er mir schon von weitem zu.

»Ist sie denn nicht zu Hause?« fragte ich.

»Nein!«

»Sie ist nicht zurückgekehrt?«

»Nein. Verzeihen Sie mir«, fuhr Gagin fort; »ich hielt es nicht mehr aus; ich bin, unserer Verabredung zuwider, bei der Kapelle gewesen; dort war sie nicht; sie kann also nicht hingegangen sein.«

»Sie ist nicht zur Kapelle gegangen.«

»Und Sie haben sie nicht gesehen?«

Ich mußte bekennen, daß ich sie gesehen hatte.

»Wo?«

»Bei der Frau Luise. – Vor einer Stunde trennten wir uns«, setzte ich hinzu; »ich glaubte bestimmt, sie sei nach Hause zurückgekehrt.«

»Wir wollen warten«, sagte Gagin.

Wir traten in das Haus und nahmen nebeneinander Platz. Wir schwiegen. Uns beiden war gar nicht wohl zumute. Fortwährend blickten wir uns um nach der Tür und horchten hin. Endlich erhob sich Gagin.

»Da hört sich aber alles auf!« rief er, »ich fühle das Herz im Leib nicht mehr. Sie bringt mich noch um, bei Gott . . . Kommen Sie, wir wollen sie aufsuchen.«

Wir gingen hinaus. Draußen war es schon ganz dunkel geworden.

»Worüber haben Sie denn mit ihr gesprochen?« fragte mich Gagin, indem er den Hut auf die Augen rückte.

»Höchstens fünf Minuten war ich mit ihr zusammen«, erwiderte ich, »ich sprach mit ihr, wie wir es verabredet haben.«

»Wissen Sie«, sagte er, »besser, wir gehen ein jeder für sich, auf diese Weise können wir sie eher treffen. – Auf jeden Fall, in einer Stunde kommen Sie her.«

19

Ich stieg geschwind den Weinberg hinunter und rannte in die Stadt. Rasch hatte ich alle Gassen durchflogen, überall nachgesehen, sogar zu den Fenstern der Frau Luise aufgeblickt, war an den Rhein gekommen und lief längs dem Ufer hin . . . Von Zeit zu Zeit begegneten mir Frauengestalten; Asja jedoch war nirgends zu sehen. Es war jetzt nicht mehr Ärger, was ich empfand, mich quälte eine geheime Furcht, und nicht nur Furcht . . . nein, ich fühlte Reue, das brennendste Mitleid, Liebe. – Ja! die zärtlichste Liebe. Mit Händeringen rief ich hinaus in das aufsteigende nächtliche Dunkel nach Asja, anfangs schwach, dann lauter und immer lauter; hundertmal wiederholte ich, daß ich sie liebte, ich schwor, mich nie von ihr zu trennen; alles in der Welt würde ich darum gegeben haben, ihre kalte Hand wieder halten, ihre sanfte Stimme wieder hören, sie selbst wieder vor mir sehen zu können ... So nahe war sie mir gewesen, mit vollem Vertrauen, in der vollen Einfalt des Herzens und Gefühls war sie mir entgegengekommen, hatte sie ihre unerfahrene Jugend in meine Hand gegeben ... und ich hatte sie nicht an meine Brust gedrückt, hatte mir das Glück entgehen lassen, das liebliche Gesicht zu schauen, wie es vor Freude und stillem Entzücken erblüht wäre ... Dieser Gedanke machte mich wahnsinnig.

»Wohin kann sie gegangen sein, was ist aus ihr geworden?« rief ich angsterfüllt in ohnmächtiger Verzweiflung ... Etwas Weißes schimmerte plötzlich hart am Ufer. – Ich kannte jene Stelle: dort stand über dem Grab eines vor siebzig Jahren ertrunkenen Mannes ein altes, halb in den Boden versunkenes Steinkreuz mit altertümlicher Inschrift. – Das Herz erstarrte mir im Leib. Ich lief zum Kreuz: die weiße Gestalt war verschwunden; ich rief: »Asja!« Mein wilder Schrei erschreckte mich – niemand gab Antwort ...

Ich beschloß nachzufragen, ob vielleicht Gagin sie gefunden habe.

20

Während ich den Fußweg im Weinberg eilig hinanstieg, gewahrte ich Licht in Asjas Zimmer ... das beruhigte mich etwas.

Ich näherte mich dem Haus; die Tür unten war verschlossen, ich klopfte an. Ein Fenster im nicht erleuchteten unteren Stock wurde behutsam geöffnet, und es zeigte sich Gagins Kopf.

»Gefunden?« fragte ich.

»Sie ist zurückgekehrt«, flüsterte er mir zu, »sie ist auf ihrem Zimmer und kleidet sich aus. Alles ist in Ordnung.«

»Gott sei gedankt!« rief ich in einem Anfall von unaussprechlicher Freude; »Gott sei gedankt! Jetzt ist alles gut. Sie wissen aber, wir haben uns noch etwas zu sagen.«

»Ein anderes Mal«, erwiderte er, indem er sachte das Fenster an sich zog; »ein anderes Mal, für jetzt leben Sie wohl.«

»Auf morgen also«, sagte ich; »morgen soll alles klarwerden.«

»Leben Sie wohl«, wiederholte Gagin. Das Fenster wurde geschlossen. Fast hätte ich daran wieder geklopft. Ich wollte Gagin sogleich erklären, daß ich um die Hand seiner Schwester bäte. Doch eine solche Freiwerberei zu solcher Stunde ... Auf morgen denn, dachte ich – morgen werde ich glücklich sein ...

Morgen werde ich glücklich sein! Das Glück hat keinen morgenden Tag; es hat auch keinen gestrigen; es weiß von keiner Vergangenheit, denkt an keine Zukunft; die Gegenwart gehört ihm, und nicht einmal der Tag, nur der Augenblick.

Ich weiß nicht mehr, wie ich nach S. kam. Nicht meine Füße hatten mich hingebracht, nicht das Boot mich hinübergesetzt, wie auf breiten, mächtigen Flügeln ward ich hinübergetragen. Mein Weg führte mich an einem Gebüsch vorbei, in dem eine Nachtigall flötete: mir dünkte, sie singe von meiner Liebe und meinem Glück.

21

Als ich am folgenden Morgen mich dem wohlbekannten Häuschen näherte, befremdete mich ein Umstand: alle Fenster in ihm standen offen, und auch die Tür war geöffnet; Papierfetzen lagen auf der Schwelle verstreut umher; eine Magd mit einem Besen war hinter der Tür zu sehen.

Ich trat zu ihr heran.

»Sind fort!« platzte sie heraus, bevor ich sie noch fragen konnte, ob Gagins zu Hause seien.

»Fort?« wiederholte ich ... »Wie denn, fort? Wohin?«

»Sind heute morgen sechs Uhr abgereist und haben nicht gesagt, wohin. Doch, warten Sie, Sie sind wohl der Herr N.?«

»Ich bin Herr N.«

»Es liegt ein Brief für Sie bei der Wirtin.« Das Dienstmädchen ging hinauf und kehrte mit einem Brief zurück. »Da ist er, bitte.«

»Das ist aber nicht möglich ... Wie kam denn das! ...« sagte ich. Die Magd blickte mich stumpfsinnig an und begann zu fegen.

Ich öffnete den Brief. Es war Gagin, der an mich schrieb; von Asja nicht eine Zeile. Er fing mit der Bitte an, ich wolle ihm seiner unerwarteten Abreise wegen nicht böse sein; er sei sicher, ich werde nach reiflicher Überlegung seinen Entschluß billigen. Er habe kein anderes Mittel gefunden, um aus einer Lage, die schwierig und gefährlich werden konnte, herauszukommen. »Gestern abend«, schrieb er, »als wir beide schweigend auf Asja warteten, überzeugte ich mich vollends, daß eine Trennung notwendig sei. Es gibt Vorurteile, die ich zu würdigen weiß; ich begreife, daß Sie Asja nicht heiraten können. Sie hat mir alles erzählt; um ihrer Ruhe willen war ich gezwungen, ihren wiederholten, inständigen Bitten nachzugeben.« – Am Schluß des Briefes äußerte er sein Bedauern, daß unsere Bekanntschaft so schnell abgebrochen sei, wünschte mir Glück, drückte mir freundschaftlich die Hand und beschwor mich, ich möge mir nicht die Mühe geben, sie aufzusuchen.

»Welche Vorurteile!« rief ich aus, als ob er mich hören könnte, »dieser Unsinn! Wer hat ihm das Recht gegeben, sie mir zu rauben ...« Ich faßte mich am Kopf ...

Die Dienstmagd fing an, laut nach der Wirtin zu rufen: ihr Schrecken gab mir die Fassung wieder. Ein Gedanke hatte sich meiner bemächtigt: sie aufzusuchen, aufzusuchen, was es auch kosten möge. Diesen Schlag hinzunehmen, sich mit solch einem Ausgang zufriedenzugeben war unmöglich. Von der Wirtin erfuhr ich, daß sie um sechs Uhr morgens ein Dampfschiff bestiegen hätten und den Rhein hinuntergefahren seien. Ich begab mich aufs Kontor: dort sagte man mir, sie hätten Fahrbilletts bis Köln gelöst. Ich ging nach Hause, in der Absicht, sogleich einzupacken und ihnen zu folgen. Mein Weg führte mich am Haus der Frau Luise vorbei ... Auf einmal höre ich: es ruft mich jemand. Ich schaute auf und erblickte im Fenster derselben Kammer, in der ich tags zuvor mit Asja zusammengekommen war, die Bürgermeisterswitwe. Mit ihrem widerlichen Lächeln rief sie mich an. Ich wandte mich ab und wollte vorbei; sie rief mir aber nach, es sei etwas für mich da. Diese Worte brachten mich zum Stehen, und ich trat in das Haus. Wie beschreibe ich meine Gefühle, als ich jenes Zimmer wiedersah ...

»Eigentlich«, redete mich die Alte an, indem sie mir einen kleinen Zettel zeigte, »sollte ich Ihnen das hier nur in dem Fall übergeben, wenn Sie von selbst zu mir gekommen wären, Sie sind aber ein so schmucker junger Herr. Nehmen Sie's.«

Ich nahm den Zettel.

Auf einem ganz kleinen Stückchen Papier standen folgende, hastig mit Bleistift hingekritzelte Worte:

»Leben Sie wohl, wir werden uns nicht mehr sehen. Nicht aus Hochmut reise ich fort – nein, ich kann nicht anders. Hätten Sie mir gestern, als ich vor Ihnen weinte, nur ein Wort gesagt, nur ein einziges Wort – ich wäre geblieben. Sie haben es nicht ausgesprochen. So mußte es wohl besser sein ... Leben Sie wohl, für immer.«

Ein Wort ... Oh, ich Tor! Dieses Wort ... ich hatte es am vorigen Abend unter Tränen wiederholt ausgerufen, hatte es in den Wind gestreut, hatte es inmitten der einsamen Felder so oft wiederholt ... zu ihr aber hatte ich es nicht gesprochen, ihr hatte ich nicht gesagt, daß ich sie liebe ... Und ich konnte ja auch damals jenes Wort noch nicht aussprechen. Als ich mit ihr in jenem verhängnisvollen Zimmer zusammenkam, hatte ich noch kein klares Bewußtsein von meiner Liebe; war es doch selbst dann noch nicht in mir erwacht, als ich mit ihrem Bruder in stumpfem und qualvollem Schweigen dasaß. Erst einen Augenblick später brach es mit unaufhaltbarer Macht los, als ich vor der Möglichkeit eines Unheils erschrak, sie zu suchen, zu rufen begann; doch dann war es schon zu spät. »Das ist ja unmöglich!« wird man mir entgegnen; ich weiß nicht, ob es möglich ist – weiß aber, daß es wahr ist. Asja wäre nicht fortgereist, wenn in ihr auch nur eine Spur von Koketterie gesteckt hätte und ihre Stellung nicht eine falsche gewesen wäre. Sie vermochte nicht das zu ertragen, was jede andere ertragen hätte: das hatte ich nicht begriffen. Mein böser Dämon hielt mein Geständnis auf meinen Lippen zurück, als ich zum letzten Male mit Gagin vor dem dunklen Fenster zusammentraf, und der letzte Faden, den ich noch hätte erfassen können, entschlüpfte meinen Händen.

Am selben Tag kehrte ich mit gepacktem Reisesack in die Stadt L. zurück und fuhr nach Köln. Ich erinnere mich, das Dampfschiff stieß bereits ab, und ich nahm Abschied im Geist von jenen Gassen, von allen jenen Orten, die ich fortan nie mehr aus dem Gedächtnis verlieren sollte, als ich Hannchen vor mir erblickte. Sie saß auf einer Bank am Ufer. Ihr Gesicht war bleich, aber nicht traurig; ein junger, hübscher Bursche stand an ihrer Seite und erzählte ihr lachend etwas; auf dem anderen Ufer des Rheins blickte wie immer das kleine Madonnenbild aus dem dunklen Grün der alten Esche traurig herüber.

22

In Köln kam ich den Gagins auf die Spur; ich erfuhr, daß sie nach London gereist waren; ich machte mich auf, ihnen nach; in London blieben jedoch alle meine Nachforschungen fruchtlos. Noch lange mochte ich mich nicht zufriedengeben, noch lange hielt ich beharrlich stand, endlich jedoch mußte ich die Hoffnung aufgeben, sie wiederzufinden.

Und ich habe sie auch nicht mehr wiedergesehen – habe Asja

nicht wiedergesehen. Von ihm kam mir noch einiges wenige zu Ohren, sie aber war für immer für mich verschwunden. Ich weiß nicht einmal, ob sie noch lebt. Einmal, es war einige Jahre nachher im Ausland, sah ich flüchtig in einem Eisenbahnwaggon eine Frau, deren Gesicht mich lebhaft an unvergeßliche Züge erinnerte ... doch wahrscheinlich wurde ich durch zufällige Ähnlichkeit irregeführt. Asja blieb in meiner Erinnerung dasselbe Mädchen, wie ich es in der schönsten Zeit meines Lebens gekannt hatte, wie ich es noch zuletzt, über die Lehne des niedrigen, hölzernen Stuhles gebeugt, gesehen hatte.

Ich muß indessen bekennen, daß ich mich nicht gar zu lange um sie gegrämt habe, ja mir dünkte sogar, das Schicksal habe gut daran getan, uns nicht miteinander zu verbinden; ich tröstete mich mit dem Gedanken, daß ich wahrscheinlich mit einer solchen Frau nicht glücklich geworden wäre. Ich war damals jung, und die Zukunft, dieses kurze, flüchtige Leben, schien mir noch endlos. Warum könnte sich nicht, dachte ich, was sich einmal ereignet hat, nochmals wiederholen, und zwar besser, schöner? Ich habe andere Frauen gekannt – doch das Gefühl, das Asja in mir entzündet hatte, jenes brennende, zärtliche, tiefe Gefühl, es wiederholte sich nicht mehr. Nein! es konnten keine Augen mir jene ersetzen, die einst mit solcher Liebe auf mich geheftet waren; keinem Herzen, das sich an meine Brust geschmiegt hat, schlug das meine mit so freudiger, süßer Beklemmung entgegen! Zum einsamen Leben eines familienlosen Hagestolzes verurteilt, verbringe ich trübselig meine Jahre; doch bewahre ich wie ein Heiligtum ihre Briefe und den verdorrten Geranienzweig, jenen Zweig, den sie mir einst aus dem Fenster zugeworfen hat. Noch bis jetzt gibt er einen schwachen Duft von sich, die Hand aber, die ihn mir gab, jene Hand, die an meine Lippen zu drücken mir nur einmal vergönnt war, sie modert vielleicht schon lange im Grab ... Und ich selbst – was bin ich geworden? Was ist von mir übriggeblieben, was von jenen seligen und qualvollen Tagen, von jenem geflügelten Hoffen und Sehnen? So überlebt der schwache Duft eines unscheinbaren Krautes alle Freuden und alle Trübsale des Menschen – überlebt den Menschen selbst.

Eine Unglückliche

»... Ja, ja«, begann Pjotr Gawrilowitsch, »das waren schwere Tage, und ich möchte sie mir lieber nicht ins Gedächtnis rufen ... Doch ich habe es einmal versprochen und werde daher wohl alles erzählen müssen. So hören Sie denn.«

1

Damals, es war im Winter 1835, lebte ich in Moskau bei meiner Tante, einer leiblichen Schwester meiner verstorbenen Mutter. Ich war achtzehn Jahre alt und vor ganz kurzer Zeit in den dritten Jahreskursus der sogenannten »humanistischen« Fakultät der Moskauer Universität eingetreten. Meine verwitwete Tante, eine stille, sanfte Frau, lebte sehr zurückgezogen. Sie bewohnte ein großes Holzhaus in der Ostoschenka, das so warm und wohnlich war wie wohl kaum ein anderes in Moskau, und verkehrte fast mit niemandem. Vom Morgen bis zum Abend saß sie mit ihren beiden Gesellschaftsdamen im Salon, legte Patience und hatte eine Vorliebe für das Räuchern. Sollte geräuchert werden, so eilte eine der Gesellschaftsdamen ins Vorzimmer, worauf nach wenigen Minuten ein alter Diener in Livree eintrat, eine Messingpfanne mit einem glühenden Ziegelstein – darauf ein Bündel getrockneter Krauseminze – in der einen und eine Flasche Essig in der andern Hand, eilfertig über den schmalen Dielenläufer dahinschritt und Essig auf den heißen Stein goß. Sooft der weiße aufwirbelnde Dampf sein runzliges Gesicht streifte, pflegte er es zu verziehen und abzuwenden, während die Kanarienvögel im Speisezimmer, mit dem Prasseln des Räucherns wetteifernd, um so lauter schmetterten.

Meine Tante liebte und verwöhnte mich; war ich doch eine vater- und mutterlose Waise! Sie hatte mir das ganze obere Stockwerk ihres Hauses eingeräumt. Meine Zimmer waren sehr elegant möbliert, gar nicht nach Studentenart; in meinem Schlafzimmer hingen sogar rosa Gardinen, und vom Betthimmel, der mit himmelblauem Schnitzwerk verziert war, wallten Vorhänge von Nesseltuch herab. Diese Ausschmückung, muß ich gestehen, war mir einigermaßen anstößig; dergleichen Aufmerksamkeiten mußten mir, meiner Meinung nach, in den Augen meiner Kommilitonen nur schaden. Hatten sie mir doch ohnehin schon den Spitznamen »Jüngferlein« beigelegt, weil ich mich durchaus nicht zum Rauchen zwingen konnte. Ich will kein Hehl daraus machen, daß ich nur sehr lässig studierte, besonders zu Anfang des Kurses; um so häufiger aber fuhr ich spazieren. Meine Tante hatte mir einen schönen, breiten Schlitten, den eine Bärendecke zierte, und ein Paar gutgenährte Klepper geschenkt, und die mußten doch benutzt werden. Sogenannte gute Gesellschaft besuchte ich selten, im Theater aber war ich wie zu Hause, und süßes Gebäck konnte ich in den Konditoreien massenhaft vertilgen. Jedoch erlaubte ich mir keinerlei Ausschweifungen und benahm mich stets bescheiden, »un jeune homme de bonne maison«. Um nichts in der Welt hätte ich meine gute Tante kränken mögen, und überdies pulsierte mein Blut ziemlich ruhig in den Adern.

2

Von Jugend auf liebte ich das Schachspiel; ich hatte keinen Begriff von dessen Theorie, aber ich spielte nicht schlecht. In einem Kaffeehaus wurde ich einst Zeuge einer Schlacht auf dem Schachbrett, die sich zwei tüchtige Spieler lieferten. Einer von ihnen, ein junger, blonder Mann von etwa fünfundzwanzig Jahren, schien mir der stärkere zu sein, und ich entschloß mich, den Ausgang der Partie abzuwarten, die er tatsächlich gewann. Ich schlug ihm vor, auch mit mir eine Partie zu machen. Er war einverstanden, und im Lauf einer Stunde hatte er mich spielend dreimal matt gesetzt.

»Sie besitzen Talent«, sagte er zum Schluß mit höflicher Stimme, da er wohl bemerkte, wie sehr meine Eigenliebe litt, »aber Sie kennen die Spielanfänge nicht. Sie sollten eine Schachanleitung studieren, etwa die von Allgayer oder von Petrow.«

»Meinen Sie? Aber wo könnte ich ein solches Buch bekommen?«

»Besuchen Sie mich, ich will Ihnen eines geben.«

Er nannte mir seinen Namen und gab mir seine Adresse. Schon am andern Tag suchte ich ihn auf, und schon nach Ablauf einer Woche waren wir unzertrennlich.

3

Mein neuer Bekannter hieß Alexandr Dawydowitsch Fustow. Er bewohnte im Haus seiner Mutter, einer wohlhabenden Staatsrätin, einen gesonderten Flügel und genoß ebenso vollkommene Freiheit wie ich bei meiner Tante. Er diente als außeretatmäßiger Beamter im Ministerium des kaiserlichen Hauses. Ich schloß mich eng an ihn an, denn noch war mir kein junger Mann begegnet, der mir mehr Sympathie eingeflößt hätte. Alles an ihm wirkte wohltuend aufs Auge und anziehend: seine proportionierte Gestalt, sein Gang, seine Stimme, ganz besonders aber sein nicht großes, feines Gesicht mit den schwärmerisch blauen Augen, der schönen, gleichsam kokett geformten Nase, dem unveränderlich freundlichen Lächeln auf den roten Lippen, den leichtgeringelten Locken seines weichen Haares, das seine nach oben zu etwas schmaler werdende, schneeweiße Stirn umgab. Sein Temperament zeichnete sich durch eine ungewöhnliche Gleichmäßigkeit und eine gewisse angenehme, zurückhaltende Freundlichkeit aus; niemals versank er in Nachdenken, mit allem war er zufrieden; dafür konnte aber auch nichts ihn zum Enthusiasmus hinreißen. Ein jedes Übermaß, sogar in guten Gefühlen, verletzte ihn; »das ist ja roh«, pflegte er in solchen Fällen zu sagen, kniff dabei seine schwärmerischen Augen zusammen und zuckte unmerklich mit den Schultern. Wunderbare Augen hatte dieser Fustow! Sie drückten beständig Teilnahme, Wohlwollen, ja sogar Ergebenheit aus; und erst viel später bemerkte ich, daß dieser Ausdruck seiner Augen einzig und allein durch ihren eigentümlichen Schnitt hervorgerufen wurde, ja daß er auch dann nicht anders war, wenn Fustow Suppe aß oder eine Zigarre anzündete. Seine Akkuratesse war unter seinen Freunden sprichwörtlich geworden; freilich, seine Großmutter war eine Deutsche gewesen! Die Natur hatte ihn mit mannigfachen Fähigkeiten ausgerüstet: er tanzte ausgezeichnet, verstand höchst elegant zu reiten und vortrefflich zu schwimmen, beschäftigte sich mit Tischlerarbeiten, drechselte, klebte und verfertigte Büchereinbände, schnitt Silhouetten aus, malte in Aquarell Blumenbukette oder Napoleon im Profil und in himmelblauer Uniform, spielte mit Ausdruck auf der Zither, verstand viele Taschenspielerkunststücke und besaß ganz hübsche Kenntnisse in der Mechanik, Physik und Chemie – aber in allem war er Dilettant. Nur für Sprachen besaß er kein Talent, und sogar auf französisch konnte er sich nur mangelhaft ausdrücken. Überhaupt sprach er nicht viel, und an den Unterhaltungen der Studentenkreise beteiligte er sich in der Regel nur durch die Lebhaftigkeit seines weichen Blicks und durch sein beifälliges Lächeln. Dem weiblichen Geschlecht gefiel Fustow unbedingt; doch liebte er nicht, über diesen für junge Leute so interessanten Gegenstand zu reden, und verdiente vollkommen den Zunamen eines »diskreten Don Juan«, den seine Freunde ihm beigelegt hatten. Ich bewunderte Fustow nicht – es gab auch nichts Bewunderungswürdiges an ihm –, aber ich legte großen Wert auf seine freundschaftliche Gesinnung für mich, obgleich sie eigentlich nur darin ihren Ausdruck fand, daß ich zu jeder Zeit bei ihm Zutritt hatte. In meinen Augen war er der glücklichste Mensch auf Erden. Sein Leben glitt sanft dahin; Mutter, Geschwister, Tanten, Onkel – alle vergötterten ihn, mit ihnen allen lebte er in ungestörter Harmonie und galt für das Muster eines guten Verwandten.

4

Eines Morgens, als ich sehr zeitig zu ihm kam, traf ich ihn noch nicht in seinem Zimmer. Er begrüßte mich vom Nebenzimmer aus: ein eigenartiges Prusten und Wassergeplätscher trafen mein Ohr. Jeden Morgen begoß sich Fustow mit kaltem Wasser und machte dann eine Viertelstunde Gymnastikübungen, in denen er es zu einer bemerkenswerten Geschicklichkeit gebracht hatte. Er war nicht für übermäßige Pflege der körperlichen Gesundheit, aber er versäumte nicht das Notwendige. »Vergiß dich nicht selbst, rege dich nicht auf, arbeite mit Maß!« war sein Wahlspruch. Fustow war noch nicht zum Vorschein gekommen, als die äußere Tür des Zimmers, in dem ich mich befand, weit aufgerissen wurde und ein stämmiger, voller Mann von etwa fünfzig Jahren mit milchweiß schillernden Augen im braunroten Gesicht und mit einem wahren Wulst grauer, krauser Haare auf dem Kopf, in einen Uniformfrack gekleidet, hereintrat. Er blieb stehen, sah mich an, öffnete dann breit seinen großen Mund, stieß ein Gelächter von metallischem Klang aus und schlug sich zugleich von hinten mit der flachen Hand auf die Lende, daß es klatschte, wobei er den Fuß hoch in die Höhe hob.

»Sind Sie es, Iwan Demjanytsch?« fragte mein Freund aus dem Nebenzimmer.

»Alleweil derjenige, welcher«, antwortete der Neueingetretene. »Aber was treiben Sie denn, machen Sie etwa Toilette? Wohlgetan!« Die Stimme des Mannes, der als Iwan Demjanytsch angeredet wurde, hatte den gleichen metallartigen Klang wie sein Gelächter. »Ich sollte Ihrem Brüderlein eine Stunde geben; aber er muß sich erkältet haben, er niest ohne Unterlaß. Er kann nichts tun. Darum bin ich einstweilen bei Ihnen eingetreten, um mich zu erwärmen.«

Iwan Demjanytsch stieß das gleiche sonderbare Gelächter aus wie vordem, klatschte abermals auf seine Lende, zog aus der Tasche ein kariertes Schnupftuch hervor, schnaubte sich sehr laut, wobei er wild die Augen rollte, und spuckte in das Schnupftuch, wobei er aus vollem Halse »Tfu–u–u« rief.

Fustow trat ins Zimmer, reichte uns beiden die Hand und fragte uns, ob wir einander kennten.

»Mitnichten«, erscholl sogleich Iwan Demjanytschs laute Stimme, »der Veteran von Anno zwölf ermangelt noch dieser Ehre!«

Fustow stellte mich zuerst vor und sagte dann, auf den »Veteranen von Anno zwölf« deutend: »Iwan Demjanytsch Ratsch, Lehrer . . . verschiedener Fächer.«

»Wohlgesprochen, ja, verschiedener Fächer«, fiel ihm Ratsch ins Wort. »Man bedenke, worin ich nicht schon unterrichtet habe und was ich jetzt noch alles vortrage! Mathematik, Geographie, Statistik, italienische Buchführung, ha–ha–ha–ha! auch Musik! Sie zweifeln, Verehrtester?« fuhr er mich plötzlich an. »Fragen Sie Alexandr Dawydytsch, wie brillant ich das Fagott spiele! Was wäre ich auch sonst für ein Böhme, will sagen Tscheche! Ja, Herr, ein Tscheche bin ich, und meine Heimat ist das alte Prag! Apropos, Alexandr Dawydytsch, warum haben Sie sich so lange bei uns nicht blicken lassen? Wir könnten zusammen das Duett spielen . . . ha–ha! Wirklich!«

»Noch vorgestern habe ich Sie besucht, Iwan Demjanytsch«, antwortete Fustow.

»Nun, das nenne ich eben lange, ha–ha!«

Wenn Herr Ratsch lachte, schweiften seine weißlichen Augen unstet und sonderbar umher.

»Ich sehe schon, junger Mann, mein Benehmen ist Ihnen auffällig«, wandte er sich wieder an mich, »aber nur darum, weil Sie meine Art noch nicht kennen. Befragen Sie über mich unsern guten Alexandr Dawydytsch. Was wird er Ihnen sagen? Er wird Ihnen sagen, der alte Ratsch ist ein Biedermann, ein Russe, wenn auch nicht seiner Herkunft, so doch dem Geist nach, ha–ha! Bei der Taufe wurde ich Johann-Dietrich benamset, jetzt nennt man mich Iwan Demjanow! Ich rede, wie ich's meine, ich trage mein Herz auf der Zunge; von Zeremonien und solchem Firlefanz halte ich nichts! Hol sie der Kuckuck! Besuchen Sie mich einmal am Abend, Sie werden sich mit eigenen Augen davon überzeugen. Mein Weib, nämlich meine Ehefrau, ist ebenso einfach. Gebratenes und Gebackenes wird sie uns auftischen in Hülle und Fülle! Gelt, Alexandr Dawydytsch, habe ich nicht recht?«

Fustow lächelte bloß, und ich hielt es für angemessen, ebenfalls zu schweigen.

»Sehen Sie mich Alten nicht über die Achsel an, kommen Sie nur immer«, fuhr Herr Ratsch fort. »Jetzt aber ...« dabei zog er seine dicke silberne Uhr aus der Hosentasche und hielt sie dicht unter sein rechtes Auge, »jetzt, meine ich, muß ich aufbrechen. Ein anderer Schüler wartet auf mich. Weiß der Teufel, worin ich diesen unterrichte ... ja tatsächlich in der Mythologie! und der Halunke wohnt noch so weit von hier! an der Roten Pforte! doch, was tut's? ich reite auf Schusters Rappen, denn da Ihr Brüderlein geschwänzt hat, spare ich das Silberstück, das sonst der Fuhrmann verdient hätte! Ha–ha ... Ich mache Ihnen meine Reverenz, Verehrtester, auf Wiedersehen! Und Sie, junger Mann, kommen Sie mit ... Das wird Ihnen nicht schaden ... Und das Duett muß doch gespielt werden!« rief Herr Ratsch schon aus dem Vorzimmer, wo er die Galoschen geräuschvoll anzog, und noch einmal hörten wir sein metallisches Lachen.

5

»Was für ein Sonderling?!« wandte ich mich an Fustow, der sich inzwischen an die Drechselbank begeben hatte. »Ist er wirklich ein Ausländer? Er spricht das Russische so geläufig.«

»Ja, ein Ausländer, doch lebt er schon an dreißig Jahre in Rußland. Es mag wohl achtzehnhundertzwei gewesen sein, als irgendein Fürst ihn von einer Auslandsreise mitbrachte ... als Sekretär ... oder wohl richtiger als Kammerdiener. Das Russische spricht er wirklich geläufig.«

»So übersprudelnd und mit so barocken Wendungen«, fügte ich hinzu.

»Allerdings, nur zu geschraubt. Sie sind aber alle so, diese verrußten Deutschen.«

»Er ist ja aber doch ein Tscheche?«

»Ich weiß nicht, vielleicht. Mit seiner Frau unterhält er sich deutsch.«

»Warum nennt er sich einen Veteranen von Anno zwölf? Hat er etwa im Landsturm gedient?«

»Nichts davon! Zur Zeit des Brandes blieb er in Moskau und verlor sein Hab und Gut ... Darin hat sein ganzer Dienst bestanden.«

»Warum blieb er denn in Moskau zurück?«

Fustow ließ sein Rad weiterschnurren.

»Wer weiß? Ich habe mir sagen lassen, er habe den Unsrigen Spionagedienste geleistet, das dürfte aber ein Märchen sein. Das aber ist gewiß, daß er für seine Verluste von der Krone Entschädigung erhalten hat.«

»Er trägt einen Uniformfrack; er dient also?«

»Ja, er dient. Er ist Lehrer am Kadettenkorps und hat den Rang eines Hofrats.«

»Wer ist seine Frau.«

»Eine hiesige Deutsche, die Tochter eines Wurstmachers ... oder eines Metzgers ...«

»Und du besuchst ihn oft?«

»Ja, ich besuche ihn.«

»Unterhält man sich gut bei ihm?«

»Ziemlich gut.«

»Hat er Kinder?«

»Freilich, von seiner jetzigen Frau hat er drei Kinder und von der ersten einen Sohn und eine Tochter.«

»Wie alt ist die älteste Tochter?«

»Wohl fünfundzwanzig Jahre.«

Mir kam es vor, als ob Fustow sich tiefer zur Drehbank niederbeugte und als ob das Rad unter dem taktmäßigen Tritt seines Fußes schneller umlief und lauter schnurrte.

»Ist sie hübsch?«

»Das ist Geschmackssache. Ihr Gesicht fällt auf, und sie selbst ... sie ist eine bemerkenswerte Persönlichkeit.«

Aha! dachte ich. Fustow setzte seine Arbeit mit besonderem Eifer fort und überging meine folgende Frage mit Stillschweigen.

Ich will diese Bekanntschaft machen, entschied ich bei mir selbst.

6

Einige Tage später machte ich mit Fustow einen Abendbesuch bei Herrn Ratsch. Er wohnte in einem Holzhaus, das von einem großen Hof und Garten umgeben war und an einer krummen Gasse, unweit des Pretschistinka-Boulevards, lag. Er kam uns im Vorzimmer entgegen und bewillkommnete uns mit dem ihm eigentümlichen herben Lachen, führte uns sogleich in den Salon und stellte mich einer korpulenten, in ein enges Kamelottkleid gezwängten Dame, seiner Gemahlin Eleonora Karpowna, vor. In ihrer ersten Jugend mochte Eleonora Karpowna die Schönheit besessen haben, welche die Franzosen, wer weiß warum, »beauté du diable« genannt haben, nämlich eine gewisse Körperfrische; als ich sie aber kennenlernte, erinnerte sie unwillkürlich an ein Stück guten Rindfleisches, das der Fleischer auf einem sauberen Marmortisch ausgelegt hat. Ich gebrauche mit Absicht das Wort »sauber«. Nicht nur schien die Hausfrau selbst ein Muster von Sauberkeit zu sein, sondern auch alles, was sie umgab, alles im Haus glänzte vor Reinheit; alles war geputzt, geglättet, mit Seife gewaschen; der Samowar auf dem runden Tisch strahlte wie die Sonne, die Vorhänge an den Fenstern, die weißen Decken auf dem Tisch bauschten sich vor lauter Stärkemehl, und das gleiche war bei den Kleidern und Chemisetten der anwesenden vier Kinder des Herrn Ratsch der Fall, untersetzter, wohlgenährter Geschöpfe, die der Mutter ausnehmend glichen. Die harten Linien ihrer gleichsam zusammengekeilten Gesichter fielen durch die Haarwirbel an den Schläfen noch mehr auf; alle vier hatten etwas eingedrückte Nasen, große, geradezu geschwollene Lippen, ganz kleine hellgraue Augen und kurze, gedrungene rote Finger.

»Das ist meine Leibgarde«, rief Herr Ratsch, während er seine schwere Hand der Reihe nach den Kindern auf den Kopf legte. »Kolja, Olja, Saschka und Maschka! Dieser da ist acht, jene sieben, dieser hier vier und die sogar ganze zwei Jahre alt. Ha – ha – ha! Wie Sie sehen, sind wir, meine Frau und ich, nicht faul gewesen. Was sagen Sie dazu, Eleonora Karpowna?«

»Sie sprechen auch immer so unzart«, sagte Eleonora Karpowna und wandte sich ab.

»Und ihren Nesthäkchen hat sie lauter echt russische Namen gegeben«, fuhr Herr Ratsch fort. »Passen Sie nur auf, sie wird sie noch zum griechischen Glauben umtaufen lassen. Hol mich der Teufel, sie ist eine ganze Slawin, obschon von germanischem Geblüt! Eleonora Karpowna, sind Sie eine Slawin?«

Eleonora Karpowna wurde böse.

»Ich bin Hofrätin, das ist's, was ich bin! Und folglich bin ich eine russische Dame, und alles, was Sie noch sagen werden ...«

»Wie sie Rußland liebt, das ist wahrhaft rührend!« unterbrach sie Iwan Demjanytsch. »Ha – ha – ha!« und er lachte mit der Gewalt eines Erdbebens.

»Nun, was weiter?« fuhr Eleonora Karpowna fort. »Freilich liebe ich Rußland; wo hätte ich auch sonst einen adeligen Titel erlangen können? Meine Kinder sind jetzt auch Adelige! Kolja, sitz ruhig mit den Füßen!«

Ratsch winkte ihr mit der Hand zu.

»Beruhige dich nur, meine Sultanin Sumbeka! Wo bleibt aber das wohlgeborene Viktorchen? Gewiß treibt es sich herum! Er wird noch einmal dem Inspektor ins Garn laufen! Und dann gibt's einen Mordsspektakel! Das ist ein Bummler, der Fiktor!«

»Dem Fiktor kann ich nicht kommandieren*, Iwan Demjanytsch, Sie wissen's wohl!« brummte Eleonora Karpowna.

Ich warf einen Blick auf Fustow, um endlich von ihm zu erfahren, was ihn bewog, mit Menschen dieser Gattung Umgang zu pflegen ... da trat ein hochgewachsenes junges Mädchen in einem schwarzen Kleid ins Zimmer, jene älteste Tochter des Herrn Ratsch, die Fustow erwähnt hatte ... Jetzt waren mir die häufigen Besuche meines Freundes erklärlich.

7

Shakespeare, glaube ich, spricht an einer Stelle von »einer weißen Taube inmitten einer Schar schwarzer Raben«; einen ähnlichen Eindruck machte auf mich das eingetretene junge Mädchen: sie hatte gar wenig gemein mit ihrer Umgebung, ja sie selbst schien sich im stillen zu wundern und zu fragen, wie sie hierhergeraten sei. Alle Glieder der Familie Ratsch machten den Eindruck selbstzufriedener, gesunder Alltagsmenschen; *ihr* schönes, jedoch schon verblühendes Gesicht trug das Gepräge von Wehmut, Stolz und Kränklichkeit. *Jene*, unverkennbare Plebejer, waren von einer ungezwungenen, sogar groben, aber einfachen Haltung; in dem aristokratischen Wesen *dieser* war überall eine schwermütige Unruhe zu bemerken. In ihrer ganzen

* Im Original deutsch (Anmerkung des Übersetzers).

Erscheinung war nichts von dem der germanischen Rasse eigenen Wesen zu entdecken; eher konnte man sie für eine Südländerin halten. Glanzlose, aber sehr dichte schwarze Haare, tiefliegende, gleichfalls glanzlose, schwarze und dabei doch sehr schöne Augen, eine niedrige, gewölbte Stirn, eine Adlernase, die grünliche Blässe der glatten Haut, ein gewisser tragischer Zug, der um die feinen Lippen und auf den ein wenig eingefallenen Wangen spielte, etwas Eckiges und Ungelenkes in den Bewegungen, Schönheit der Form und doch keine Grazie ... das alles wäre mir in Italien nicht weiter aufgefallen, aber in Moskau, am Pretschistinka-Boulevard, versetzte es mich in Erstaunen. Bei ihrem Eintritt erhob ich mich vom Stuhl; sie streifte mich mit einem raschen, flüchtigen Blick, ließ dann ihre schwarzen Augenlider sinken und setzte sich dicht ans Fenster »wie Tatjana« (Puschkins Onegin war uns allen damals ganz geläufig.) Ich sah Fustow an, doch er wandte mir eben den Rücken zu und nahm aus den gedrungenen Händen der Eleonora Karpowna eine Tasse Tee. Noch glaubte ich zu bemerken, daß mit dem Eintritt der Tochter vom Haus ein leichter Hauch physischer Kälte durch das Zimmer ging ... Eine wahre Marmorstatue! war mein Eindruck.

8

»Pjotr Gawrilytsch!« ertönte die laute Stimme des Herrn Ratsch, der sich an mich wandte; »erlauben Sie, daß ich Ihnen meine ... meinen ... meine Nummer eins, ha – ha – ha! Susanna Iwanowna vorstelle!«

Ich verneigte mich schweigend und dachte sogleich: Also selbst der Name ist nicht im Einklang mit den übrigen Namen. Susanna erhob sich ein wenig, jedoch ohne zu lächeln und ohne die fest ineinandergeschlungenen Hände zu lockern.

»Wie steht es mit unserm Duett?« nahm Iwan Demjanytsch wieder das Wort. »Alexandr Dawydytsch? verehrtester Gönner? Ihre Zither ist hier geblieben, und mein Fagott habe ich bereits aus dem Futteral herausgenommen. Wollen wir den verehrten Anwesenden einen Ohrenschmaus bereiten!* Nun also? Gilt's?« rief abermals Iwan Demjanytsch, als er sah, daß Fustow keine

* Hier folgt im Original eine ins Deutsche nicht übersetzbare Vergleichung der Ausdrucksweise des Herrn Ratsch mit der des Fürsten Wjasemskij in seinen »ultranationalen« Gedichten in treffenden Wortspielen (Anmerkung des Übersetzers).

Einwendungen machte. »Kolja, abmarschiert, bringe die Notenpulte her! Du, Olja, rasch die Zither! Und Lichter zu den Notenpulten; Allergnädigste, geruhe uns welche zu verabfolgen!« Herr Ratsch schwirrte im Zimmer umher wie ein Brummkreisel. »Pjotr Gawrilytsch, hören Sie gern Musik? Wo nicht, so vertreiben Sie sich die Zeit mit Plaudern, doch unter dem Vorbehalt: hübsch still! Ha – ha – ha! Und wo bleibt dieser Sonderling, der Viktor? Könnte auch zuhören! Sie haben ihn, Eleonora Karpowna, ganz und gar verwöhnt!«

Eleonora Karpowna wurde feuerrot.

»Aber was kann ich denn, Iwan Demjanytsch ...«

»Schon gut, schon gut, kläffe nicht! Bleibe ruhig, hast du verstanden! Alexandr Dawydytsch, bitte fangen wir an.«

Die Kinder führten rasch die Befehle des Vaters aus, die Notenpulte waren aufgestellt, die Musik begann. Ich habe schon bemerkt, daß Fustow ausgezeichnet Zither spielte, doch verursachte dieses Instrument mir jedesmal einen peinlichen Eindruck. Es kam mir stets so vor – und auch jetzt kann ich mich dieses Gefühls nicht erwehren –, als sei in der Zither die Seele eines jüdischen Wucherers eingeschlossen, die nun näselnd singen muß und dabei über den unbarmherzigen Virtuosen klagt und stöhnt, dem sie doch den Gehorsam nicht verweigern kann. Die Art, wie Herr Ratsch sein Instrument handhabte, sagte mir auch nicht zu; zudem hatte sein plötzlich gerötetes Gesicht mit den weißlichen, böse blinzelnden Augen einen drohenden Ausdruck angenommen: man konnte meinen, er wolle jemanden mit seinem Fagott niederschlagen und drohe und höhne zum voraus, so unheimlich klangen die heiseren, gequetschten, schwerfälligen Töne. Ich rückte in die Nähe Susannas und fragte sie in der ersten Pause, ob sie die Musik ebenso liebe wie ihr Vater.

Sie bog sich zurück, als ob ich sie gestoßen hätte, und preßte mühsam ein »Wer?« hervor.

»Ihr Herr Vater«, wiederholte ich, »Herr Ratsch.«

»Herr Ratsch ist nicht mein Vater.«

»Nicht Ihr Vater! Entschuldigen Sie ... Ich muß falsch verstanden haben ... Es kam mir doch so vor, als ob Alexandr Dawydytsch ...«

Susanna sah mich scharf und ängstlich an.

»Sie haben Herrn Fustow mißverstanden. Herr Ratsch ist mein Stiefvater.«

Ich schwieg eine Weile.

»Sie lieben also die Musik nicht?« hob ich von neuem an.

Susanna blickte zu mir auf. In ihrem Blick konnte man eine gewisse Verwilderung lesen. Augenscheinlich hatte sie nicht erwartet, daß ich das Gespräch fortsetzen würde, auch wünschte sie keine Fortsetzung.

»Das habe ich nicht gesagt«, sprach sie zögernd.

»Tru-tu-tu-tu-tu-u-u!« ließ sich plötzlich das Fagott vernehmen, indem es mit besonderem Ingrimm die Fiorituren des Finales ausführte. Ich drehte mich um, und mein Blick fiel auf den roten Hals des Herrn Ratsch, der bis zu den abstehenden Ohren hinauf wie bei einer Schlange angeschwollen war; und widerlich kam mir Herr Ratsch vor, recht widerlich.

»Dieses ... Instrument lieben Sie gewiß nicht«, sagte ich mit halber Stimme.

»Ja ... ich liebe es nicht«, antwortete sie; sie schien meine versteckte Anspielung begriffen zu haben.

So steht es also! dachte ich bei mir selbst mit einer gewissen Befriedigung.

»Susanna Iwanowna liebt sehr die Musik«, mischte sich unerwartet Eleonora Karpowna in das Gespräch und setzte in ihrem deutsch-russischen Jargon hinzu: »Sie spielt selbst sehr gut das Pianoforte, doch berührt sie es um so weniger, je mehr man sie darum bittet.«

Susanna erwiderte nichts auf diese Worte der Eleonora Karpowna – sie blickte sie nicht einmal an – kaum merklich nur schielte sie nach ihr hin, ohne die gesenkten Wimpern zu heben. Aus dieser Bewegung – einer Bewegung, die sich auf den Augapfel allein beschränkte – konnte ich schließen, von welchen Gefühlen gegen die zweite Frau ihres Stiefvaters sie beseelt war ... Und wieder empfand ich eine gewisse Befriedigung.

Inzwischen war das Duett zu Ende. Fustow stand auf, näherte sich mit unsicherem Schritt dem Fenster, an dem ich neben Susanna saß, und fragte sie, ob sie schon von Lenhold die Noten erhalten habe, die er aus Petersburg zu bestellen versprochen hatte.

»Ein Potpourri aus ‚Robert dem Teufel‘«, fügte er, gegen mich gewandt, hinzu, »aus jener Oper, die neuerdings so viel Furore macht.«

»Nein, ich habe sie noch nicht erhalten«, antwortete Susanna und setzte dann eilig, mit zum Fenster gewandtem Gesicht, flüsternd hinzu: »Ich bitte Sie, Alexandr Dawydytsch, seien Sie so freundlich, fordern Sie mich heute nicht auf, vorzuspielen; ich bin so gar nicht dazu aufgelegt.«

»Was, was? Robert der Teufel von Meyerbeer!« rief der herzutretende Iwan Demjanytsch; »etwas ganz Ausgezeichnetes, ich wette darauf! Er ist ein Jude, und alle Juden wie alle Tschechen sind geborene Musiker! Besonders die Juden! Nicht wahr, Susanna Iwanowna? Was? Ha – ha – ha!«

In den letzten Worten des Herrn Ratsch, ja diesmal auch in seinem Gelächter, klang etwas anderes durch als seine gewöhnliche Spaßmacherei – die Absicht, zu verletzen. So kam es wenigstens mir vor, und denselben Eindruck machte es auf Susanna. Sie fuhr zusammen, errötete und kniff die Unterlippe ein; ein heller Punkt, dem Glanz einer Träne ähnlich, schimmerte an ihrer Wimper. Sie erhob sich rasch und verließ das Zimmer.

»Wohin, wohin, Susanna Iwanowna?« rief ihr Ratsch nach.

»Lassen Sie sie nur, Iwan Demjanytsch«, bemerkte ihrerseits Eleonora Karpowna, »wenn sie einmal so etwas im Kopf hat . . .«

»Ein nervöses Naturell«, sagte Ratsch, indem er sich auf seinen Absätzen umdrehte und auf seine Lende klatschte; »ihr plexus solaris leidet. Was sehen Sie mich so starr an, Pjotr Gawrilytsch? Auch Anatomie habe ich getrieben, hahaha! Auch zu kurieren verstehe ich! Fragen Sie einmal Eleonora Karpowna . . . Alle ihre Krankheiten kuriere ich! Ich habe dafür ein Arkanum.«

»Ach, Sie treiben immer Ihre Scherze, Iwan Demjanytsch«, antwortete diese verstimmt, während Fustow, sich in den Hüften wiegend, die beiden Gatten anlächelte.

»Warum soll ich denn keinen Spaß treiben, mein Mütterchen?« fragte Iwan Demjanytsch. »Das Leben soll uns Nutzen bringen, aber mehr noch – Vergnügen, wie ein berühmter Poet gesagt hat. Kolja, wisch dir die Nase, du Maulaff!«

9

»Dir habe ich es zu danken, daß ich mich heute in einer höchst unbequemen Situation befunden habe«, sagte ich auf dem Heimweg zu Fustow. »Du hattest mir gesagt, daß diese . . . wie heißt sie gleich? . . . Susanna die Tochter des Herrn Ratsch sei, und sie ist doch nur seine Stieftochter.«

»Wirklich! Habe ich dir gesagt, daß sie seine Tochter sei? Übrigens . . . ist es nicht alles gleich?«

»Dieser Ratsch . . .« fuhr ich fort, »ach, Alexandr! wie mißfällt er mir! Hast du bemerkt, mit welcher besonderen Ironie er heute vor ihr von den Juden sprach? Ist sie etwa ... eine Jüdin?«

Fustow ging vor mir und schwenkte seine Arme; es war kalt, der Schnee knisterte wie trockenes Salz unter den Füßen.

»Ja, ich glaube etwas der Art gehört zu haben«, sagte er endlich. »Mir scheint, ihre Mutter war jüdischer Abstammung.«

»Also hat Herr Ratsch in erster Ehe eine Witwe geheiratet?«

»Wahrscheinlich.«

»Hm ... Und dieser Viktor, der vergeblich erwartet wurde, ist der auch sein Stiefsohn?«

»Nein ... der ist sein leiblicher Sohn. Übrigens weißt du ja, ich mische mich nicht in fremde Angelegenheiten und liebe nicht, andere auszufragen. Ich bin nicht neugierig.«

Ich biß mich auf die Lippen, während Fustow immer voraneilte. Dicht vor dem Haus holte ich ihn ein und sah ihm ins Gesicht.

»Ist Susanna wirklich so musikalisch?« fragte ich ihn.

Sein Gesicht verdüsterte sich.

»Sie spielt sehr gut Klavier«, preßte er durch die Zähne hervor. »Doch muß ich dich warnen, sie ist sehr scheu«, fügte er hinzu und verzog sein Gesicht. Er schien es zu bereuen, mich in jenem Haus eingeführt zu haben.

Ich schwieg, und wir trennten uns.

10

Am andern Morgen fand ich mich wieder bei Fustow ein. Es war mir zum Bedürfnis geworden, die Morgenstunden bei ihm zuzubringen. Er empfing mich zuvorkommend wie immer, doch sprach er von unserm Besuch am gestrigen Abend kein Wort, als ob er einen Knebel im Mund trüge. Ich griff nach dem jüngsten Heft des »Teleskop«.

Ein Unbekannter trat ins Zimmer. Bald ergab es sich, daß ich in ihm Viktor, denselben Sohn des Herrn Ratsch vor mir hatte, über dessen Abwesenheit sein Vater gestern so ungehalten gewesen war.

Viktor war ein junger Mensch von etwa achtzehn Jahren. Auf seinem Gesicht von unreiner Farbe mit einem süßlich-frechen Lächeln und dem Ausdruck der Erschlaffung in den entzündeten Augen waren die Spuren einer bereits vergeudeten Gesundheit und eines häufigen Weingenusses nicht zu verkennen. Er glich seinem Vater, doch waren seine Züge feiner und nicht ganz ohne Anmut. Aber selbst in dieser Anmut lag etwas Unedles. Er war sehr nachlässig gekleidet, an seinem Uniform-Überrock fehlte ein Knopf, seine Stiefel waren schadhaft, und er roch penetrant nach Tabak.

»Guten Tag«, sagte er mit heiserer Stimme und mit jenen eigentümlichen Zuckungen des Kopfes und der Schultern, die ich so häufig an verwöhnten und von sich eingenommenen jungen Leuten beobachtet habe. »Ich wollte ins Kolleg gehen und bin zu Ihnen geraten. Meine Brust ist belegt. Geben Sie mir eine Zigarre.« Seine Füße nachlässig schleppend, die Hände in den Hosentaschen, ging er durch das ganze Zimmer und ließ sich schwerfällig auf dem Sofa nieder.

»Sie haben sich wohl erkältet?« fragte Fustow und stellte uns gegenseitig vor. Wir beide waren Studenten, aber wir gehörten zu verschiedenen Fakultäten.

»Nein ... durchaus nicht! Gestern, muß ich Ihnen gestehen ...« (hierbei lächelte Herr Ratsch junior wiederum nicht ohne Anmut, doch zeigte der offene Mund verdorbene Zähne) »gestern haben wir getrunken, fest getrunken.« Er rauchte die Zigarre an und räusperte sich. »Wir gaben dem Obichodow das Geleit.«

»Wohin reist er?«

»In den Kaukasus, und seine Mätresse nimmt er mit. Sie kennen sie wohl, die Schwarzäugige, mit den vielen Sommersprossen. – Der Narr!«

»Gestern abend fragte Ihr Vater nach Ihnen«, sagte Fustow.

»Ja, es wurde mir erzählt, daß Sie gestern unser Zigeunerlager besucht haben. Haben Sie auch musiziert?«

»Wie immer.«

»Und *sie* ... Vor dem neuen Gast« (er wies mit dem Kopf auf mich hin) »hat sie sich gewiß geziert? Hat nicht spielen wollen?«

»Von wem sprechen Sie denn?« fragte Fustow.

»Von wem denn sonst als von der verehrten Susanna Iwanowna?« Viktor machte es sich noch bequemer, legte den Arm über den Kopf, betrachtete seine Hand – und räusperte sich.

Ich sah Fustow an. Er zuckte nur die Achseln, als wolle er mir zu verstehen geben, daß von einem solchen Lümmel nichts Besseres zu erwarten sei.

11

Viktor wurde redselig. Die Augen an die Stubendecke geheftet, begann er ohne Eile und mit näselnder Stimme vom Theater zu erzählen, von zwei Schauspielern seiner Bekanntschaft, von einer Serafima Serafimowna, die ihn zum besten gehabt habe, und von dem neuen Professor R., den er ein Rindvieh nannte. »Stellen Sie sich vor, was dieser moralische Krüppel sich ausgedacht hat? Jede Vorlesung beginnt er mit einem Namensappell der Anwesenden, und doch gibt er sich für einen Liberalen aus! Ins Loch mit allen diesen Liberalen!« Endlich wandte er sich mit dem ganzen Oberkörper zu Fustow hin, kehrte ihm auch sein Gesicht zu und sagte in halb weinerlichem, halb spöttischem Ton: »Ich habe ein Anliegen an Sie, Alexandr Dawydytsch ... Können Sie nicht meinen Alten zur Vernunft bringen ... Sie spielen doch so viel mit ihm Duett ... Er hat die Unverschämtheit, mir monatlich nur fünfundzwanzig Rubel zu geben ... Was soll mir das? Es reicht ja kaum zu Tabak. Und dann verlangt er noch, ich solle keine Schulden machen! Ich möchte ihn einmal sehen, wenn er in meiner Haut steckte! Ich beziehe ja keine Pension, wie *andere Leute*« (Viktor sprach die beiden letzten Worte mit ganz besonderer Betonung). »Geld hat er übergenug, das weiß ich! Was spielt er mir gegenüber den armen Lazarus, mich wird er damit nicht hinters Licht führen! Faule Fische! Er hat sein Schäfchen geschoren, daß es eine Art hat!«

Fustow schielte Viktor von der Seite an.

»Meinetwegen«, fing er langsam an, »ich will mit Ihrem Vater sprechen. Sonst aber, wenn Sie wünschen, könnte ich ... einstweilen ... eine kleine Summe ...«

»Nein, schon lieber den Alten herumkriegen ... Indes«, fügte Viktor hinzu, wobei er seine Nase mit allen fünf Fingern kratzte, »geben Sie mir immerhin, wenn Sie können, einige Rubel, etwa fünfundzwanzig ... Wie hoch stehe ich denn bei Ihnen in der Kreide?«

»Sie haben fünfundachtzig Rubel von mir geliehen.«

»So ... das würde also zusammen ... einhundertzehn Rubel ausmachen. Ich gebe Ihnen später alles auf einmal zurück.«

Fustow ging ins Nebenzimmer, brachte einen Fünfundzwanzigrubelschein und reichte ihn Viktor schweigend. Dieser streckte die Hand danach aus, gähnte dabei aus vollem Hals, ohne die Hand vor den Mund zu halten, und murmelte: »Schönen Dank«. Dann räkelte er sich noch ein paarmal auf dem Sofa und erhob sich langsam.

»Brr, mir ist gar nicht behaglich«, sprach er halblaut, »soll ich mich zur Villa Tivoli begeben?« Er näherte sich dabei der Tür.

Fustow verfolgte ihn mit den Blicken; es hatte den Anschein, als ob er mit sich selbst nicht einig sei.

»Was ist das für eine Pension, von der Sie vorhin sprachen, Viktor Iwanytsch?« fragte er endlich.

Viktor blieb auf der Schwelle stehen und setzte die Mütze auf.

»Ah, Sie wissen es nicht? Die Pension der Susanna Iwanowna ... ja, ja, sie bezieht eine. Oh, das ist eine köstliche Anekdote, sage ich Ihnen! Ich will sie Ihnen gelegentlich erzählen. Jetzt bin ich eilig. Aber meinen Alten, bitte, vergessen Sie meinen Alten nicht. Freilich hat er ein hartes Fell, ein echt deutsches, in Rußland gegerbtes Fell, aber Sie werden schon mit ihm fertig werden. Sehen Sie nur zu, daß das Lenorchen, meine Stiefmutter, nicht dabei ist. Der Alte fürchtet sie, und sie will alles ihren Nesthäkchen zuwenden. Nun, Sie sind ja kein Neuling in der Diplomatie! Leben Sie wohl!«

»Was für ein widerwärtiger Bursche!« rief Fustow aus, sobald die Tür ins Schloß gefallen war.

Sein Gesicht brannte wie Feuer, und er vermied es, mich anzusehen. Ich gab es auf, ihn auszufragen, und entfernte mich bald darauf.

12

Den ganzen Tag über weilten meine Gedanken bei Fustow, bei Susanna und ihren Angehörigen; ich ahnte irgendein Familiendrama. Mein Freund, das konnte ich wohl bemerken, war gegen Susanna nicht gleichgültig. Aber sie? Liebte sie ihn? Was ließ sie so unglücklich erscheinen? Was war sie überhaupt für ein Wesen? Diese Fragen tauchten immer wieder in mir auf. Ein dunkles, aber mächtiges Gefühl sagte mir, ich dürfe die Beantwortung derselben nicht von Fustow erwarten. Mein Grübeln führte mich endlich zu dem Entschluß, am andern Tag allein zu Herrn Ratsch zu gehen.

Als ich in das kleine, dunkle Vorzimmer seines Hauses trat, wurde mir plötzlich sehr beklommen und unheimlich zumute. Vielleicht wird sie gar nicht zum Vorschein kommen, fiel mir ein, ich werde mich mit diesem widerlichen Veteranen abgeben müssen oder wohl gar mit seiner langweiligen Frau ... Und selbst wenn sie zum Vorschein kommen sollte, was weiter? Wird sie sich denn in ein Gespräch mit mir einlassen? Neulich war sie doch so wenig freundlich gegen mich ... Warum bin ich denn eigentlich gekommen? Während mich noch diese Gedanken beschäftigten, hatte der kleine Kosak* mich bereits gemeldet; und nach zwei, drei verwunderten Fragen: »Wer, wer?« und: »Wen nanntest du?« hörte man im Nebenzimmer schwerfällige Tritte klappernder Pantoffel, und im Spalt der halbgeöffneten Tür erschien das gerunzelte, finstere Gesicht von Iwan Demjanytsch. Er starrte mich eine Zeitlang an, ohne den Ausdruck seines Gesichts zu verändern; augenscheinlich erkannte er mich nicht sogleich – dann aber glätteten sich seine Wangen, die Augenlider wurden zusammengekniffen, und unter Gelächter entfuhr dem geöffneten Mund der Ausruf: »Ah, Väterchen, Verehrtester! Treten Sie doch näher!«

Ich folgte ihm zögernd und ungern, denn ich fühlte es durch, daß dieser jetzt so zuvorkommende und heitere Ratsch mich innerlich zum Teufel wünsche; doch konnte ich nicht mehr zurück. Er führte mich in den Salon, und siehe da! ich fand Susanna am Tisch sitzend, und vor ihr das Kassabuch des Hauses. Sie blickte mich mit ihren tiefdunklen Augen an und nagte an den Nägeln der linken Hand, eine Gewohnheit, die ich schon an ihr bemerkt hatte und die bei nervösen Leuten häufig vorkommt.

Sonst war niemand im Zimmer.

»Da sehen Sie es«, fing Herr Ratsch an und klatschte sich auf die Lende, »womit Susanna Iwanowna und ich uns hier beschäftigen: wir sehen Rechnungen durch. Meine Gemahlin ist in der edlen Rechenkunst keine Meisterin, und was mich betrifft: ich schone meine Augen. Ich kann ohne Brille nicht mehr lesen. Mag denn die junge Welt aushelfen, hahaha! Ordnung muß sein! Mit unsern Rechnungen hat es übrigens keine Eile ... Eile mit Weile! hahaha!«

Susanna schlug das Buch zu und wollte sich entfernen.

»Warte doch, warte«, begann Herr Ratsch. »Was tut's, daß du keine Toilette gemacht hast ...« (Susanna war in einem sehr

* Zur Zeit der Leibeigenschaft waren in vielen, auch bescheidenen Haushaltungen zwölf- bis fünfzehnjährige Knaben angestellt, die kleine Dienste als Vorübung für ihren späteren Dienerberuf verrichteten und nach ihrer Bekleidung »kleine Kosaken« genannt wurden (Anmerkung des Übersetzers).

alten Kleid mit ganz kurzen Ärmeln, man hätte es ein Kinderkleidchen nennen können.) »Unser werter Gast wird es uns nicht verübeln, daß ich noch die vorletzte Woche zu Ende bringen möchte ... Sie erlauben«, wandte er sich zu mir, »wir stehen doch mit Ihnen nicht auf zeremoniösem Fuß!«

»Ich bitte recht sehr, lassen Sie sich ja nicht stören«, antwortete ich.

»Ja, ja, mein verehrtestes Väterchen, Sie werden es ja selbst wissen, daß der verstorbene Zar Alexej Michailowitsch Romanow zu sagen pflegte: ‚Der Arbeit gehört die Zeit und dem Vergnügen – ein Augenblick.' Wir wollen aber heute selbst der Arbeit nur noch einen Augenblick widmen ... haha! Was waren denn das für dreizehn Rubel dreißig Kopeken?« fragte er mit gedämpfter Stimme, sich von mir abwendend.

»Viktor hat sie von Eleonora Karpowna genommen; er behauptete, Sie hätten sie ihm bewilligt«, antwortete Susanna gleichfalls mit gedämpfter Stimme.

»Behauptete ... behauptete ... ich hätte bewilligt ...« brummte Iwan Demjanytsch, »bin ich etwa nicht selbst zur Stelle? Man hätte mich fragen sollen. Und wem wurden jene siebzehn Rubel ausgezahlt?«

»Dem Möbelhändler.«

»Dem Möbelhändler ... Wofür denn das?«

»Laut Rechnung.«

»Laut Rechnung! Laß doch sehen.« Er riß das Buch Susanna aus der Hand, setzte seine große, in Silber gefaßte Brille mit ihren runden Gläsern auf die Nase und fuhr suchend mit dem Finger über die Zeilen. »Dem Möbelhändler ... seht doch an ... dem Möbelhändler ... Ihr seid froh, das Geld aus dem Fenster zu werfen ... wie die Kroaten!* ... und noch laut Rechnung! – Doch wozu das?« sagte er plötzlich mit lauter Stimme und wandte sich wieder zu mir, indem er die Brille von der Nase nahm. »Diese Prosa können wir ja später vornehmen. Susanna Iwanowna, schaffen Sie einmal die Buchhalterei beiseite, verfehlen Sie aber nicht, selbst zurückzukehren und das Ohr unseres lieben Gastes durch Ihr musikalisches Talent, will sagen durch Ihr Klavierspiel, zu entzücken ... Ah?«

Susanna hatte ihren Kopf abgewandt.

»Ich würde mich glücklich schätzen«, beeilte ich mich hinzuzufügen, »ich würde mich sehr glücklich schätzen, Ihr Klavier-

* Im Original deutsch (Anmerkung des Übersetzers).

spiel zu hören. Doch möchte ich Sie um nichts in der Welt belästigen.«

»Was reden Sie da von belästigen! Nun, Susanna Iwanowna, eins, zwei drei!«

Susanna erwiderte nichts und ging zur Tür hinaus.

13

Ich erwartete nicht, daß sie zurückkommen werde; aber sie trat sehr bald wieder ein, ohne auch nur ihr Kleid gewechselt zu haben. Sie setzte sich in die Ecke des Zimmers und sah mich zwei-, dreimal aufmerksam an. Mochte sie aus meinem Benehmen jene unwillkürliche, mir selbst unerklärliche Achtung herausfühlen, die sie – mehr als bloße Neugierde, mehr als gewöhnliche Teilnahme – in mir erweckt hatte – oder war sie an jenem Tag in einer weicheren Stimmung, jedenfalls stand sie auf, trat an das Klavier, legte unschlüssig ihre Hand auf die Tasten und wandte ein wenig den Kopf nach mir um, über die Schulter blikkend, als ob sie mich fragen wollte, was sie denn spielen solle. Ehe ich noch etwas sagen konnte, hatte sie sich schon gesetzt, ein Notenbuch hervorgeholt, es eilig aufgeschlagen und zu spielen begonnen. Seit meiner Kindheit habe ich die Musik geliebt, ich hatte aber in jener Zeit nur wenig Verständnis für diese Kunst und kannte nur zum kleinsten Teil die Kompositionen großer Meister; und hätte nicht Herr Ratsch mit einigem Unwillen gebrummt: »Aha! wieder dieser Beethoven!« ich hätte nicht erraten, was Susanna ausgewählt hatte. Wie ich später erfuhr, spielte sie damals Beethovens f-moll-Sonate opus 75. Ihr Spiel frappierte mich. So viel Kraft, so viel Feuer, so viel kühnen Schwung hatte ich nicht erwartet. Schon bei den ersten Takten des hinreißend-leidenschaftlichen Allegros, mit welchem die Sonate beginnt, empfand ich jenes Erstarren, jenen rieselnden und doch so süßen Schauer der Begeisterung, der die Seele ergreift, wenn das Schöne unerwartet und mächtig in sie eindringt. Ich rührte kein Glied, bis das Stück zu Ende war; mehrmals hätte ich aufatmen mögen, aber ich wagte es nicht. Zufällig saß ich hinter Susanna und konnte ihr Gesicht nicht sehen; nur ihre dunklen langen Haare sah ich ab und zu erbeben und die Schultern berühren; ihre schlanke Gestalt folgte zuweilen den Bewegungen ihrer feinen Hände und entblößten Ellenbogen, die so schnell und etwas eckig über die Tasten dahinglitten. Der letzte

Nachhall war verklungen. Endlich wagte ich aufzuatmen. Susanna blieb vor dem Klavier sitzen.

»Ja, ja«, bemerkte Herr Ratsch, der übrigens aufmerksam zugehört hatte, »romantische Musik! Die ist jetzt in Mode. Aber warum nicht rein spielen? Warum mit dem Finger zwei Tasten zugleich anschlagen? Das ist es eben, wir wollen alles recht schnell haben, möglichst schnell. Heiße Pfannkuchen!« schrie er plötzlich wie ein Hausierer.

Susanna wandte sich halb zu Herrn Ratsch hin, und ich konnte sie nun im Profil sehen. Sie hatte ihre feinen Augenbrauen über dem niedergeschlagenen Augenlid hoch emporgezogen, eine wechselnde Röte spielte auf ihrer Wange, und ihr kleines Ohr erglühte unter der zurückgeworfenen Locke.

»Ich habe die besten Virtuosen mit eigenen Ohren gehört«, fuhr Ratsch fort, indem sich sein Gesicht plötzlich verfinsterte; »sie alle sind nichts gegen den verstorbenen Field. Pfui, Nullen sind sie, Zeros! Das war ein Kerl! Und ein so reines Spiel! Und seine Kompositionen, die sind ganz ausgezeichnet! Aber alle diese neuen Herren ‚Tru-lu-lus' und ‚Tra-ta-tas', die komponieren bloß für Anfänger. Da braucht man keine Delikatesse! Da kann man auf den Tasten herumtrommeln ... Schadet nicht! Etwas kommt doch heraus: Janitscharen-Musik!« (Iwan Demjanytsch wischte sich den Schweiß von der Stirne.) »Übrigens habe ich das alles nicht auf Sie gemünzt, Susanna Iwanowna; Sie haben gut gespielt, und meine Bemerkungen dürfen Sie nicht kränken.«

»Jeder hat seinen Geschmack«, sprach Susanna mit gedämpfter Stimme, und ihre Lippen begannen zu zittern; »und Ihre Bemerkungen, Iwan Demjanytsch, Sie wissen das sehr gut, können mich nicht kränken.«

»O freilich! Doch glauben Sie nicht, mein Herr«, wandte sich Ratsch zu mir, »glauben Sie ja nicht, daß diese Äußerung aus unserer sehr großen Güte entspringe oder aus einer demütigen Gesinnung, o nein; wir halten uns vielmehr für so hoch erhaben, daß dem staunenden Beschauer, nach der russischen Redensart, die Mütze nach hinten herabfällt und keine Kritik an uns heranreicht. Eigenliebe, mein Herr, nichts als Eigenliebe! von der sind wir besessen. Ja, ja!«

Nicht ohne Staunen hörte ich Ratsch zu. Galle, giftige Galle verbitterte ein jedes seiner Worte ... Und seit langem hatte sie sich angesammelt! Sie drohte ihn zu ersticken. Er nahm einen Anlauf, seinen Ausfall mit dem gewohnten Gelächter zu schließen, aber er brachte nur einen krampfhaften, heiseren Husten hervor. Susanna antwortete keine Silbe; sie warf nur ihren Kopf zurück, faßte ihre Ellenbogen mit den beiden Händen und sah ihn gerade an. In der Tiefe ihrer unbeweglichen, groß aufgeschlagenen Augen glomm mit verzehrender, nicht zu löschender Glut unverhohlener, alter Haß. Ich stand wie auf Kohlen.

»Sie beide gehören zwei verschiedenen musikalischen Generationen an«, begann ich mit erzwungener Geläufigkeit und wollte dadurch glauben machen, ich hätte nichts bemerkt, »es ist daher kein Wunder, daß Sie in Ihren Ansichten nicht übereinstimmen... Sie werden es mir gewiß nicht verargen, Iwan Demjanytsch, daß ich mich auf die Seite... der jüngeren Generation stelle. Ich bin freilich nur Laie, doch muß ich bekennen, daß bisher kein Musikstück mich so mächtig ergriffen hat, wie die... wie dasjenige, welches uns Susanna Iwanowna soeben vorgetragen hat.«

Jetzt richtete Ratsch seinen Angriff auf mich.

»Und warum meinen Sie denn«, schrie er, noch ganz rot von seinem Hustenanfall, »daß wir darauf ausgehen, Sie für unser Lager anzuwerben?« (Das Wort »Lager« sagte er deutsch.) »Fällt uns gar nicht ein – danken schönstens! Dem Freien wird die Freiheit zuteil, dem Erlösten der Himmel, wie das Sprichwort sagt. Was aber die beiden Generationen anbetrifft, da haben Sie recht; uns Alten fällt es schwer, sehr schwer, mit euch Jungen auszukommen! Unsere Anschauungen stimmen mit den eurigen in keinem Stück überein, weder in der Kunst noch im Leben noch sogar in der Moral. Ist es nicht so, Susanna Iwanowna?«

Susanna lächelte verächtlich.

»Ganz besonders im Punkt der Moral, wie Sie sich auszudrücken belieben, gehen unsere Auffassungen nicht zusammen und können es auch nicht«, antwortete sie, und drohend zogen sich ihre Augenbrauen zusammen, ihre Lippen aber bebten leicht wie vorher.

»Freilich, freilich«, nahm Ratsch wieder das Wort, »ich bin kein Philosoph! Ich verstehe es nicht, mich so... so hoch zu versteigen! Ich bin ein gewöhnlicher Sterblicher, ein Knecht der Vorurteile – ja!«

Susanna lächelte wieder.

»Mir scheint, Iwan Demjanytsch, auch Sie verstanden zuweilen sich über die sogenannten Vorurteile zu erheben.«

»Wieso? Was meinen Sie? Ich verstehe Sie nicht.«

»Sie verstehen mich nicht? Sind Sie so vergeßlich?«

Herr Ratsch war wie verdutzt.

»Ich . . . ich . . .« wiederholte er, »ich . . .«

»Ja, Sie selbst, Herr Ratsch.«

Es folgte eine kleine Pause.

»Aber erlauben Sie, erlauben Sie«, fing Ratsch wieder an, »wie können Sie so dreist . . .«

Susanna richtete sich plötzlich hoch auf und blieb so vor Ratsch stehen, während ihre Hände die Ellenbogen nicht losließen, sie vielmehr zusammenpreßten und auf ihnen trommelten. Es schien, als schleudere sie ihm eine Herausforderung entgegen, als beginne sie den Kampf. Ihr Gesicht hatte sich ganz verändert. Plötzlich, in einem Augenblick, war es wunderbar schön geworden, aber zugleich furchtbar, und ihre sonst umflorten Augen erglänzten in einem eigentümlich freudigen, kalten Glanz wie von blankem Stahl; die Lippen, welche noch vor kurzem gebebt hatten, zogen sich jetzt mit unerbittlich strengem Zug zusammen. Ja, Susanna forderte Ratsch heraus, aber dieser starrte sie an und fand keine Worte mehr, er sank in sich zusammen, schien Kopf und Füße einzuziehen. Der Veteran von Anno zwölf fürchtete sich; daran war kein Zweifel.

Langsam ließ Susanna ihre Augen von ihm auf mich hinübergleiten, als rufe sie mich zum Zeugen ihres Sieges und der Demütigung ihres Feindes an. Noch einmal lächelte sie und verließ das Zimmer.

Einige Zeit blieb der Veteran im Lehnstuhl sitzen, ohne sich zu rühren; endlich, als sei ihm die vergessene Rolle wieder eingefallen, ermannte er sich, stand auf, schlug mir auf die Schulter und stieß sein schallendes Gelächter aus.

»Das ist drollig, hahaha! Weit über ein Jahrzehnt hinaus leben wir mit dieser jungen Dame zusammen, und noch immer versteht sie nicht zu unterscheiden, wann ich scherze und wann ich im Ernst rede. Ja auch Sie, Verehrtester, scheinen an mir irregeworden zu sein, haha! Nur weil Sie den alten Ratsch noch nicht kennen!«

Nein, ich kenne dich jetzt, dachte ich, nicht ohne Schauder und Widerwillen.

»Sie kennen den Alten noch nicht, wirklich, Sie kennen ihn nicht!« wiederholte er, während er mich ins Vorzimmer geleitete und über seinen Leib strich. »Ich bin ein geschlagener Mann, haha! Aber ich bin gut, bei Gott!«

Ich stürzte aus der Tür auf die Straße. Es litt mich nicht in der Nähe dieses guten Menschen.

14

Daß sie einander hassen, ist klar, dachte ich auf dem Heimweg, auch das ist gewiß, daß er ein abscheulicher Mensch ist, sie dagegen ein gutes Mädchen. Was aber ist zwischen ihnen vorgefallen? Was ist die Ursache dieser beständigen Erbitterung? Was der Sinn dieser Anspielungen? Und wie plötzlich das Gewitter sich entlud, bei welch nichtigem Vorwand!

Am andern Tag beschlossen Fustow und ich den berühmten Schauspieler Schtschepkin in »Verstand bringt Leid« zu sehen. Damals war es eben erst gestattet worden, dieses Lustspiel Gribojedows aufzuführen, nachdem es zuvor mit der Zensurschere zurechtgestutzt worden war. Wir klatschten den Darstellern der Rollen des Famusow und des Skalasub laut Beifall zu. Ich erinnere mich nicht mehr, wer die Rolle Tschazkijs gab, aber er war unaussprechlich häßlich; anfangs erschien er im ungarischen Schnürrock, in hohen Stiefeln mit Quasten und dann in einem Frack von der damaligen Modefarbe »flamme de punch«; dieser Frack stand ihm nicht besser, als er unserem alten Kammerdiener gestanden hätte. Der Ball im dritten Akt versetzte uns in Entzücken. Obschon die Pas beim Tanzen in Wirklichkeit wohl schwerlich je so ausgeführt worden sind wie in jener Zeit auf dem Theater, so war es doch damals so Stil und ist, glaube ich, auch bis jetzt so geblieben. Einer von den Gästen sprang ausnehmend hoch, wobei die Locken seiner Perücke nach allen Seiten flatterten; und das dankbare Publikum konnte sich nicht satt lachen. Beim Hinausgehen trafen wir im Korridor mit Viktor zusammen.

»Auch Sie sind im Theater gewesen!« rief er mit einer Gebärde des Staunens. »Wie habe ich Sie denn nicht gesehen? Ich freue mich sehr, Sie zu treffen! Sie müssen unbedingt mit mir zu Abend essen! Kommen Sie, ich halte Sie frei!«

Der junge Ratsch schien sehr aufgeregt, ja begeistert zu sein. Seine kleinen Augen bewegten sich hin und her, er schmunzelte, rote Flecke traten auf seine Wangen.

»In welcher freudigen Veranlassung?« fragte Fustow.

»In welcher? Da, sehen Sie.«

Viktor führte uns beiseite und zog aus seiner Hosentasche einen ganzen Packen damaliger Bank-Assignationen von roter und blauer Farbe (zu zehn und fünf Rubel) hervor. Er ließ den Packen in seiner Hand tanzen.

Fustow staunte.

»Ist Ihr Vater so freigebig gewesen?«

Viktor lachte.

»Da haben Sie den Rechten erraten! Warum nicht gar! ... Heute morgen ging ich ihn um Geld an, ich verließ mich auf Ihre Fürsprache. Aber was meinen Sie, wie antwortete mir der Knicker? Deine Schulden will ich meinetwegen bezahlen, bis zur Höhe von fünfundzwanzig Rubel inklusive? Hören Sie wohl? inklusive! Nein, mein Herr, dieses Glück hat mir Gott beschert. Es fügte sich trefflich.«

»Haben Sie jemand geplündert?« warf Fustow nachlässig hin.«

Viktor blickte finster.

»Gleich auch plündern! Ich habe das Geld gewonnen, von einem Offizier, einem Gardeoffizier, der erst gestern aus Petersburg hier eintraf. Wie sich alles so merkwürdig machte! Die Geschichte ist wert, erzählt zu werden ... nur nicht hier. Wollen wir zu Jar gehen, nur zwei Schritte weit. Wie gesagt, ich halte Sie frei.«

Wir hätten wohl die Einladung nicht annehmen sollen; aber wir folgten ihr ohne Widerrede.

15

Bei Jar wurde für uns in einem besonderen Zimmer serviert. Champagner fehlte nicht. Viktor erzählte uns mit aller Ausführlichkeit, wie er die Bekanntschaft dieses höchst angenehmen jungen Gardeoffiziers gemacht habe, wie dieser, zwar von guter Familie, aber von beschränktem Verstand, im Scherz Viktor vorgeschlagen habe, mit alten Karten eine Partie Schafkopf zu spielen. Der Einsatz sollte eine wahre Kleinigkeit sein, und der Offizier wollte auf das Glück einer gewissen Wilhelmine, Viktor aber auf sein eigenes Glück spielen. Darauf kam es zu hohen Wetten.

»Und denken Sie sich«, rief Viktor aus, sprang auf und klatschte in die Hände, »denken Sie sich, ich hatte nur sechs Rubel bei mir! Anfänglich verlor ich ... Stellen Sie sich meine Lage vor! Da aber wandte sich, ich weiß nicht, auf wessen Fürbitte, das Glück. Jener geriet in Eifer, hielt seine Karten so, daß ich hineinsehen konnte ... kurz! verlor an mich siebenhundertfünfzig Rubel! Er wollte noch weiter spielen, aber so einfältig war ich nicht; nein, dachte ich, ein so großes Glück darf man nicht mißbrauchen, steckte meinen Gewinn ein und schwenkte ab! Nun, jetzt brauche ich dem Alten nicht um den Bart zu gehen und kann meine Kameraden traktieren ... Heda, Kellner! Noch eine Flasche! Stoßen wir an, meine Herren!«

Wir ließen die Gläser klingen, lachten und tranken noch weiter, obschon uns eigentlich Viktors Erzählung durchaus nicht gefiel; ja seine Gesellschaft behagte uns gar nicht. Er wollte liebenswürdig sein, plauderte, ließ sich gehen und wurde dadurch nur um so widerlicher. Endlich bemerkte er, welchen Eindruck er auf uns machte, und wurde verstimmt, sein Geplauder stockte, seine Blicke wurden finster. Er fing an zu gähnen, sagte, er sei schläfrig, schimpfte mit einer ihm eigentümlichen Geläufigkeit den Kellner, weil das Pfeifenrohr schlecht gereinigt sei, und wandte sich plötzlich an Fustow mit dem Ausdruck der Herausforderung in seinem verzerrten Gesicht.

»Hören Sie einmal, Alexandr Dawydytsch«, sagte er, »stehen Sie mir Rede, warum verachten Sie mich?«

»Wieso?« entgegnete mein Freund, der nicht sogleich eine passende Antwort fand.

»Wieso ... Ich fühle es sehr gut und weiß es, daß Sie mich verachten, und dieser Herr – da« (er zeigte mit dem Finger auf mich) »auch! Als ob Sie sich durch hohe Tugend auszeichneten! aber nein, Sie sind ganz so ein Sünder wie wir alle. Ja, ärger als wir. Im Trüben ist gut fischen! Sie kennen doch das Sprichwort?«

Fustow wurde über und über rot.

»Was wollen Sie damit sagen?« fragte er.

»Soviel, daß ich noch nicht blind bin, sondern ausgezeichnet gut wahrnehme, was um mich her vorgeht; ich durchschaue Ihr Techtelmechtel mit meinem Schwesterchen ... Ich habe ja gar nichts dagegen; meinetwegen; es liegt gar nicht in meinen Grundsätzen, da im Weg zu sein; zudem hat ja mein Schwesterchen, Susanna Iwanowna, schon selbst alles durchgekostet ... Aber warum verachten Sie denn mich?«

»Sie wissen selbst nicht, was Sie plappern, Sie sind ja betrunken«, sagte Fustow und nahm seinen Mantel vom Haken an der Wand. »Erst hat er einen Einfaltspinsel beim Kartenspiel betrogen, und nun faselt er der Teufel weiß was!« sprach er laut vor sich hin.

Viktor behielt seine liegende Stellung auf dem Diwan bei und trommelte nur mit seinen über die Seitenlehne herabhängenden Füßen.

»Betrogen! Warum ließen Sie sich denn den Wein schmecken, der doch für den Kartengewinn gekauft war? Und warum sollte ich Ihnen etwas vorlügen? Es ist nicht meine Schuld, wenn in Susanna Iwanownas Vergangenheit . . .«

»Schweigen Sie«, schrie ihm Fustow zu. »Schweigen Sie . . . oder . . .«

»Oder was?«

»Sie werden schon sehen, was! Komm, Pjotr.«

»Aha!« fuhr Viktor fort, »unser großmütiger Ritter ergreift die Flucht. Er hat also keine Lust, die Wahrheit zu erfahren! Nun ja, er fühlt sich ja getroffen von dieser Wahrheit!«

»So komm doch, Pjotr«, rief Fustow, der schließlich seine gewohnte Ruhe und Selbstbeherrschung ganz und gar verloren hatte. »Was bleiben wir bei diesem elenden Bengel!«

»Dieser Bengel fürchtet Sie nicht, hören Sie es?« schrie Viktor uns nach, »er verachtet Sie, dieser Bengel, er ver-ach-tet Sie! hören Sie's auch?!«

Auf der Straße eilte Fustow dermaßen, daß ich ihm kaum folgen konnte. Plötzlich blieb er stehen und wandte sich jäh um.

»Wohin?« fragte ich.

»Man muß doch nachsehen, was dieser Tor . . . Betrunken wird er wer weiß was alles . . . Komm nur du nicht mit . . . wir werden uns morgen sprechen. Auf Wiedersehn!«

Eilig drückte mir Fustow die Hand und kehrte in Jars Gasthaus zurück.

Am andern Tag wurde ich verhindert, Fustow zu sprechen, und als ich am darauffolgenden Morgen zu ihm ging, erfuhr ich, er sei zu seinem Onkel aufs Gut, unweit Moskaus, gefahren. Ich erkundigte mich, ob er mir nichts Schriftliches zurückgelassen habe, aber nein, es fand sich kein Brief an mich vor, und auf meine Frage an den Diener, ob er nicht wisse, wie lange Alexandr Dawydytsch auf dem Gut zu verbleiben gedenke, antwortete er: »Wohl vierzehn Tage, wohl auch etwas länger, glaube ich.« Auf alle Fälle ließ ich mir die genaue Adresse Fustows geben und ging nachdenklich nach Hause. Diese plötzliche Abreise aufs Land, mitten im Winter, ging mir gar nicht in den Kopf. Bei Tisch machte mir meine gute Tante die Bemerkung, daß ich dasäße, als wartete ich auf etwas, und daß ich das wohlbekannte Backwerk anstarrte, als sähe ich es zum erstenmal in meinem Leben. »Pierre, vous n'êtes pas amoureux?» rief sie schließlich aus, nachdem sie vorsorglich ihre Gesellschafterinnen entfernt hatte. Ich beruhigte sie: nein, ich war nicht verliebt.

16

Es vergingen drei Tage. Ich spürte ein wahres Verlangen, die Ratschs zu besuchen, denn dort hoffte ich den Schlüssel zu all dem zu finden, was mich in letzter Zeit beschäftigte und mir doch so unverständlich war... Doch ich hätte ja wieder mit dem Veteranen zusammentreffen müssen... und dieser Gedanke hielt mich zurück. An einem dunklen Abend, als draußen ein Schneesturm, wie der Februar ihn zu bringen pflegt, tobte und heulte und der trockene Schnee von Zeit zu Zeit mit einem Nachdruck an die Fenster schlug, als ob grober Sand mit kräftigem Wurf gegen die Scheiben geschleudert würde, saß ich in meinem Stübchen und versuchte ein Buch zu lesen. Mein Diener trat herein und meldete mir mit einer gewissen geheimnisvollen Feierlichkeit den Besuch einer Dame. Ich erstaunte; Damenbesuch pflegte ich nicht zu empfangen, und am wenigsten in so vorgerückter Stunde. Jedoch befahl ich, die Dame eintreten zu lassen. Durch die geöffnete Tür trat raschen Schritts eine Frau, in einen leichten Sommermantel und einen gelben Schal gehüllt. Beide stark beschneite Umhüllungen streifte sie mit einer heftigen Bewegung ab, und Susanna stand vor mir. Ich war ganz erstaunt und fand kein Wort der Anrede; sie ging auf das Fenster zu, lehnte sich mit der Schulter an die Wand und blieb unbeweglich stehen; ihr Busen hob sich krampfhaft, die Augen irrten umher, und mit leichtem Stöhnen entrangen sich die Atemzüge den erstarrten Lippen. Es war mir klar, daß kein geringes Ungemach sie zu mir geführt hatte; trotz meiner Jugend und meines Leichtsinnes begriff ich sehr wohl, daß sich in diesem Moment das Schicksal eines ganzen Lebens vor meinen Augen erfüllte – und zwar ein herbes, schweres Schicksal.

»Susanna Iwanowna«, begann ich, »wie ...«

Sie ergriff rasch meine Hand mit ihren erstarrten Fingern, aber die Stimme versagte ihr. Sie konnte nur schwere Seufzer ausstoßen und senkte ihren Kopf. Ihre schwarzen Haare fielen auf die Stirn... und noch waren die Schneeflocken nicht von ihnen verschwunden.

»Beruhigen Sie sich, setzen Sie sich«, bat ich sie, »hierher, auf das Sofa. Was ist geschehen? Ich bitte Sie, setzen Sie sich.«

»Nein«, flüsterte sie kaum hörbar und ließ sich auf den Rand des Fensterbretts nieder. »Hier sitze ich gut... Lassen Sie mich... Sie konnten nicht erwarten... Doch wenn Sie wüßten ... wenn ich vermöchte ... wenn ...«

Sie wollte sich zusammenreißen, aber mit erschütternder Macht stürzten die Tränen aus ihren Augen, und ein heftiges, immer wieder hervorbrechendes Schluchzen erfüllte das Zimmer. Mein Herz wollte zerspringen ... Ich war ganz bestürzt. Nur zweimal hatte ich Susanna gesehen; ich ahnte zwar, daß ihr kein leichtes Los beschieden sei, aber ich hielt sie für ein stolzes, charakterfestes Mädchen, und nun, so unerwartet, diese nicht zu bewältigenden, verzweifelten Tränen ... Ach, mein Gott! So weint man nur in der letzten Stunde.

Ich stand da, als wäre ich selbst zum Tode verurteilt.

»Entschuldigen Sie mich«, sprach sie endlich, nachdem sie mehrmals ein Auge um das andere unwillig getrocknet hatte. »Es wird bald vorübergehen. Ich kam zu Ihnen ...« Sie schluchzte noch, aber ohne zu weinen. »Ich kam ... Sie wissen es doch, Alexandr Dawydytsch ist verreist?«

Durch diese Frage allein hatte Susanna ein vollständiges Bekenntnis abgelegt; und der Blick, mit dem sie mich dabei ansah, schien zu bitten: »Du hast mich begriffen, du wirst Erbarmen mit mir haben, nicht wahr?« Die Unglückliche! Es war ihr also nichts anderes übriggeblieben!

Ich wußte nicht, was ich ihr antworten sollte ...

»Er ist weggereist, weggereist ... er hat es also geglaubt!« sprach Susanna vor sich hin. »Er wollte nicht einmal mich fragen; er meinte, ich würde ihm nicht die reine Wahrheit sagen, das konnte er von mir glauben? Habe ich ihn denn jemals hintergangen!«

Sie biß sich auf die Unterlippe, neigte sich etwas vor und begann die Eisblumen an den Scheiben mit ihrem Nagel zu kratzen. Ich trat ins Vorzimmer, schickte meinen Diener weg und kehrte sogleich wieder in das Zimmer zurück, wo ich ein zweites Licht anzündete. Warum ich das alles eigentlich tat, wußte ich selbst nicht ... Ich war so sehr verwirrt.

Susanna saß noch immer auf dem Fensterbrett, und jetzt erst bemerkte ich, wie leicht sie gekleidet war: ein enges graues Kleid mit weißen Knöpfen und ein breiter lederner Gürtel – das war alles. Ich näherte mich ihr, aber sie beachtete es nicht.

»Er hat es geglaubt, geglaubt«, flüsterte sie und wiegte sich dabei leise von einer Seite zur andern. »Er hat nicht geschwankt, er hat gegen mich diesen letzten ... ja letzten Streich geführt!« Plötzlich wandte sie sich ganz zu mir hin. »Kennen Sie seine Adresse?«

»Ja, Susanna Iwanowna, ich kenne sie ... ich habe sie von

der Dienerschaft ... in seinem Haus erfahren. Er selbst hatte mir nichts von seiner Absicht gesagt. Ich hatte ihn zwei bis drei Tage lang nicht gesehen, und als ich ihn besuchen wollte, hörte ich, er habe Moskau bereits verlassen.«

»Sie kennen seine Adresse?« wiederholte sie. »Nun, so schreiben Sie ihm, daß er mich getötet hat. Ich weiß, daß Sie ein braver junger Mann sind. Mit Ihnen wird er gewiß nicht über mich gesprochen haben, aber mir hat er von Ihnen erzählt. Schreiben Sie ihm ... ach, schreiben Sie ihm, daß er schleunigst zurückkehre, wenn er mich lebend antreffen will ... Doch nein! Er wird mich doch nicht mehr finden!«

Susannas Stimme wurde mit jedem Wort ruhiger, sie selbst wurde ganz ruhig. Aber diese Ruhe schien mir furchtbarer als das Schluchzen von vorhin.

»Er hat ihm geglaubt ...« sagte sie noch einmal und stützte ihr Kinn in die gefalteten Hände.

Ein plötzlicher Windstoß trieb pfeifend den Schnee gegen das Fenster und machte es erdröhnen; ein kalter Luftzug fuhr durch das Zimmer ... die Flamme der Lichter flackerte ... Susanna erbebte.

Ich bat sie noch einmal, sich auf das Sofa zu setzen.

»Nein, nein, lassen Sie«, sagte sie, »ich sitze hier gut. Bitte, lassen Sie.« Sie drückte sich an die kalten Scheiben, als hätte sie in der Vertiefung des Fensters ein schützendes Nest für sich aufgefunden. »Bitte ...«

»Aber Sie zittern ja, Sie sind erstarrt«, rief ich, »sehen Sie, Ihre Stiefelchen sind durchnäßt.«

»Lassen Sie ... bitte ...« flüsterte sie und schloß die Augen.

Mich überkam eine namenlose Angst.

»Susanna Iwanowna!« schrie ich fast auf, »kommen Sie zu sich, ich bitte Sie! Was geht mit Ihnen vor? Wozu diese Verzweiflung? Sie werden sehen, es wird sich alles aufklären, irgendein Mißverständnis ... ein unvorhergesehener Zufall ... Sie werden sehen, er kehrt sehr bald zurück. Ich werde ihn benachrichtigen, noch heute schreibe ich ihm ... Aber Ihre Worte werde ich ihm nicht wiederholen ... Wie könnte ich das!«

»Er wird mich nicht mehr finden«, sagte Susanna mit derselben leisen Stimme. »Würde ich hierhergekommen sein, zu Ihnen, einem ganz Fremden, wenn ich nicht wüßte, daß ich nicht am Leben bleibe? Ach, meine letzte Hoffnung ist unwiederbringlich dahin! Ich möchte nicht so sterben, so vereinsamt, so lautlos, ohne auch nur einem zu sagen: ‚Ich habe alles verloren ... Sieh, ich sterbe!'«

Sie zog sich wieder in ihr kühles Nest zurück ... Mein Leben lang werde ich diesen Kopf nicht vergessen, diese unbeweglichen Augen mit ihrem tiefen, erloschenen Blick, diese wirren dunklen Haare, die von dem weißlichen Hintergrund des Fensters sich so grell abhoben, ja sogar dieses enge graue Kleid, unter dessen Falten noch so viel junges, heißes Leben pulsierte!

Ich schlug unwillkürlich die Hände zusammen.

»Sie ... Sie sprechen von Sterben, Susanna Iwanowna! Sie gehören dem Leben ... Sie müssen leben!«

Sie sah mich an ... Sie verwunderte sich gleichsam über meine Worte.

»Ach, Sie wissen nicht«, begann sie und ließ ihre beiden Arme langsam sinken. »Ich kann nicht leben. Zu viel habe ich erdulden müssen, gar zu viel! Ich ertrug ... ich hoffte ... aber jetzt ... wo auch dieses dahinsinkt ... wo ...«

Sie hob ihre Augen zur Decke und wurde nachdenklich. Der schmerzliche Zug, den ich schon einmal um ihre Lippen hatte spielen sehen, trat jetzt noch viel deutlicher hervor und überzog das ganze Gesicht. Es schien, als ob ein unerbittlicher Finger es unwiderruflich gezeichnet, sie für immer zu einem verlorenen Wesen bestimmt habe.

Sie schwieg noch immer.

»Susanna Iwanowna«, sagte ich endlich, um dieses unheimliche Schweigen zu brechen, »er wird zurückkehren, ich versichere Sie!«

Susanna blickte mich von neuem an.

»Was sagten Sie?« fragte sie mit augenscheinlicher Anstrengung.

»Er wird zurückkehren, Susanna Iwanowna. Alexandr kommt bald wieder!«

»Er wird zurückkehren?« wiederholte sie. »Aber wenn er auch zurückkehren sollte, diese Erniedrigung, dieses Mißtrauen kann ich ihm nicht vergeben ...«

Sie faßte sich an den Kopf.

»Ach, mein Gott, mein Gott! Was rede ich! Und warum bin ich hier? Was war es? ... Worum wollte ich bitten? ... und wen? Ach, ich verliere den Verstand!«

Ihre Augen wurden starr.

»Sie wollten mich bitten, daß ich an Alexandr schreibe«, beeilte ich mich zu sagen.

Sie fuhr auf.

»Ja, schreiben Sie ... schreiben Sie, was Sie wollen ... Aber dies da ...« Sie fuhr eilig mit der Hand in die Tasche und holte ein kleines Heft hervor. »Dies habe ich eigentlich für ihn geschrieben ... vor seiner Flucht ... Aber er hat ja geglaubt ... hat jenem geglaubt!«

Ich begriff, daß von Viktor die Rede war, Susanna wollte ihn nicht nennen, seinen verhaßten Namen nicht aussprechen.

»Erlauben Sie jedoch, Susanna Iwanowna«, begann ich von neuem, »wieso setzen Sie denn voraus, daß Alexandr Dawydytsch mit jenem ... ein Gespräch gehabt hat?«

»Wieso ich das voraussetze? Nun, jener ist selbst zu mir gekommen und hat mir alles erzählt und hat geprahlt ... und dabei ebenso gelacht wie sein Vater! Da, nehmen Sie«, fuhr sie fort und schob mir das Heft in die Hand, »lesen Sie, schicken Sie es ihm, verbrennen Sie's, werfen Sie es weg, machen Sie damit, was Sie wollen ... Man kann aber doch nicht so dahinsterben, ohne daß auch nur einer wüßte ... Aber jetzt ist es Zeit ... ich muß aufbrechen!«

Sie erhob sich vom Fensterbrett ... Ich trat ihr in den Weg.

»Wohin, Susanna Iwanowna, wie ist es möglich! Hören Sie doch, wie der Sturm heult! Und Sie sind so leicht gekleidet ... Auch ist ihr Haus recht weit. Erlauben Sie wenigstens, daß ich nach einem Mietwagen schicke oder Ihnen einen Schlitten besorgen lasse ...«

»Ist nicht nötig, ich brauche gar nichts«, antwortete sie, und mir hartnäckig ausweichend, griff sie nach Mantel und Schal. »Um Himmels willen, halten Sie mich nicht auf! oder ... ich stehe für nichts! Ich fühle, daß mein Kopf schwindelt. Ein Abgrund, ein dunkler Abgrund gähnt vor meinen Füßen ... Kommen Sie mir nicht nahe! Berühren Sie mich nicht!« Mit fieberhafter Eile legte sie den Mantel um und ergriff den Schal ... »Leben Sie wohl ... Leben Sie wohl ... Oh, mein armes, armes Volk, du Volk der ewigen Pilger, auf dir ruht ein Fluch! Aber mich hat ja niemand geliebt, warum sollte denn er ...« Plötzlich verstummte sie. »Nein doch, einer hat mich geliebt«, begann sie wieder und rang die Hände, »aber überall lauert der Tod, der unvermeidliche Tod! Jetzt ist die Reihe an mir ... Folgen Sie mir nicht«, schrie sie gellend auf, »gehen Sie mir nicht nach, gehen Sie mir nicht nach!«

Ich war wie erstarrt; sie aber flog zum Zimmer hinaus, und einen Augenblick später hörte ich, wie die schwere Haustür dröhnend ins Schloß fiel, und wiederum erzitterten die Fensterrahmen unter dem Druck des Schneegestöbers.

Nur langsam kam ich wieder zur Besinnung. Damals hatte das Leben für mich kaum begonnen; weder Leidenschaft noch tiefe Trauer hatte ich selbst erlebt und selten nur erfahren, wie diese mächtigen Gefühle bei anderen sich äußern ... Hier zeigten sich mir Trauer und Leidenschaft in ihrer ganzen Größe, und ich ward mächtig davon ergriffen. Hätte ich nicht das Heft in der Hand gehalten, ich hätte geglaubt, nur geträumt zu haben – so seltsam war alles gewesen, so plötzlich, wie ein Gewitterschauer, gekommen und verschwunden. Bis Mitternacht las ich in dem Heft; es bestand aus mehreren Blättern Briefpapier, die von allen Seiten, fast ohne Korrektur, mit großen, aber unregelmäßigen Zügen beschrieben waren. Da war keine gerade Zeile; eine jede schien das Beben der Hand zu verraten. Der Inhalt des Heftes (ich habe es sorgfältig aufbewahrt) war folgender:

17

Meine Geschichte

Ich werde bald achtundzwanzig Jahre. Und dies sind meine ersten Erinnerungen: Ich lebe im Tambowschen Gouvernement, bei dem reichen Gutsherrn Iwan Matweitsch Koltowskoj, und zwar in dessen Holzhaus in einem kleinen Zimmer des ersten Stocks. Mit mir zusammen lebt meine Mutter, eine Jüdin, die Tochter eines aus der Fremde nach Rußland berufenen, nun schon verstorbenen Malers. Sie war eine ungemein schöne, aber kränkliche Frau, deren farblose Blässe an Wachs erinnerte; ihr Blick war so überaus wehmütig, daß ich zuweilen, wenn sie mich längere Zeit ansah, von diesem traurigen, ach, so traurigen Blick, den ich, auch ohne sie anzusehen, empfand, zu Tränen gerührt wurde und ihr in die Arme fiel. Es kommen Lehrer zu mir, ich erhalte Unterricht in der Musik und werde Fräulein genannt. Meine Mutter und ich, wir speisen beim Gutsherrn. Herr Koltowskoj ist ein hochgewachsener, ansehnlicher Greis von imponierender Haltung; er duftet immer nach Ambra. Ich habe eine tödliche Angst vor ihm, obschon er mich Suzon nennt und mir seine harte, muskulöse, stets mit einer Spitzenmanschette halb bedeckte Hand zum Kusse reicht. Gegen meine Mutter ist er gesucht höflich, unterhält sich aber nur wenig mit ihr; er pflegt nur ein paar wohlwollende Worte an sie zu richten, auf die sie eilig antwortet – und dann verstummt er, schaut sich mit Grandezza um und nimmt bedächtig und mit Anstand eine Prise spanischen Tabak aus der goldenen Tabatiere, die mit dem Namenszug der Kaiserin Katharina geschmückt ist.

Mein neuntes Lebensjahr bleibt mir unvergeßlich ... damals erfuhr ich durch die aufwartenden Dienstmädchen, daß Iwan Matweitsch Koltowskoj mein Vater sei, und um dieselbe Zeit mußte meine Mutter auf seinen Befehl den Herrn Ratsch heiraten, der die Stelle eines Verwalters bei ihm bekleidete. Ich konnte gar nicht begreifen, wie das möglich sei, ich verlor mich in ein Labyrinth von Gedanken; ich wäre fast daran erkrankt, so arbeitete mein armes Gehirn, und doch fand mein Verstand keinen Ausweg. »Ist es denn wahr, Mutter«, fragte ich sie, »ist dieser wohlriechende Popanz« (so nannte ich Iwan Matweitsch) »mein Vater?« Meine Mutter erschrak heftig und hielt mir den Mund zu ... »Sprich niemals davon, gegen niemand, hörst du, Susanna? – kein Wort darüber! ...« wiederholte sie mit bebender Stimme und drückte meinen Kopf fest an ihre pochende Brust ... Und wirklich habe ich mit niemandem hierüber gesprochen ... Dieser Befehl meiner Mutter war mir ganz verständlich ... Ich begriff es wohl, daß ich schweigen müsse, daß meine Mutter mich um Verzeihung bitte!

Mit diesem Zeitpunkt begann auch mein Unglück. Herr Ratsch liebte meine Mutter nicht und wurde auch von ihr nicht geliebt. Er heiratete sie nur um der Mitgift willen und sie ihn, weil sie sich fügen mußte. Wahrscheinlich meinte Herr Koltowskoj, daß auf diese Weise alles ins beste Geleise gebracht sei – »la position etait régularisée«. Ich erinnere mich, wie am Tag vor der Hochzeit meine Mutter und ich, fest umschlungen, fast den ganzen Morgen über weinten – bitterlich und schweigend. Daß sie schwieg, war nicht zu verwundern ... Was konnte sie mir sagen? Aber auch ich fragte nicht; – dies beweist eben, daß unglückliche Kinder früher reifen als glückliche ... zu ihrem eigenen Schaden.

Herr Koltowskoj beschäftigte sich fortwährend mit meiner Ausbildung, ja er suchte mich seiner Person näherzubringen. Er unterhielt sich nicht mit mir ... aber morgens und abends pflegte er mit zwei Fingern die Tabakskörner von seinem Jabot abzuschütteln und dann mit denselben eiskalten Fingern mich in die Wange zu kneifen. Er reichte mir zuweilen Konfitüren von dunkler Farbe, die gleichfalls nach Ambra dufteten; ich konnte mich nicht überwinden, sie zu essen. Mit meinem zwölften Jahr wurde ich zu seiner Vorleserin, »sa petite lectrice«, gemacht. Ich mußte ihm französische Werke des vergangenen Jahrhunderts, die Memoiren von Saint-Simon, Mably, Raynal und Helvetius, Briefe von Voltaire, den Enzyklopädisten und so weiter vorlesen, ohne auch nur das mindeste zu begreifen, selbst dann, wenn er schmunzelnd und die Augenlider zusammenkneifend mir anempfahl: »De relire ce dernier paragraphe, qui est bien remarquable!« Iwan Matweitsch war durch und durch Franzose. Er hatte in Paris vor der Revolution gelebt, erinnerte sich Maria-Antoinettes, hatte von ihr einmal eine Einladung nach Trianon erhalten; hatte auch Mirabeau gesehen, der, nach seiner Erzählung, übermäßig große Knöpfe trug, »exagéré en tout!« und überhaupt ein Mann von schlechtem Ton war, »en dépit de sa naissance!« Doch pflegte Iwan Matweitsch nur selten von dieser Zeit zu erzählen; ein paarmal im Jahr trug er mit seiner langsamen, näselnden Stimme das improvisierte Gedicht vor, welches er einst in einer Abendgesellschaft der Herzogin Polignac hergesagt hatte, indem er sich zu dem verwachsenen greisen Emigranten wandte, der bei ihm Kost und Wohnung genoß und von ihm, wer weiß warum, »Mr. le Commandeur« genannt wurde. Ich erinnere mich nur der ersten beiden Zeilen dieses Gedichts (es handelte sich um einen Vergleich der Russen mit den Franzosen):

L'aigle se plait aux régions austères
Où le ramier ne saurait habiter . . .

»Digne de monsieur de Saint-Aulaire!« verfehlte niemals Mr. le Commandeur auszurufen.

Bis zu seinem Tod behielt Iwan Matweitsch etwas Jugendliches in seinem Aussehen: seine Wangen waren gerötet, seine Zähne weiß, die Augenbrauen buschig und unbeweglich; seine leuchtenden schwarzen Augen waren angenehm und ausdrucksvoll und glänzten wie Achat. Er war nicht launisch und ging mit allen, sogar mit der Dienerschaft, höflich um. Und doch, mein Gott! wie peinlich war es mir, um ihn zu sein, wie freute ich mich, wenn ich ihn verlassen durfte, und was für ungute Gedanken verwirrten mich in seiner Gegenwart! Ach, ich war nicht schuld daran! . . . Ich bin nicht schuld an dem, was man aus mir gemacht hat . . .

Nach seiner Hochzeit wurde dem Herrn Ratsch ein kleines Nebengebäude in der Nähe des herrschaftlichen Hauses angewiesen. Da lebte ich mit meiner Mutter. Auch dort fühlte ich mich nicht wohl. Sie bekam bald einen Sohn, denselben Viktor, den ich wohl als meinen Feind anzusehen und zu bezeichnen berechtigt bin. Die ohnehin schwache Gesundheit meiner Mutter blieb nach Viktors Geburt für immer gebrochen. Damals hielt Herr Ratsch es nicht für nötig, die Heiterkeit zur Schau zu tragen, die er sich neuerdings angewöhnt hat; er blickte beständig finster und bemühte sich, den Ruf eines Geschäftsmannes zu verdienen. Sein Benehmen gegen mich war grob und hart. Ich war froh, wenn ich Iwan Matweitsch verlassen durfte, aber auch die eigene Wohnung verließ ich gern ... Oh, meine traurige Jugendzeit! Ohne Unterlaß von einem Ufer zum andern gefahren, und doch mochte ich weder an dem einen noch an dem andern landen! Es kam wohl vor, daß ich im Winter durch tiefen Schnee in einem leichten Kleid über den Hof lief, um im Herrenhaus Iwan Matweitsch vorzulesen, und mich darüber geradezu freute. Wenn ich aber die großen einsamen Zimmer betrat und meine Blicke auf die mit Seidenstoff überzogenen Möbel fielen, auf den freundlichen und doch herzlosen Greis im seidenen Hausrock, mit dem weißen Jabot und der weißen Halsbinde, mit seinen Manschetten, die bis zu den Fingern herabreichten, und dem »Soupçon« von Puder (wie sein Kammerdiener sich ausdrückte) auf dem nach hinten gekämmten Haar, wenn der eigentümliche Geruch, der mächtige Ambraduft, mir den Atem fast benahm, dann sank mir aller Mut. Iwan Matweitsch saß gewöhnlich in einem großen, bequemen Lehnstuhl, über dem an der Wand das Bild einer jungen, hübschen Frau mit heiterem Blick und anmutigem Gesichtsausdruck, in jüdischem, reich mit Edelsteinen und Perlen geschmücktem Kostüm, aufgehängt war ... Oft betrachtete ich dies Gemälde, und erst später erfuhr ich, daß es das Porträt meiner Mutter und von ihrem Vater auf Bestellung des Iwan Matweitsch gemalt worden sei. Wie hatte sie sich seit jener Zeit verändert! Er hatte es verstanden, sie zu knicken, zu vernichten! Und sie hat ihn geliebt! diesen Greis geliebt! träumte ich dann. Wie ist das möglich, ihn zu lieben? Und doch, wenn mir manche Blicke meiner Mutter einfielen, manches abgebrochene Wort, manche unwillkürliche Bewegung ... dann mußte ich mir, freilich mit Grausen, eingestehen: Ja, sie hat ihn geliebt! Behüte Gott jeden vor solchen Empfindungen!

Jeden Tag mußte ich Iwan Matweitsch vorlesen – zuweilen drei, vier Stunden hintereinander. So viel und so laut zu lesen schadete meiner Gesundheit. Der Hausarzt fürchtete für meine

Brust und sprach einmal seine Besorgnisse gegen Iwan Matweitsch aus. Dieser lächelte aber nur – (das heißt, er lächelte niemals, sondern spitzte nur seine Lippen auf eine besondere Art und schob sie dabei vor) und erwiderte: »Vous ne savez pas ce qu'il y a de ressources dans cette jeunesse.« Der Arzt erkühnte sich zu bemerken: »In früheren Jahren hat aber doch Mr. le Commandeur ...« Iwan Matweitsch lächelte wieder und unterbrach ihn: »Le Commandeur n'a plus de dents et il crache à chaque mot. J'aime les voix jeunes.«

Und ich fuhr fort vorzulesen, obschon ich morgens und nachts stark hustete ...

Iwan Matweitsch ließ mich ihm viel auf dem Klavier vorspielen; die Musik wirkte einschläfernd auf seine Nerven. Er schloß sogleich die Augen, sein Kopf senkte sich allmählich, und nur zuweilen sprach er: »C'est du Steibelt, n'est-ce-pas? Jouez moi du Steibelt!« Iwan Matweitsch hielt Steibelt für ein großes Genie, das in sich »la grossière lourdeur des allemands« zu überwinden verstanden hatte, und warf ihm nur eins vor: trop de fougue! trop d'imagination! ... Wenn Iwan Matweitsch bemerkte, daß ich vom Klavierspielen müde wurde, dann bot er mir »du Cachou de Bologne« an. So verging ein Tag nach dem andern ...

Da traf mich in einer Nacht – ich werde sie nie vergessen, diese Nacht – ein großes Unglück. Meine Mutter starb ganz plötzlich, als ich eben mein fünfzehntes Jahr erreicht hatte. Wie schwer lastete auf mir dieses Unglück, das mit Sturmeseile über mich hereingebrochen war! Unsere Beziehungen waren ganz eigentümlicher Art gewesen – leidenschaftlich liebten wir uns ... leidenschaftlich und hoffnungslos: wir trugen unser gemeinsames Geheimnis, es gleichsam voreinander verbergend, und beobachteten darüber beharrlich ein tiefes Schweigen, obschon jede von uns wußte, alles wußte, was in dem Herzen der anderen vorging! Meine Mutter sprach nicht über ihre Vergangenheit, nicht einmal über die früheste, und beklagte sich gegen mich niemals in Worten, obschon ihr ganzes Wesen eine stumme Klage war! Wir vermieden sogar jedes auch nur halbwegs ernste Gespräch. Ach, ich hoffte immer, es werde endlich einmal die Stunde schlagen, wo sie sich gegen mich aussprechen werde, wo auch ich ihr mein Herz aufschließen dürfe – hoffte ich doch Erleichterung von dieser Stunde, Erleichterung für uns beide ... Doch die Sorgen des täglichen Lebens, der unschlüssige und schüchterne Charakter meiner Mutter oder die Anwesenheit des Herrn Ratsch, hauptsächlich aber die beständige Frage »Wozu?« und das unaufhaltsame, unbewußte Dahingleiten der Zeit und des Lebens ... das hielt uns wie im Zauberbann. Mit einem Wetterschlag endete alles, und nicht nur jene Worte, die unser Herzensgeheimnis aufgehellt hätten, nicht einmal die gewöhnlichen Abschiedsworte, welche dem Tod voranzugehen pflegen, bekam ich von meiner Mutter zu hören! Nur der trockene Ausruf des Herrn Ratsch ist mir im Gedächtnis geblieben: »Susanna Iwanowna, würden Sie zu Ihrer Mutter gehen, sie will Sie segnen«, und darauf eine bleiche Hand, die unter einer schweren Decke hervorgestreckt wird, ein röchelndes Atemholen, halbgebrochene Augen ... oh, genug, genug!

Mit welchem Abscheu, welchem Unwillen, mit welcher wehmütigen Wißbegierde blickte ich am folgenden Tag und dann am Tag der Beerdigung auf das Gesicht meines Vaters ... immerhin meines Vaters! Im Schreibtisch der Verstorbenen hatte ich seine Briefe gefunden. Es kam mir vor, als sei er etwas blasser als gewöhnlich, etwas düsterer ... doch nein! es war mir eben nur so vorgekommen. In diesem steinernen Herzen hatte sich nichts geregt. Ganz so wie immer rief er mich nach acht Tagen in sein Kabinett; mit derselben Stimme ersuchte er mich, ihm vorzulesen: »Si vous le voulez bien, les observations sur l'histoire de France de Mably, à la page 74 ... là, où nous avons été interrompus.« Ja sogar das Porträt meiner Mutter hatte er nicht entfernt! Zwar rief er mich, bevor er mich entließ, zu sich heran, reichte mir die Hand ein zweites Mal zum Kuß und sagte: »Suzanne, la mort de votre mère vous a privée de votre appui naturel, mais vous pourrez toujours compter sur ma protection«, aber sogleich schob er mich mit der andern Hand leicht von sich und fügte mit dem ihm geläufigen Zuspitzen der Lippen hinzu: »Allez, mon enfant.« Ich hätte aufschreien mögen: »Du bist ja mein Vater!« – aber ich sagte nichts und entfernte mich. –

Am andern Tag ging ich frühmorgens auf den Kirchhof. Der Mai prangte damals in der vollen Pracht seiner Blumen und in einer Fülle von Grün. Lange saß ich auf dem frischen Grab; ich weinte nicht, ich grämte mich nicht; nur eins schwirrte mir unablässig durch den Kopf: Hast du gehört, Mutter? er will auch mir seine Protektion erweisen! Und ich meinte, meine Mutter könne mir das höhnische Lächeln nicht verargen, das unwillkürlich meine Lippen umspielte.

Zuweilen frage ich mich selbst: was war es, was mich trieb, so beharrlich ... nicht etwa ein Bekenntnis, o nein, nur ein warmes väterliches Wort von Iwan Matweitsch zu wünschen, zu ersehnen? Wußte ich etwa nicht, was an ihm war und wie wenig er der Vorstellung von einem *Vater*, wie sie in meiner Phantasie lebte, zu entsprechen vermochte? Aber ich war so allein, so vereinsamt auf Erden! Und dazu kam die Frage, die mich unablässig verfolgte: Sie hat ihn doch geliebt? es muß doch etwas dagewesen sein, was sie an ihm hat lieben können!

Wieder waren drei Jahre vergangen. In unserm einförmigen, abgemessenen Leben hatte sich nichts geändert. Viktor wuchs heran. Ich war acht Jahre älter als er und hätte mich gern mit ihm abgegeben; aber Herr Ratsch ließ das nicht zu. Er hatte ihn einer Wärterin übergeben und ihr streng anbefohlen, den Knaben »nicht zu verwöhnen«, was soviel sagen sollte, als den Knaben von mir fernzuhalten; und Viktor selbst hatte eine Scheu vor mir. Einmal kam Ratsch zu mir aufs Zimmer, verstimmt, aufgeregt und zornig. Schon tags zuvor war mir über meinen Stiefvater Schlimmes zu Ohren gekommen; die Diener munkelten, er sei der Unterschlagung einer bedeutenden Summe, der Gelderpressung von einem Kaufmann, überführt worden.

»Sie können mir helfen«, begann er, ungeduldig auf dem Tisch trommelnd, »gehen Sie zu Iwan Matweitsch und bitten Sie für mich.«

»Für Sie bitten? Warum nicht gar! Und was denn bitten?«

»Legen Sie für mich Fürbitte ein ... Ich bin ja doch kein Fremder Ihnen gegenüber. Man beschuldigt mich ... Kurz, ich kann ums Brot kommen und Sie mit mir.«

»Aber wie soll ich dazu kommen, zu ihm zu gehen? Wie darf ich ihn belästigen?«

»Und warum denn nicht! Sie haben ja ein *Recht*, ihn zu belästigen!«

»Was für ein Recht, Iwan Demjanytsch?«

»Warum stellen Sie sich an ... *Ihnen* darf er aus vielen Gründen nichts abschlagen. Verstehen Sie mich wirklich nicht?«

Er sah mir dabei frech in die Augen, und ich fühlte, wie mir das Blut in die Wangen stieg. Gleichzeitig erwachten Haß und Verachtung in meiner Brust, sie überfluteten, sie überwältigten mich.

»Ja, ich verstehe Sie, Iwan Demjanytsch«, antwortete ich ihm nach einigem Zögern, und meine Stimme klang mir selbst ganz fremd; »ich werde nicht zu Iwan Matweitsch gehen, werde nicht bei ihm Fürbitte für Sie einlegen. Ums Brot kommen? So sei es denn ohne Brot!«

Ratsch erbebte, preßte die Zähne zusammen und ballte die Faust.

»Warte nur, Zarentochter Melikitrisa«, knirschte er mit heiserer Stimme. »Das werde ich dir gedenken!«

Noch an demselben Tag ließ Iwan Matweitsch ihn zu sich rufen, drohte ihm mit seinem spanischen Rohr, jenem Rohr, das er einst von de Larochefoucauld gegen ein anderes eingetauscht hatte, und schrie ihn an: »Sie sind ein Schuft, Sie wollen sich mit ungerechtem Mammon bereichern! Ich werde Sie an den Pranger stellen!« (Iwan Matweitsch sprach seine Muttersprache nur sehr unvollkommen und verachtete das Russische, ce jargon vulgaire et rude. Jemand hatte einmal in seiner Gegenwart gesagt: »Das versteht sich von selbst«; Iwan Matweitsch wurde darüber ungehalten und führte später diese Redensart als ein Beispiel an, wie ungelenk und sinnentstellend die russische Sprache sei. »Was heißt das: es versteht sich von selbst?« fragte er russisch und betonte dabei jede Silbe. »Warum nicht einfach sagen: das versteht sich, was soll hier das ‚von selbst'?!«)

Iwan Matweitsch ließ es bei der Drohung bewenden; er entfernte Herrn Ratsch nicht, er nahm ihm nicht einmal sein Amt. Aber mein Stiefvater hielt sein Wort: er hat mir diesen Auftritt nie verziehen.

In Iwan Matweitsch ging eine Veränderung vor. Er begann sich zu langweilen, verdrießlich zu werden, seine Gesundheit schwankte. Sein rosiges, frisches Gesicht wurde gelb und runzlig, einer der Vorderzähne war ihm ausgefallen. Er hörte gänzlich auf auszufahren und machte auch den Empfangstagen mit obligater Bewirtung, die er für seine Bauern, jedoch »sans le concours du clergé«, eingeführt hatte, ein Ende. An solchen Empfangstagen pflegte Iwan Matweitsch mit einer Rose im Knopfloch zu seinen leibeigenen Bauern in den großen Saal oder auf den Balkon hinauszutreten, einen silbernen Becher mit Branntwein an die Lippen zu führen und ihnen eine feierliche Anrede im Stil der folgenden zu halten: »Ihr seid mit meinen Verfügungen zufrieden, und ich bin es mit eurem Eifer; des bin ich froh. Wir alle sind Brüder; von Natur sind wir gleich: ich trinke auf eure Gesundheit!« Darauf grüßte er die Bauern, und diese verneigten sich vor ihm bis zum Gürtel; auf die Erde niederzufallen war streng verboten. Die obligate Bewirtung fand auch jetzt noch statt, aber Iwan Matweitsch ließ sich nicht mehr vor seinen Untertanen sehen. – Zuweilen unterbrach er die Lektüre mit dem Ausruf: »La machine se détraque! Cela se gate!« Sogar seine Augen, diese klaren, wie Steine blitzenden Augen, verloren ihren Glanz und schienen kleiner zu werden; er schlief öfter ein als früher und atmete im Schlaf so schwer. Sein Benehmen gegen mich blieb das gleiche; es kam nur noch ein Zug ritterlicher Galanterie hinzu. Jedesmal erhob er sich von seinem Lehnstuhl, wenn auch mit sichtlicher Anstrengung, um mich zu begrüßen, und wenn ich wegging, geleitete er mich bis an die Tür, stützte mich dabei unter dem Ellenbogen und ersetzte die frühere Anrede Suzon mit »ma chère demoiselle« oder mit »mon Antigone«. Zwei Jahre nach dem Tod meiner Mutter war auch Mr. le Commandeur gestorben; und sein Tod hatte dem Anschein nach Iwan Matweitsch viel heftiger erschüttert als jener. Der Altersgenosse war entschlafen, und das war ihm nahegegangen. Und doch hatte das Verdienst des Kommandeurs in der letzten Zeit einzig und allein darin bestanden, daß er nicht müde wurde »bien joué, mal réussi!« zu rufen, sooft Iwan Matweitsch im Billardspiel mit Herrn Ratsch den Ball verfehlte. Oder wenn Iwan Matweitsch bei Tisch an ihn eine Frage richtete, wie etwa folgende: »N'est-ce pas, Mr. le Commandeur, c'est Montesquieu, qui a dit cela dans ses lettres Persanes?« so antwortete jener tiefsinnig und verschüttete wohl dabei einen Löffel Suppe auf seine Krause: »Ah, monsieur de Montesquieu? Un grand écrivain, monsieur, un grand écrivain!« Nur einmal, als Iwan Matweitsch ihm gesagt hatte: »Les théophilantropes ont eu pourtant du bon!« erwiderte der Greis mit aufgeregter Stimme: »Monsieur de Kolontouskói (in fünfundzwanzig Jahren hatte er nicht gelernt, den Namen seines Patrons richtig auszusprechen), Monsieur de Kolontouskói! leur fondateur, l'instigateur de cette secte, ce La Réveillère Lepeaux, était un bonnet rouge!« – »Non, non«, entgegnete Iwan Matweitsch grinsend und spielte dabei mit einer Prise Tabak; »des fleurs, des jeunes vierges, le culte de la nature ... ils ont eu du bon, ils ont eu du bon! ...« Oft wunderte ich mich darüber, wieviel Iwan Matweitsch wußte und wie unfruchtbar für ihn selbst doch dieses Wissen geblieben war.

Iwan Matweitsch verfiel sichtbar, wollte sich aber überwinden. Etwa drei Wochen vor seinem Tod hatte er gleich nach Tisch einen heftigen Schwindelanfall. Er wurde nachdenklich, meinte: »C'est la fin«, und schrieb, nachdem er sich erholt hatte, einen Brief nach Petersburg an seinen Bruder und einzigen Erben, mit dem er seit etwa zwanzig Jahren in gar keinem Verkehr gestanden hatte. Auf die Nachricht von seinem Unwohlsein besuchte ihn einer seiner Nachbarn, ein Deutscher und Katholik, ehemals ein berühmter Arzt, der jetzt auf seine alten Tage sich auf sein Gütchen zurückgezogen hatte. Er besuchte Iwan Matweitsch höchst selten, wurde aber von diesem jederzeit mit besonderer Aufmerksamkeit empfangen, denn der Hausherr achtete ihn. Ich glaube fast, er war der einzige, den Iwan Matweitsch überhaupt achtete. Der Nachbar empfahl ihm, nach dem Geistlichen zu schicken, allein Iwan Matweitsch erwiderte: »Ces messieurs et moi, nous n'avons rien à nous dire«, und fing von etwas anderem zu sprechen an; als aber der Nachbar weggefahren war, gab er dem Kammerdiener den gemessenen Befehl, niemanden mehr vorzulassen. Darauf ließ er mich rufen. Wie erschrak ich, als ich ihn sah: die Augen waren blau unterlaufen, das Gesicht hatte sich verlängert, der Unterkiefer hing schlaff herab, es lag etwas Unbewegliches und Hölzernes im Ausdruck. »Vous voilà grande, Suzon!« hob er an und konnte die Konsonanten nur mit sichtlicher Anstrengung aussprechen; doch war er bemüht zu lächeln. (Ich war damals achtzehn Jahre alt). »Vous allez peut-être bientot rester seule. Soyez toujours sage et vertueuse. C'est la dernière recommandation d'un ...« er hüstelte – »d'un vieillard, qui vous veut du bien. Je vous ai recommandé a mon frère et je ne doute pas, qu'il ne respecte mes volantés ...« Er hüstelte wieder und befühlte sich besorgt die Brust. »Du reste, j'espère encore pouvoir faire quelque chose pour vous ... dans mon testament.« Diese letzte Wendung verletzte mich wie ein Stich ins Herz. Das war doch schon gar zu verächtlich und kränkend! Iwan Matweitsch mochte meinen Gesichtsausdruck auf Rechnung eines andern Gefühls – der Betrübnis oder der Dankbarkeit stellen, er klopfte mir auf die Schulter, als ob er mich trösten wolle, und schob mich doch mit der anderen Hand, nach seiner Gewohnheit, von sich. »Voyons, mon enfant, du courage. Nous sommes tous mortels. Et puis, il n'y a pas encore de danger. Ce n'est qu'une précaution, que j'ai cru devoir prendre ... Allez!« Wie damals, als er mich nach dem Tode meiner Mutter zu sich rief, wollte ich auch jetzt aufschreien: »Aber ich bin doch deine Tochter! Deine Tochter!« Aber, dachte ich, er wird aus diesen Worten, aus diesem Schrei des Herzens, nur den Wunsch heraushören, mein Anrecht geltend zu machen, Ansprüche auf ein Erbteil, auf sein Geld zu erheben ... Oh, um nichts in der Welt! Diesem Menschen, der in meinem Beisein kein einziges Mal den Namen meiner Mutter genannt hat, in dessen Augen ich so wenig gelte, daß er nicht einmal wissen will, ob ich meine Herkunft kenne, diesem Menschen gönne ich kein Wort. Vielleicht ahnte er das alles, wußte es sogar, wollte nur nicht peinliche Erörterungen herbeiführen und sich seiner guten Vorleserin mit der jugendlichen Stimme berauben! Nein! kein Wort! Mag er ebenso schuldig vor seiner Tochter dastehen wie vor ihrer Mutter, deren Unglück er verschuldet hat! Mag er das doppelte »Schuldig« mit ins Grab nehmen! Nein, ich schwöre es, er soll aus meinem Munde dieses Wort nicht hören, das doch in jedem Ohr einen heiligen und süßen Nachklang hat! Ich werde ihn nicht mit »Vater« anreden! Ihm nicht verzeihen, was er an meiner Mutter und an mir getan! Er fragt nicht nach dieser Vergebung, er hat kein Verlangen nach dieser Anrede ... Es ist unmöglich, daß er der Vergebung nicht bedürfen sollte! Er soll sie aber nicht haben! Nein!

Gott weiß es, ob ich meinen Schwur gehalten hätte, ob mein Herz nicht doch weich geworden wäre, ob ich meine Schüchternheit, meine Scham, meinen Stolz nicht doch noch überwunden haben würde ... aber mit Iwan Matweitsch ging es wie mit meiner Mutter. Auch ihn raffte der Tod plötzlich dahin, auch er starb in der Nacht. Derselbe Herr Ratsch weckte mich auf und führte mich in das Herrenhaus und in das Schlafgemach des Iwan Matweitsch ... Allein ich sah nicht einmal mehr die letzten Regungen des schwindenden Lebens, die am Sterbebett meiner Mutter einen so unverlöschlichen Eindruck auf mich gemacht hatten. Auf den mit Spitzen verbrämten Kissen ruhte nur noch ein vertrockneter, dunkelfarbiger Körper mit spitziger Nase und struppigen, grauen Augenbrauen ... Ich schrie auf vor Schreck und Widerwillen und stürzte aus dem Zimmer; in der Tür begegneten mir bärtige Männer im Sonntagsstaat mit roten Gürteln, aber ich stürzte weiter, ich weiß nicht mehr, wie ich hinauskam.

Später wurde erzählt, daß der Kammerdiener, als er, durch ein heftiges Klingeln herbeigerufen, ins Schlafzimmer gekommen war, Iwan Matweitsch nicht mehr im Bett, sondern ein paar Schritte daneben, auf der Diele kauernd fand und ihn noch zweimal ausrufen hörte: »Prosit Mütterchen, da hast du deinen St.-Georgstag!«* Dies sollen seine letzten Worte gewesen sein. Aber

* Eine volkstümliche, stets ironisch gebrauchte Redensart aus dem 16. Jahrhundert, welche die damals eben erst leibeigen gewordenen Bauern erinnerte, daß ihre frühere Freizügigkeit, die an den St. Georgstag (23. April) geknüpft gewesen war, aufgehört habe (Anmerkung des Übersetzers).

ich kann es nicht glauben. Wie hätte er in diesem Augenblick russisch sprechen sollen, und sogar noch in diesen Ausdrücken!

Vierzehn Tage lang warteten wir auf die Ankunft des neuen Gutsbesitzers, Semjon Matweitsch Koltowskoj. Er hatte die Weisung geschickt, nichts anzurühren, nichts zu verändern, bis er selbst alles in Augenschein genommen haben werde. Alles wurde verwahrt, alle Türen wurden verschlossen und versiegelt. Die Leute auf dem Gut ließen die Köpfe hängen und waren voll Erwartung der Dinge, die da kommen sollten. Ich gewann plötzlich an Bedeutung und wurde zu einer der wichtigsten Personen, ja fast zur Hauptperson im Haus. Auch früher hatte man mich »Fräulein« genannt, jetzt wurde diese Benennung in einem andern Sinn gebraucht, man legte auf sie einen besondern Nachdruck. Es begann nun ein Geflüster: »Der alte Herr ist zwar so plötzlich gestorben, daß man nicht Zeit hatte, nach dem Geistlichen zu schicken, gebeichtet hat er schon lange nicht; aber man kann doch nicht wissen, ein Testament ist bald niedergeschrieben.« Auch Herr Ratsch hielt es für angemessen, sein Benehmen zu ändern. Er heuchelte zwar nicht Gutmütigkeit und Freundlichkeit, denn er wußte zu gut, daß er mich nicht täuschen könne; aber sein Gesicht trug den Stempel einer finstern Ergebenheit, als wollte er sagen: »Sieh nur, ich unterwerfe mich.« Alle machten mir den Hof, alle wollten es mir recht machen ... ich wußte nicht, was anfangen, und wunderte mich nur, daß die Leute gar nicht einsahen, wie sie mich kränkten. Endlich langte Semjon Matweitsch an.

Er war mindestens zehn Jahre jünger als Iwan Matweitsch und hatte seinem Leben von jeher eine ganz andere Richtung gegeben. Er diente in Petersburg und bekleidete ein hohes Amt. Er war verheiratet gewesen, aber früh verwitwet, und hatte nur einen Sohn. Semjon Matweitsch glich im Gesicht seinem älteren Bruder, doch war er von Statur kleiner und voller. Sein runder Kopf hatte eine Glatze, seine Augen waren ebenso glänzend und schwarz wie die Iwan Matweitschs, nur hatten sie einen feuchten Glanz; seine Lippen waren dick und rot. Im Gegensatz zu seinem Bruder, den er auch nach dem Tod noch einen französischen Philosophen, ja zuweilen einen Sonderling nannte, sprach Semjon Matweitsch fast nur russisch, und zwar laut und fließend; bei jeder Gelegenheit lachte er hell auf, wobei seine Augen sich fast ganz schlossen und der Körper in unangenehme, konvulsivische Bewegungen geriet, als ob er vor Bosheit sich schüttele. Er nahm sich der Geschäfte energisch an, untersuchte alles selbst und verlangte von jedem die eingehendste Rechenschaft. Gleich am Tag seiner Ankunft lud er den Priester mit dem ganzen Klerus ein, ordnete einen Hausgottesdienst an und ließ alles im Haus, sogar die Bodenräume und die Keller, mit Weihwasser besprengen, um, wie er sich ausdrückte, »den Geist Voltaires und des Jakobinismus radikal hinauszutreiben«. Schon in den ersten Tagen verloren einige von Iwan Matweitschs Günstlingen ihre Hausämter, einer wurde sogar nach Sibirien verschickt, andere hatten körperliche Züchtigungen hinzunehmen; selbst der alte Kammerdiener – er war von Geburt ein Türke, sprach französisch und war von dem verstorbenen Feldmarschall Kamenskij Iwan Matweitsch geschenkt worden –, selbst dieser alte Kammerdiener erhielt zwar einen Freibrief, aber zugleich auch die Weisung, in vierundzwanzig Stunden das Gebiet zu verlassen, »um nicht andern zur Verlockung zu dienen«. Semjon Matweitsch zeigte sich als ein strenger Gebieter, und viele dachten mit Bedauern an den verstorbenen Herrn. »Als noch unser Väterchen, Iwan Matweitsch, lebte«, äußerte in meiner Gegenwart ein ganz alter Offiziant, »da hatten wir nur eine Sorge, daß die Wäsche hübsch rein sei, daß es in den Zimmern gut rieche und daß im Vorzimmer ja keine Stimme laut werde – das vor allem! Im übrigen aber ließ er fünf gerade sein! Nicht einmal einer Fliege ist der Verstorbene zu nahegetreten! Jetzt freilich ist es anders geworden! Jetzt ist es geratener zu sterben!« Ebenso schnell änderte sich auch meine Stellung, nämlich jene Stellung, in die ich für wenige Tage und wider meinen Willen geraten war ... Unter Iwan Matweitschs Papieren wurde kein Testament gefunden, auch keine Zeile, die zu meinen Gunsten gesprochen hätte. Da zogen sich alle von mir zurück ... Ich spreche schon gar nicht von Herrn Ratsch, aber auch die andern ärgerten sich über mich und waren bemüht, mich ihren Ärger fühlen zu lassen, als ob *ich* sie getäuscht hätte. An einem Sonntag, nach der Messe, welcher Semjon Matweitsch stets im Altar* beizuwohnen pflegte, ließ er mich zu sich rufen. Bis zu diesem Tag hatte ich ihn nur flüchtig gesehen, und er schien mich gar nicht zu bemerken. Er empfing mich in seinem Kabinett. Er stand am Fenster im Uniformfrack mit zwei Sternen. Ich blieb in der Nähe der Tür

* In den orthodoxen Kirchen ist der Altarraum durch eine Bilderwand (Ikonostas) vom Schiff getrennt: Er ist für den Klerus bestimmt und nur Männern zugänglich und wurde von Vornehmen bevorzugt (Anmerkung des Übersetzers).

stehen, und das Herz pochte mir vor Angst und vor einem andern, noch namenlosen Gefühl, das aber bereits anfing, mich zu drücken. »Ich wünschte Sie zu sehen, junges Mädchen«, sprach Semjon Matweitsch, indem er mir anfänglich auf die Füße sah und dann plötzlich ins Gesicht – er versetzte mir mit diesem Blick gleichsam einen Stoß – »ich wünschte Sie zu sehen, um Ihnen meine Entscheidungen mitzuteilen und Sie meiner Bereitwilligkeit, Ihnen nützlich zu sein, zu versichern.« Er erhob seine Stimme. »Sie haben freilich keine rechtlichen Ansprüche, jedoch als ... Vorleserin meines Bruders können Sie jederzeit auf meine ... Beachtung rechnen. Ich bin von Ihrer Besonnenheit und von Ihren guten Grundsätzen überzeugt. Herr Ratsch, Ihr Stiefvater, hat von mir schon die nötigen Instruktionen empfangen. Zudem muß ich noch bemerken, daß Ihre glückliche Gesichtsbildung mir ein Unterpfand Ihrer noblen Gesinnung ist.« Semjon Matweitsch verfiel plötzlich in ein gedämpftes Lachen, und ich ... ich kann nicht sagen, daß ich mich gekränkt gefühlt hätte ... ich hatte nur ein herzliches Mitleid mit mir selbst, nun erkannte ich erst recht, daß ich eine Waise sei. Semjon Matweitsch näherte sich mit kurzen festen Schritten dem Tische, nahm aus dem Schubfach desselben ein Päckchen Banknoten und schob es mir in die Hand. »Etwas Nadelgeld von mir«, fügte er hinzu, »ich werde Sie auch in Zukunft nicht vergessen, liebe Kleine, für jetzt aber leben Sie wohl und seien Sie verständig.« Mechanisch nahm ich das Päckchen; was er mir auch gegeben hätte, ich hätte alles genommen; in meinem Stübchen aber setzte ich mich auf mein Bett und weinte lange. Das Päckchen war mir entglitten und auf die Diele gefallen. Da fand es Herr Ratsch, fragte mich, was ich damit machen wolle, und nahm es an sich.

In seiner Stellung ging damals eine große Veränderung vor. Nach einigen Gesprächen mit Semjon Matweitsch erlangte er dessen Gunst und wurde bald zum Oberverwalter gemacht. Aus jener Zeit stammt seine Heiterkeit, sein beständiges Lachen; anfänglich wollte er sich dem Geschmack seines Patrons anpassen ... später wurde eine Gewohnheit daraus. Zu derselben Zeit wurde aus ihm ein russischer Patriot. Semjon Matweitsch hielt auf Nationalität, er nannte sich selbst einen echten Russen, spottete über den deutschen Kleiderschnitt, den er nichtsdestoweniger beibehielt, und verschickte den Koch, für dessen Ausbildung Iwan Matweitsch viel Geld ausgegeben hatte, auf eines seiner entferntesten Güter, nur deshalb, weil er eine russische Kaltschale aus Gänsehälsen – nicht schmackhaft zu bereiten verstand.

Wenn er beim Gottesdienst im Altarraum stand, fiel er gelegentlich in den Gesang der Kirchensänger ein*, und wenn die jungen Mädchen des Dorfes zum Reigen zusammengerufen wurden, stimmte er auch ihren Rundgesang mit an, schlug mit dem Fuß den Takt und kniff sie wohl gar in die Wangen ... Jedoch weilte er nicht lange auf dem Gut; er kehrte nach Petersburg zurück und gab meinem Stiefvater eine fast unumschränkte Machtvollkommenheit.

Eine traurige Zeit begann für mich... meine einzige Zerstreuung fand ich in der Musik, und ihr gab ich mich ganz hin. Glücklicherweise war Herr Ratsch sehr beschäftigt, doch gab er mir bei jeder Gelegenheit zu verstehen, daß er mich hasse und daß er versprochenermaßen die verweigerte Fürbitte mir nachtrage. Er ließ mich seine Macht fühlen: ich mußte ihm seine langen und lügenhaften Berichte an Semjon Matweitsch ins reine schreiben und die zahlreichen Schreibfehler in ihnen verbessern; ich hatte unbedingt zu gehorchen, und ich gehorchte. Er kündigte mir an, er wolle mich bändigen, mich windelweich machen. »Was sind das für rebellische Blicke!« schrie er mir zuweilen bei Tisch zu, und schlug mit der Hand auf den Tisch. »Sie denken wohl gar bei sich, da ich schweigsam bin wie ein Schäfchen, so habe ich auch recht ... Aber nein, Sie sollen sich auch gegen mich wie ein frommes Schäfchen betragen!« Meine Lage wurde immer widerwärtiger, unerträglicher ... Die Erbitterung stieg. Etwas Unheimliches begann immer häufiger mir das Herz zu drücken; ich fand nachts keinen Schlaf; ohne Licht anzuzünden, erhob ich mich und brütete, und in der Finsternis, die mich von außen umgab und in meinem Innern herrschte, reifte ein furchtbarer Entschluß. Die Ankunft des Semjon Matweitsch gab meinen Gedanken eine andere Richtung.

Niemand hatte ihn erwartet; denn es war bereits Spätherbst; bald aber brachte man in Erfahrung, daß er den Dienst wegen Unannehmlichkeiten quittiert habe. Er hatte nämlich auf den Alexander-Newskij-Orden Erster Klasse gerechnet und als Belohnung nur eine Tabatiere erhalten. Unzufrieden mit der Regierung, welche seine Gaben nicht nach Verdienst zu würdigen verstand, unzufrieden mit den höheren Gesellschaftskreisen, die ihm zu wenig Teilnahme erwiesen und seinen Unwillen nicht geteilt hatten, war er zu dem Entschluß gekommen, sich auf sei-

* In der russischen Kirche singt die Gemeinde nicht mit; nur einzelne schließen sich dem Chorgesang an (Anmerkung des Übersetzers).

nem Gut niederzulassen und sich ganz der Landwirtschaft zu widmen. Er war allein gekommen. Sein Sohn, Michail Semjonowitsch, sollte erst später, um Neujahr, eintreffen. Mein Stiefvater brachte seine Zeit fast unausgesetzt im Kabinett des Semjon Matweitsch zu, er stieg sichtlich in dessen Gunst. Mich ließ er in Ruhe; er hatte Wichtigeres vor. Semjon Matweitsch war auf den Gedanken gekommen, eine Papierfabrik anzulegen. Von industriellen Dingen hatte Herr Ratsch keinen Begriff, und Semjon Matweitsch wußte das sehr gut; doch das störte ihn nicht, war doch mein Stiefvater ein – »Vollstrecker« (ein damals sehr beliebter Ausdruck), ein »Araktschejew«. Und Semjon Matweitsch nannte ihn namentlich »meinen Araktschejew«. »Das genügt mir«, versicherte er, »wenn ich nur Eifer finde, die Richtung werde ich schon selbst vorzeichnen.« Trotz der zahlreichen Sorgen um die Fabrik, die Gutsverwaltung, die Einrichtung einer eigenen Kanzlei mit obligater Kanzleiordnung, die Einführung neuer Ämter und Titel, fand Semjon Matweitsch doch Zeit, mich zu beachten. Ich wurde eines Abends in den Salon beschieden und mußte auf dem Klavier vorspielen. Semjon Matweitsch schätzte die Musik noch weniger als sein verstorbener Bruder, allein er sprach einige Worte der Ermutigung und des Dankes, und am andern Tag wurde ich zu Tisch geladen. Nach der Tafel unterhielt sich Semjon Matweitsch recht lange mit mir, fragte mich aus, lachte über manche Antworten, die ich gab, obschon ich mich nicht entsinne, daß im Gespräch etwas Spaßhaftes vorgekommen wäre, und sah mich dabei so sonderbar an ... Diese Blicke wurden mir lästig. Ich hatte kein Wohlgefallen an seinen Augen, an ihrem offenherzigen Ausdruck, ihrem leuchtenden Blick ... Es kam mir beständig vor, als ob er unter dieser Aufrichtigkeit etwas Schlimmes verbergen wolle, und daß es hinter dem leuchtenden Glanz gar finster sei in seiner Seele. »Ich werde Sie nicht zu meiner Vorleserin machen«, erklärte er mir zum Schluß unseres Gesprächs, indem er an seinen Kleidern zupfte und sichtlich bemüht war, durch seine im Grund abstoßende Haltung einen günstigen Eindruck hervorzurufen; »noch bin ich, Gott sei Dank, nicht blind und kann selbst lesen, aber die Tasse Kaffee aus Ihren Händchen wird mir besser munden, und Ihrem Klavierspiel werde ich mit Vergnügen lauschen.« Von diesem Tag an erschien ich täglich bei der Tafel im Herrenhaus und blieb im Salon zuweilen bis zum Abend. Auch ich hatte, wie mein Stiefvater, mich der Gunst zu erfreuen, aber Freude machte sie mir nicht. Semjon Matweitsch erwies mir eine gewisse

Achtung, ich muß es gestehen, und doch fühlte ich, daß in diesem Menschen ein Etwas sei, das mich abstieß, das mich schreckte. Und dieses »Etwas« äußerte sich nicht in Worten, sondern in seinen schlimmen Augen und dann in seinem Gelächter. Im Gespräch mit mir erwähnte er niemals meinen Vater, seinen Bruder, und es kam mir vor, daß er dieses Thema nicht deshalb vermied, um in mir nicht ehrgeizige Gedanken oder Ansprüche wachzurufen, sondern aus einem andern, mir damals noch unverständlichen Grund, der aber doch in mir Grauen erregte und mir das Blut in die Wangen trieb ... Zu Weihnachten traf auch Michail Semjonowitsch ein.

Ach, ich fühle, ich kann so nicht fortfahren, wie ich angefangen habe. Diese Erinnerungen sind gar zu schmerzlich. Besonders gegenwärtig bin ich außerstande, ruhig zu erzählen ... Und warum soll ich es verheimlichen? Ich gewann Mischa lieb und er mich.

Ich werde hier nicht erzählen, wie es dazu kam. Seit jenem Abend, als er in den Salon trat (ich spielte gerade eine Sonate von Weber), schlank und wohlgebildet, im samtbezogenen Leibpelz und in Filzstiefeln, ganz so, wie er von der Winterreise kam, und seine bereifte Zobelmütze abschüttelte, als er, auf den Vater zutretend, zuvor einen raschen, verwunderten Blick auf mich warf – seit dem Abend konnte ich ihn nicht mehr vergessen, dieses gute, jugendliche Gesicht nicht mehr aus meinen Gedanken entfernen. Er fing an zu sprechen ... und seine Stimme drang mir ins Herz ... eine männliche, klangvolle Stimme, und in jedem Laut eine so ehrliche, ehrliche Seele! Semjon Matweitsch war über die Ankunft seines Sohnes erfreut, er umarmte ihn, fragte aber sogleich: »Auf vierzehn Tage? Auf Urlaub? nicht?« – und hieß mich sogleich mich entfernen. Ich saß noch lange am Fenster und sah hinaus auf die Lichter, die sich in den Zimmern des Herrenhauses hin und her bewegten. Ich verfolgte sie, ich lauschte auf die neuen, fremden Stimmen, mich fesselte dieses belebte Bild freudiger Unruhe, und auch in meiner Seele flimmerte etwas Neues, Unbekanntes, Leuchtendes.

Am folgenden Tag vor Tisch unterhielt ich mich zum ersten Male mit ihm. Er war zu meinem Stiefvater in Semjon Matweitschs Auftrag gekommen und traf mich in unserem kleinen Gastzimmer. Ich wollte mich entfernen, allein er hielt mich zurück. Er war sehr lebhaft, vollkommen unbefangen in seinen Bewegungen und Reden, und doch war in ihnen keine Spur von Hochmut oder Frechheit oder von jenem verächtlichen Ton der

Residenz – und nichts, was an den Offizier, an den Gardeoffizier, erinnert hätte ... Im Gegenteil, die Ungezwungenheit seines Benehmens war freundlich, fast verschämt, man hätte sagen mögen: es lag in ihr die Bitte um Nachsicht. Bei manchen Leuten lachen die Augen niemals, selbst im Moment des Lachens nicht; bei *ihm* dagegen veränderten die Lippen fast niemals ihren schönen Schnitt, während die Augen beinahe ohne Unterlaß lächelten. Eine Stunde wohl mochten wir uns unterhalten haben ... ich weiß nicht mehr, worüber; ich weiß nur, daß ich während der ganzen Zeit ihm in die Augen sah und daß es mir in seiner Nähe so wohl war! Abends spielte ich auf dem Klavier. Er liebte die Musik, setzte sich in den Sessel, stützte seinen Lockenkopf in die Hand und hörte aufmerksam zu. Niemals lobte er mein Spiel, und doch fühlte ich, daß es ihm gefalle, und ich spielte mit Begeisterung. Semjon Matweitsch saß neben seinem Sohn und betrachtete Pläne. Plötzlich wurde er finster. »Nun, mein Fräulein«, sagte er, indem er seinen Rock zuknöpfte, »genug für heute; Sie schmettern ja darauf los wie ein Kanarienvogel! Das kann einem Kopfschmerzen machen. Für einen alten Knaben, wie ich bin, werden Sie sich ja nicht so viel Mühe geben« ... fügte er mit halber Stimme hinzu und hieß mich gehen. Michail begleitete mich mit den Augen bis zur Tür und erhob sich vom Stuhl. »Wohin? wohin?« rief Semjon Matweitsch und fing an zu lachen; dann sagte er noch etwas ... Ich konnte seine Worte nicht mehr hören; aber Herr Ratsch, der in einer Ecke des Salons gegenwärtig war (er war immer »gegenwärtig«, und heute hatte er die Pläne gebracht), begleitete die Worte seines Patrons mit devotem Lachen, und dieses Lachen erreichte mich noch ... Dasselbe, oder doch fast dasselbe fand auch am folgenden Abend statt ... Semjon Matweitsch war plötzlich gegen mich erkaltet, ich war bei ihm in Ungnade gefallen.

Etwa vier Tage später begegnete ich Michail im Korridor, der das herrschaftliche Haus in zwei Hälften teilte. Er nahm mich bei der Hand und führte mich in ein neben dem Speisesaal gelegenes Zimmer, das die Porträtgalerie genannt wurde. Ich folgte ihm nicht ohne Aufregung, doch mit vollem Vertrauen. Ich hätte schon damals, glaube ich, ihm bis an das Ende der Welt folgen können, obwohl ich noch nicht ahnte, was ich für ihn empfand. Ach, ich hatte mich in ihn mit aller Leidenschaft, mit aller Verzweiflung verliebt, deren ein junges Wesen nur fähig ist, welches nicht nur niemanden hat, an den es sich liebend anschließen kann, sondern sich noch bewußt ist, als ein ungebetener, überflüssiger Gast auf Erden unter lauter fremde, ja feindselig gesinnte Menschen versetzt zu sein! ...

Michail sagte mir – und merkwürdig! Ich sah ihn offen und dreist an, als er sprach, während er das Auge nicht auf mich richtete und sogar leicht errötete –, er sagte mir, er begreife vollkommen meine Stellung, sie flöße ihm Mitgefühl ein, allein er bitte mich, seinen Vater zu entschuldigen ... »Was mich selbst betrifft«, fügte er hinzu, »so bitte ich Sie, sich ganz und gar auf mich zu verlassen, seien Sie davon überzeugt, ich betrachte Sie als Schwester, ja, als Schwester.« Er drückte mir dabei warm die Hand. Ich wurde verlegen, und es war nun an mir die Reihe, die Augen zu senken; ich hatte etwas anderes erwartet, ein anderes Schlußwort. Ich fing jedoch an, Worte des Dankes zu stammeln. »Nein, ich bitte Sie«, unterbrach er mich, »sprechen Sie nicht in dieser Weise ... Aber seien Sie eingedenk, daß es Pflicht der Brüder ist, ihre Schwestern zu verteidigen – und wenn Sie einen Verteidiger brauchen, wem gegenüber es auch immer sei – so rechnen Sie auf mich. Ich bin zwar noch nicht lange hier, aber mir ist doch schon vieles klargeworden ... und unter anderem habe ich begriffen, was an Ihrem Stiefvater ist.« Er drückte mir von neuem die Hand – und entfernte sich.

Später erfuhr ich, daß Michail seit seiner ersten Begegnung mit Herrn Ratsch einen Widerwillen gegen ihn empfand. Dieser hatte versucht, seine Gunst zu gewinnen; als er sich aber von der Fruchtlosigkeit seiner Bemühungen überzeugt hatte, nahm er ihm gegenüber sogleich eine feindliche Haltung ein; nicht nur verheimlichte er diese nicht vor Semjon Matweitsch, er suchte sogar Gelegenheit, ihr Ausdruck zu geben und dabei sein Bedauern durchblicken zu lassen, daß es ihm mit dem jungen Erben seines Patrons nicht besser geglückt sei. Ratsch hatte Semjon Matweitschs Charakter richtig erkannt, und seine Berechnung traf zu: »Ich bin der Anhänglichkeit dieses Mannes schon deshalb sicher, als er mit meinem Tod seine Rolle ausgespielt hat – mein zukünftiger Erbe kann ihn nicht ausstehen« ... dieser Gedanke setzte sich bei dem Alten fest. Man sagte, daß alle Machthaber, wenn sie alt werden, leicht in diese Falle gehen, in die Falle der ausschließlich persönlichen Anhänglichkeit.

Nicht umsonst pflegte Semjon Matweitsch Herrn Ratsch seinen »Araktschejew« zu nennen ... Er hätte ihm ja auch einen andern Namen beilegen können. »*Du* bist mir *stumm* ergeben«, sagte er häufig zu ihm. Vom Tag seiner Ankunft an duzte er ihn, und mein Stiefvater nahm diese Anrede mit einem Anflug von Rührung auf, hing an Semjon Matweitschs Lippen, neigte seinen Kopf auf die Seite zum Zeichen seiner hingebenden Anhänglichkeit und lächelte gutmütig, als wolle er sagen: »Ganz und rückhaltlos bin ich der Ihrige!« ... Ach, ich fühle, wie meine Hand zittert und wie mein Herz gegen den Tisch, an dem ich schreibe, pocht ... Es ist mir so schauerlich, jener Tage zu gedenken, und mein Blut gerät in Wallung ... Doch ich werde alles ... bis zu Ende erzählen.

Während der kurzen Zeit, da ich in Gunst stand, hatte das Benehmen des Herrn Ratsch eine neue Färbung angenommen. Er erwies mir kleine Gefälligkeiten, schlug einen Ton achtungsvoller Vertraulichkeit an, als wäre ich inzwischen reifer geworden und stünde ihm jetzt näher. »Sie haben Ihre Prüderie fallenlassen«, sagte er mir einmal bei seiner Rückkehr aus dem Herrenhaus. »Sehr lobenswert! Alle diese Tugenden der Empfindsamkeit – nun, kurz gesagt, die ganze Chrestomathie –, das ist nichts für uns, mein Fräulein, nichts für geringe Leute!« Als aber die Gunstperiode vorüber war und Michail nicht für nötig hielt, sowohl seine Verachtung gegen Ratsch als auch seine Teilnahme für mich länger zu verbergen, da wurde Herr Ratsch plötzlich rauher als je; er überwachte mich unausgesetzt, als ob ich jedes Verbrechens fähig wäre und kurzgehalten werden müsse. »Passen Sie auf«, schrie er einmal, als er, ohne anzuklopfen, in seinen schmutzigen Stiefeln, die Mütze auf dem Kopf, mein Stübchen betrat. »Ich werde dergleichen nicht dulden! Nicht die Nase hoch tragen! Es soll Ihnen nicht gelingen, mich zu hintergehen, und Ihren Hochmut werde ich schon demütigen.« Und bei einem solchen Ausfall eröffnete er mir eines Morgens, Semjon Matweitsch habe verfügt, daß ich ohne Einladung nicht mehr bei Tafel erscheinen dürfe ... Ich weiß nicht, wozu das alles noch geführt hätte, wenn nicht mein Schicksal durch eine neue Begebenheit seiner definitiven Lösung entgegengeführt worden wäre.

Michail hatte eine große Liebhaberei für Pferde. Er unternahm es, einen jungen Traber selbst einzufahren; aber das unbändige Pferd ging durch, zerriß die Stränge und warf den Schlitten um ... Michail wurde besinnungslos, mit verrenktem Arm und zerschlagener Brust nach Hause gebracht. Der Vater erschrak heftig und schickte sogleich in die nächste Stadt nach den besten Ärzten. Sie halfen auch dem Patienten, aber er mußte einen Monat lang das Bett hüten. Er spielte nicht Karten, das Sprechen hatten ihm die Ärzte untersagt, lesen konnte er nicht viel, denn es war zu beschwerlich, das Buch fortwährend in der einen Hand zu halten – genug, es endigte damit, daß Semjon Matweitsch selbst mich zu seinem Sohn schickte, um nach alter Gewohnheit als Vorleserin zu fungieren. Das waren köstliche Stunden! Gleich nach Tisch trat ich zu Michail ein und setzte mich dicht am halbverhängten Fenster an den runden Tisch. Michail lag an der Hinterwand einer kleinen Stube neben dem Salon, auf einem breiten, mit Leder bezogenen Diwan im Geschmack der napoleonischen Zeit, dessen hohe, gerade Lehne mit einem vergoldeten Basrelief, einen antiken Hochzeitszug darstellend, geziert war. Wenn ich eintrat, lag sein blasses Haupt auf dem Kissen, nach hinten überhangend, aber sogleich wandte er es mir zu, lächelte, strich seine weichen, feuchten Haare aus dem Gesicht, über das sich gleichsam ein Lichtschimmer verbreitete, und begrüßte mich mit sanfter, leiser Stimme. Ich langte nach dem Buch – damals waren die Romane von Walter Scott in Mode – und las. Besonders erinnerlich ist mir Ivanhoe ... Wie meine Stimme anschwoll und bebte, wenn ich Rebekkas Worte wiedergab! Auch in meinen Adern floß ja jüdisches Blut, und glich mein Schicksal nicht dem ihrigen, hatte ich nicht, wie sie, einen kranken jungen Mann zu pflegen? Jedesmal, wenn ich meinen Blick vom Buch erhob und auf ihn richtete, begegnete ich seinem Auge und dem stillen, glücklichen Lächeln auf dem ganzen Gesicht. Wir unterhielten uns sehr wenig, da die Tür in den Salon beständig offenstand und in ihm immer jemand anwesend war; aber wenn es im Nebenzimmer still wurde, hielt ich unwillkürlich im Vorlesen inne, das Buch sank mir auf die Knie, und unverwandt blickte ich Michail an; auch er betrachtete mich. Bei aller Befangenheit war es uns so wohl, so wonnig; alles, alles teilten wir einander mit, ohne Bewegung, ohne Worte. Unsere Herzen flossen zusammen wie unterirdische Quellen, unsichtbar, lautlos und doch unwiderstehlich.

»Können Sie Schach oder Dame spielen?« fragte er mich eines Tages.

»Ich spiele ein wenig Schach«, antwortete ich.

»Wunderbar! Lassen Sie ein Schachbrett bringen und rücken Sie das Tischchen heran.«

Ich setzte mich neben den Diwan, aber das Herz war mir so schwer, daß ich Michail nicht anzublicken wagte ... Und vom Fenster aus, über das ganze Zimmer hin, hatte ich ihn so frei ansehen können!

Ich begann die Figuren aufzustellen ... Meine Finger zitterten.

»Es handelt sich gar nicht um eine Partie ...« flüsterte er mit halber Stimme, indem er gleichfalls die Schachfiguren in die Hand nahm, »ich wünschte nur, daß Sie mir näher rücken.«

Ich antwortete nicht und schob einen Bauern vor, ohne zu fragen, wer den ersten Zug tun solle ... Michail machte keinen Gegenzug ... Ich sah ihn an. Mit leicht vorgestrecktem Kopf, auffallend blaß, wies er mit bittendem Blick auf meine Hand.

Hatte ich ihn verstanden? – ich weiß es nicht mehr, aber ein Schwindel drohte mich zu ergreifen ... In größter Verlegenheit, kaum atmend, schob ich meine Dame weit vor, ich glaube über das ganze Schachbrett. Rasch beugte sich Michail nach vorn, berührte mit seinen Lippen meine Finger, drückte sie an das Schachbrett und begann sie schweigend mit heißen Küssen zu bedecken ... Ich durfte nicht, ich wollte nicht meine Hand zurückziehen ... ich bedeckte mit der andern Hand mein Gesicht, und kalte Tränen, ich erinnere mich dessen ganz deutlich, fielen, eine nach der andern, auf das Schachbrett nieder ... und doch waren es so süße, so selige Tränen! Ich wußte es ja, meine ganze Seele empfand es damals, wer meine Hand gefaßt hatte. Ich wußte, daß es kein Knabe war, hingerissen von momentaner Erregung, kein Don Juan, kein Lovelace*, sondern der edelste, beste Mann, und ich wußte, daß er mich liebe!

»O meine Susanna!« flüsterte Michail, »niemals will ich dir andere als solche Tränen entlocken ...«

Er hat sich getäuscht ... er hat mir auch andere entlockt.

Doch wozu bei diesen Erinnerungen verweilen, und zudem noch jetzt, gerade jetzt!

Wir schwuren uns zu, einander zu gehören. Er wußte, daß Semjon Matweitsch niemals in unsere Verbindung einwilligen werde, und verheimlichte es mir auch nicht. Ich wußte es selbst nur zu gut, und nicht darüber freute ich mich, daß Michail mich nicht hintergehen wollte – er verstand ja gar nicht zu hintergehen –, sondern darüber, daß er sich selbst nicht täuschte. Ich, für meine Person, beanspruchte gar nichts und wäre ihm gefolgt, wenn und wohin er gewollt hätte. »Du wirst mein Weib sein«, sagte er mir mehrmals, »ich bin aber kein Ivanhoe und weiß, daß mir das Glück nicht in der Verbindung mit einer Lady Rowena blühen würde.« Michail genas bald; ich konnte nicht mehr zu ihm kommen; aber unter uns war alles abgemacht. Ich lebte

* Figur aus Samuel Richardsons Roman *Clarissa Harlowe* (Anmerkung des Übersetzers).

ganz in dem Gedanken an die Zukunft, ich hatte kein Auge mehr für meine nächste Umgebung; von einem schönen, rasch dahinfließenden Strom ließ ich mich tragen, während der Horizont von Nebelgebilden verschleiert war. Die andern beobachteten uns, paßten auf uns auf ... Zuweilen bemerkte ich die bösen Blicke meines Stiefvaters, hörte wohl auch sein widerliches Gelächter – aber nur für einen Augenblick traten diese feindlichen Anzeichen aus den Nebelgebilden hervor. Ich schauderte zwar, wenn ich sie bemerkte, doch vergaß ich sie gleich wieder und ließ mich von jenem schönen, raschen Strome weitertragen.

Am Vorabend der unter uns verabredeten Abreise Michails (er sollte heimlich von der Reise zurückkehren und mich entführen) brachte mir sein vertrauter Kammerdiener ein Briefchen von ihm, in dem er mich zu einer Zusammenkunft um halb zehn Uhr im Billardzimmer, das an das Hauptgebäude von der Gartenseite angebaut war, aufforderte. Er schrieb mir, er wolle noch einige Verabredungen mit mir treffen. Schon zweimal hatte ich ihn im Billardzimmer gesprochen; ich hatte den Schlüssel zur Außentür. Punkt halb zehn warf ich eine Mantille um, schlich mich leise aus dem Nebengebäude und gelangte glücklich über den knisternden Schnee bis an die Tür des Billardzimmers. Der vom Nebel umschleierte Mond stand als glanzlose Scheibe gerade über dem First des Daches, und der Wind streifte pfeifend von der nächsten Ecke her. Mich schauderte, aber ich steckte den Schlüssel ins Schloß, trat ein, lehnte die Tür an und wandte mich um ... Von einem Fensterpfeiler löste sich eine dunkle Gestalt, bewegte sich wenige Schritte vorwärts, blieb wieder stehen ...

»Michail«, flüsterte ich.

»Michail befindet sich auf meinen Befehl unter Schloß und Riegel; ich bin hier!« antwortete mir eine Stimme, die meinen Herzschlag stocken machte ...

Vor mir stand Semjon Matweitsch!

Ich versuchte zu fliehen; aber er ergriff mich bei der Hand.

»Wohin? leichtfertige Dirne!« zischte er mich an. »Verstehst du es, jungen Toren ein Rendez-vous zu geben, so stehe auch Rede und Antwort!«

Grauen erfaßte mich, ich machte verzweifelte Anstrengungen, an die Tür zu gelangen ... Vergebens. Semjon Matweitsch hatte seine Finger wie eiserne Krallen in meinen Arm gedrückt.

»Lassen Sie mich los, ach lassen Sie mich«, flehte ich ihn endlich an.

»Nicht von der Stelle, sage ich Ihnen!«

Semjon Matweitsch drückte mich auf einen Stuhl nieder. Im Halbdunkel konnte ich sein Gesicht nicht sehen, auch wandte ich mich von ihm ab, aber ich hörte, wie er schwer atmete und mit den Zähnen knirschte. Ich kann nicht sagen, daß ich Angst empfunden hätte oder Verzweiflung, ein Staunen ohne Verständnis hatte sich meiner bemächtigt... Wenn ein Vogel in den Klauen des Geiers verendet, so muß es unter solchen Empfindungen sein... und auch die Hand des Semjon Matweitsch, die mich noch immer fest gepackt hielt, drückte mich unablässig wie eine Geierklaue...

»Aha!« stieß er aus; »aha! Also dahin ist es gekommen... Nun, nur Geduld!«

Ich machte einen Versuch, mich aufzurichten, aber er schüttelte mich mit solcher Gewalt, daß ich fast vor Schmerz aufgeschrien hätte. Er ergoß sich in Schimpfworten, Kränkungen, Drohungen...

»Michail, Michail, wo bist du? rette mich«, stöhnte ich.

Semjon Matweitsch schüttelte mich abermals... Diesmal konnte ich den Schmerz nicht verwinden... Ich schrie laut auf.

Das schien auf ihn zu wirken. Er wurde ruhiger, ließ meinen Arm fahren, blieb aber in meiner nächsten Nähe, zwischen mir und der Tür.

So vergingen einige Augenblicke ... Ich rührte mich nicht, und er fuhr fort, schwer zu atmen.

»Sitzen Sie ruhig«, sagte er endlich, »und antworten Sie mir. Beweisen Sie mir, daß Ihre Moral noch nicht ganz und gar verdorben ist, daß Sie imstande sind, der Vernunft Gehör zu geben. Das könnte ich noch verzeihen, daß Sie sich hinreißen ließen; aber für eingewurzelten Trotz habe ich keine Vergebung! Hat mein Sohn ...« hier atmete er schwer auf »... hat Michajlo Semjonytsch Ihnen die Ehe versprochen? Ist es so? Antworten Sie doch! Hat er sie Ihnen versprochen?«

Ich antwortete selbstverständlich gar nichts.

Fast wäre Semjon Matweitsch wieder aufgebraust.

»Ich nehme Ihr Schweigen für eine Bejahung«, sagte er nach einer Pause. »Sie hatten es sich also in den Kopf gesetzt, meine Schwiegertochter zu werden? Sehr schön! Sie sind jedoch kein vierzehnjähriges Mädchen und müssen es wohl wissen, daß alle junge Taugenichtse mit den unsinnigsten Versprechungen sehr freigebig sind, um nur ihre Zwecke zu erreichen. Doch abgesehen davon ... wie konnten Sie sich nur Hoffnung machen, daß ich, ein Mann von altem Adel, ich, Semjon Matweitsch Koltowskoj, jemals meine Zustimmung zu einer solchen Ehe geben werde! Oder glaubten Sie, auch ohne den väterlichen Segen auskommen zu können? Sie wollten sich wohl entführen lassen, darauf eine heimliche Trauung, eine reuige Rückkehr, ein Fußfall, in der Hoffnung, der Alte werde sich rühren lassen, kurz, eine Komödie in bester Form! ... Zum Teufel! so antworten Sie doch!«

Ich neigte nur meinen Kopf. Töten konnte er mich, aber mich zum Reden zwingen ... so weit reichte seine Macht nicht.

Er ging ein paarmal auf und ab.

»Hören Sie doch«, fing er wieder an, diesmal mit viel ruhigerer Stimme. »Glauben Sie doch nicht ... Sie müssen nicht meinen ... ich begreife, mit Ihnen muß man anders reden. Hören Sie doch: ich begreife vollkommen Ihre Lage. Sie sind erschreckt, außer Fassung ... Kommen Sie zu sich. In diesem Augenblick scheine ich Ihnen ein Ungeheuer ... ein Tyrann zu sein. Doch versetzen Sie sich in meine Lage; wie sollte ich nicht aufbrausen, wie konnte ich meine Worte abwägen? ... Und bei alledem habe ich Ihnen ja schon bewiesen, daß ich kein Ungeheuer, daß ich gutmütig bin. Denken Sie daran, wie ich bei meiner Ankunft auf dem Gut mich Ihnen gegenüber benommen habe, und auch später ... bis auf die letzte Zeit ... bis zu Michajlo Semjonytschs Krankheit. Ich will mit meinen Wohltaten nicht prahlen, aber ich denke doch, daß schon die Dankbarkeit allein Sie von diesem schlüpfrigen Pfad, den Sie leider betreten haben, hätte abhalten sollen! ...«

Semjon Matweitsch ging wieder einige Schritte auf und nieder, blieb dann stehen, streichelte mir die Hand, dieselbe Hand, welche noch von seiner Gewalttätigkeit empfindlich schmerzte und noch lange, lange nachher deren Spuren an sich trug ...

»Das ist es eben ...« fing er von neuem an, »wir sind heißblütig! Wir wollen uns nicht die Mühe geben nachzudenken, wir überlegen nicht, worin unser Vorteil besteht und wo wir ihn zu suchen haben. Sie werden mich fragen: Wo ist denn dieser Vorteil zu finden? Nun, wahrlich, Sie brauchen ihn nicht weit zu suchen. – Vielleicht befindet er sich in Ihrer eigenen Hand ... Nehmen Sie zum Beispiel mich! Als Vater, als Haupt der Familie muß ich allerdings streng sein ... Das ist meine Pflicht. Aber ich habe zugleich ein menschliches Herz; das wissen Sie. Freilich betrachte ich die Dinge praktisch und kann eine solche Tollheit nicht zugeben: diese ganz unstatthaften Hoffnungen müssen Sie daher fallenlassen, denn wo will das hinaus? Ich spreche schon gar nicht von der Sittenwidrigkeit Ihres Schrittes ... die werden Sie selbst einsehen, wenn Sie zur Besinnung kommen. Ohne zu prahlen, kann ich sagen, ich würde bei dem nicht stehenbleiben, was ich bereits für Sie getan habe; ich war immer bereit und bin es auch jetzt noch, für Ihre Wohlfahrt zu sorgen, Opfer zu bringen, ja sie dauernd zu sichern, denn ich kenne ja Ihren Wert, ich lasse Ihren Talenten, Ihrem Verstand Gerechtigkeit widerfahren, und dann ...« (nun neigte sich Semjon Matweitsch dicht zu mir nieder) »... Sie haben solche Augen, die, ich muß gestehen ... ich bin zwar alt, aber gleichgültig in diese Augen blicken ... ich begreife ... das ist schwer, das ist wirklich schwer.«

Ein Schauer überrieselte mich bei diesen Worten. Ich traute meinen Ohren nicht. Anfänglich hatte ich geglaubt, Semjon Matweitsch wolle mir meine Entsagung auf eine Verbindung mit Michail abkaufen, mir ein »Abstandsgeld« bieten ... Aber diese Worte!! Meine Augen hatten sich allmählich an die Dunkelheit gewöhnt, und ich begann Semjon Matweitschs Gesicht zu sehen. Es lächelte faunisch, dieses alte Gesicht, während er selbst mit kleinen trippelnden Schritten vor mir auf und nieder ging ...

»Nun, wie ist es?« fragte er endlich, »gefällt Ihnen mein Antrag?«

»Antrag?« wiederholte ich unwillkürlich ... ich begriff entschieden nicht, was er damit sagen wollte.

Semjon Matweitsch lachte laut auf ... lachte wirklich, sein widerliches, dünnes Lachen.

»Freilich!« rief er aus; »ihr junge Dirnen ...«; er verbesserte sich: »Ihr jungen Damen ... ihr alle baut die gleichen Luftschlösser, ihr träumt nur von jungen Männern! Ohne Liebe glaubt ihr nicht leben zu können! Nun ja, dagegen ist nichts einzuwenden: die Jugend hat einen hohen Wert! Aber sind es denn nur die jungen Leute, die zu lieben verstehen? Manches alten Mannes Herz ist viel feuriger, und wenn ein alter Mann jemanden liebgewinnt, dann ist seine Liebe ein Fels! Er liebt für immer! Nicht so vorübergehend wie diese jungen Schmetterlinge, die sich vom Wind tragen lassen! Ja, ja, man sollte die alten Männer nicht über die Achsel ansehen! Sie können viel tun, viel! Man muß sie nur zu behandeln wissen! Ja ... ja! Auch Zärtlichkeiten verstehen die Alterchen, hi-hi-hi- ...« Semjon Matweitsch lachte wieder laut. »Zum Beispiel, erlauben Sie ... Ihr Händchen ... nur so ein wenig ... gleichsam zum Versuch ...«

Ich sprang vom Stuhl auf und stieß ihn mit aller Kraft, die mir zu Gebot stand, in die Brust. Er wankte zurück; ein Ton, der Altersschwäche und Schreck ausdrückte, entfuhr ihm, fast wäre er hingestürzt. Die menschliche Sprache hat keine Worte, um auszudrücken, bis zu welchem Grad er mir abstoßend und gemein vorkam. Von Furcht war auch keine Spur in mir zurückgeblieben.

»Weg, verächtlicher Alter«, rief ich ihm zu, »gehen Sie weg, Herr Koltowskoj, Sie Mann von altem Adel! Auch in meinen Adern fließt Ihr Blut, das Blut der Familie Koltowskoj; aber verflucht sei der Tag und die Stunde, als es darin zu fließen begann!«

»Was? ... Was redest du? ... Was?« stotterte atemlos Semjon Matweitsch. »Du wagst es ... in dem Augenblick, als ich dich hier antraf ... als du auf dem Weg zu Mischka warst? wie?«

Ich konnte nicht mehr an mich halten ... Eine Verzweiflung, die keine Schonung mehr kannte, war in mir wachgerufen worden.

»Und Sie, Sie, der Bruder ... der Bruder Ihres Bruders, Sie konnten es wagen ... Wofür haben Sie mich denn angesehen? Sind Sie denn wirklich so blind, daß Sie nicht schon längst den Widerwillen bemerkt haben, den Sie mir einflößen? ... Sie konnten es wagen, den Ausdruck ‚Antrag' zu gebrauchen! ... Lassen Sie mich sogleich, diesen Augenblick, aus dem Zimmer.«

Ich ging zur Tür.

»Steht es so?! Nun endlich hat sie die Sprache wiedergefunden!« quiekte Semjon Matweitsch in einem Anfall von Wut, hatte aber augenscheinlich nicht den Mut, an mich heranzutreten ... »Warte nur! Herr Ratsch, Iwan Demjanytsch, kommen Sie her!«

Die Tür des Billardzimmers, die der Gartentür gegenüberlag, wurde weit aufgerissen, und mein Stiefvater trat ein, in jeder Hand einen Armleuchter mit brennenden Kerzen tragend. Sein von beiden Seiten beleuchtetes, rundes, rotes Gesicht erglänzte im Triumph befriedigter Rache, in gemeiner Freude, einen Lakaiendienst glücklich verrichtet zu haben ... Oh, diese abscheulichen weißlichen Augen! wann werde ich sie nicht mehr sehen müssen!

»Belieben Sie sogleich dieses Ding da zu greifen«, rief Semjon Matweitsch, zu meinem Stiefvater gewendet, und wies gebieterisch, aber mit zitternder Hand auf mich. »Führen Sie sie zu sich nach Hause, schließen Sie sie ein ... unter Schloß und

Riegel ... daß sie keinen Finger rühren kann, daß keine Fliege zu ihr Zutritt finde! Halten Sie sie unter Verschluß bis auf weiteren Befehl! Vernageln Sie die Fenster, wenn es not tut! Mit deinem Kopf stehst du mir für sie!«

Ratsch stellte die Armleuchter auf das Billard, verneigte sich vor Semjon Matweitsch bis zum Gürtel und schritt dann auf mich zu, etwas wackelnd, mit einem Lächeln der Schadenfreude auf den dicken Lippen. So mag wohl die Katze an die Maus heranschleichen, der die Flucht abgeschnitten ist. All meine Dreistigkeit hatte mich wieder verlassen. Ich wußte es, dieser Mensch war imstande, mich zu schlagen. Ich erbebte, ja zu meiner Schande muß ich es gestehen! ich erbebte.

»Nun, mein Fräulein, belieben Sie zu gehen!«

Gemächlich faßte er mich am Oberarm ... Er begriff, daß ich mich nicht widersetzen werde. Ich bewegte mich vorwärts zur Tür hin; in diesem Augenblick dachte ich nur an eins: wie ich Semjon Matweitschs Nähe möglichst rasch entfliehen könne.

Doch der widerliche Alte holte uns ein, Ratsch hielt mich an und drehte mich so um, daß ich seinen Patron ansehen mußte.

»Ah!« rief dieser und drohte mit der Faust; »ah! ich bin also der Bruder ... meines Bruders! Bande des Blutes? So? Aber den Vetter kann man heiraten? Kann man? So? Führe sie weg«, herrschte er meinen Stiefvater an. »Und vergiß nicht: aufgepaßt! Der geringste Verkehr mit ihr kann nicht hart genug bestraft werden ... Fort!«

Herr Ratsch führte mich auf mein Zimmer. Solange wir über den Hof gingen, sprach er kein Wort, er lachte nur tonlos vor sich hin. Erst als er die Fensterläden und die Tür geschlossen hatte und sich zum Fortgehen anschickte, verneigte er sich vor mir, wie vor Semjon Matweitsch, bis zum Gürtel und brach in ein lautes, triumphierendes Lachen aus: »Gute Nacht, Zarentochter Melikitrisa«, höhnte er, »Sie haben den Zarewitsch Mitrofan nicht gefangen! Schade! In seiner Art nicht übel ausgedacht! Eine Lehre für die Zukunft, kein schriftlicher Verkehr! Ho-ho-ho! Wie gut sich alles doch gefügt hat.« Er ging hinaus, steckte aber noch einmal den Kopf durch die Tür. »Habe ich mein Wort gehalten? Wie? Hab ich's dir heimgezahlt? Ho–ho!« Darauf verschloß er die Tür und zog den Schlüssel ab. Ich atmete frei auf. Ich hatte gefürchtet, er werde mir die Hände binden – nein, sie waren mein eigen – sie waren frei! Sogleich riß ich die seidene Schnur, welche meinem Morgenkleid zum Gürtel diente, ab, knüpfte eine Schlinge und war im Begriff, sie mir um den Hals zu werfen – aber ich schleuderte die Schnur beiseite. »Nein«, sagte ich laut, »ich werde euch diesen Gefallen nicht tun! Und warum auch? Welch ein Unsinn! Wie kann ich ohne Michails Wissen über mein Leben verfügen, das ich selbst ihm zu eigen gegeben habe? Nein, ihr Bösewichter, nein! Noch habt ihr das Spiel nicht gewonnen! Er wird mich retten, er wird mich dieser Hölle entreißen, er ... mein Michail!«

Da fiel mir aber ein, daß ja auch er eingeschlossen sei wie ich – ich warf mich mit dem Gesicht auf mein Bett und weinte ... und schluchzte ... Nur der Gedanke, daß mein Quälgeist vielleicht hinter der Tür stehe und lausche und wohl triumphiere, nur dieser Gedanke trieb mich, meine Tränen hinunterzuschlukken ...

Ich bin angegriffen. Vom Morgen an schreibe ich, und jetzt ist es schon Abend; doch wenn ich jetzt zu schreiben aufhöre, werde ich nicht mehr imstande sein, die Feder wieder zur Hand zu nehmen ... Drum vorwärts, schnell zum Schluß! Bei den widerlichen Einzelheiten, die auf jenen grausigen Tag folgten, zu verweilen, vermag ich ohnehin nicht, das würde meine Kräfte übersteigen!

Einen Tag später brachte man mich in einem geschlossenen Wagen in ein abgelegenes Bauernhaus, umgab mich mit Bauernknechten, die mich bewachen sollten, und hielt mich sechs Wochen lang in strengem Verwahrsam! Keinen Augenblick war ich allein ... Erst später erfuhr ich, daß mein Stiefvater gleich nach Michails Ankunft ihn und mich von Spionen beobachten ließ, daß er Michails Diener, der mir dessen Brief brachte, erkauft hatte; ich erfuhr auch, daß Michail am folgenden Morgen einen furchtbaren, empörenden Auftritt mit seinem Vater gehabt hatte ... Sein Vater verfluchte ihn, er aber schwor, er werde niemals mehr das väterliche Haus betreten. Darauf war er nach Petersburg zurückgereist. Aber in die Grube, die mein Stiefvater mir gegraben hatte, fiel er selbst hinein. Semjon Matweitsch erklärte ihm, es sei nunmehr unmöglich, daß er noch länger auf dem Gut bleibe und es verwalte; der plumpe Diensteifer wird, scheint es, schlecht gelohnt, zudem mußte ja doch jemand für den »Skandal« zur Verantwortung gezogen werden. Übrigens erwies sich Semjon Matweitsch gegen Herrn Ratsch sehr großmütig; er gab ihm die Mittel, nach Moskau überzusiedeln und dort einen Haushalt zu gründen. Vor der Abreise dahin wurde ich in die frühere Wohnung zurückgebracht, aber nach wie vor streng überwacht. Der Verlust der einträglichen Stelle, den mein Stiefvater mir zu danken glaubte, steigerte noch seinen Haß gegen mich.

»Und wozu dieser Theatereffekt!« pflegte er, fast schnaubend vor Wut, zu sagen, »wozu? Der Alte, freilich, war zu eilfertig, zu hitzig, und darum mißglückte sein Anschlag; jetzt allerdings, da seine Eigenliebe verletzt ist, läßt sich der Unfall nicht ungeschehen machen. Hätte er doch nur noch ein paar Tage gewartet, und alles wäre vortrefflich gegangen! Sie würden jetzt kein Fräulein Habenichts sein, und auch ich wäre geblieben, was ich war! Das ist es eben: Lang ist das Weiberhaar, aber der Verstand kurz! Schon gut! Von Ihnen werde ich schon noch beitreiben, was mir zukommt, und jenes Täubchen da« (er spielte auf Michail an) »soll auch an mich denken!«

Ich mußte alle diese Kränkungen schweigend hinnehmen. Semjon Matweitsch bekam ich nicht mehr zu sehen. Die Abreise des Sohnes hatte ihn erschüttert. War es Reue, was er empfand, oder wollte er – wie es wohl viel wahrscheinlicher ist – mich für immer an mein Haus, an meine Familie – meine Familie! – fesseln, genug, er setzte mir eine Pension aus, die mein Stiefvater so lange empfangen und mir auszahlen sollte, bis ich heiraten würde, während sie im Falle meines Todes auf Iwan Demjanytsch übergehen soll ... Dieses drückende Almosen, diese Pension beziehe ich bis zu dieser Stunde ... das heißt, Herr Ratsch empfängt sie statt meiner ...

Wir ließen uns in Moskau nieder. Bei dem Andenken meiner Mutter schwöre ich es, ich wäre keine zwei Tage, ja keine zwei Stunden bei meinem Stiefvater geblieben, nachdem wir einmal in der Stadt waren ... ich wäre geflohen, ohne zu wissen wohin ... auf die Polizei, ich hätte vor dem Generalgouverneur, den Senatoren, einen Fußfall getan, ich weiß nicht, was ich getan hätte, um nur das Haus zu verlassen – wenn es meinem ehemaligen Stubenmädchen nicht gelungen wäre, bei meiner Abreise vom Gut mir einen Brief von Michail zuzustecken. Oh, dieser Brief! Wie oft habe ich ihn durchgelesen, wie oft ihn mit Küssen bedeckt! Michail beschwor mich, den Mut nicht sinken zu lassen, zu hoffen und von seiner unwandelbaren Liebe überzeugt zu sein; er schwor, er werde keiner andern angehören, er nannte mich seine Frau, versprach, alle Hindernisse zu überwinden, entwarf Zukunftsbilder und bat nur um eins: ich möge mich gedulden, abwarten ... Und ich entschloß mich, zu warten und zu leiden. Ach, worein hätte ich nicht gewilligt, was hätte ich nicht erduldet, nur um seinen Willen zu erfüllen! Dieser Brief wurde mir zu einem Heiligtum, zu meinem Leitstern, zu meinem Hoffnungsanker. Wenn zuweilen mein Stiefvater mit mir zu grollen, mich zu kränken begann, so pflegte ich nur meine Hand auf die Brust zu legen (da trug ich Michails Brief, eingenäht wie ein Amulett), und dann konnte ich lächeln. Und je mehr Herr Ratsch sich ärgerte, je heftiger er schimpfte, desto leichter wurde mir und desto wohler ... Ich sah es endlich seinen Blicken an, daß er sich selbst fragte, ob ich nicht wahnsinnig sei ... Dem ersten Brief folgte bald ein zweiter, der noch freudiger, noch hoffnungsvoller lautete ... Er stellte ein baldiges Wiedersehen in Aussicht.

Statt dieses Wiedersehens brach ein Morgen an ... und wieder tritt Herr Ratsch zu mir ins Zimmer – und wieder leuchtet in seinem Gesicht Triumph und Schadenfreude – er hält eine verhängnisvolle Nummer des »Invaliden«* in der Hand: »Als verstorben aus der Dienstliste gestrichen: der Garderittmeister Michail Koltowskoj.«

Was soll ich noch sagen? Ich blieb am Leben und blieb bei Herrn Ratsch. Er haßte mich wie ehedem – ja mehr noch als früher –, denn er hatte mich zu tiefe Blicke in seine schwarze Seele tun lassen, und das konnte er mir nicht verzeihen. Ich war dagegen gleichgültig; war ich doch überhaupt ganz apathisch geworden, mein eigenes Schicksal interessierte mich nicht mehr. Mich *seiner* zu erinnern, an *ihn* zu denken, eine andere Beschäftigung, eine andere Freude kannte ich nicht. Mein armer Michail war mit meinem Namen auf den Lippen verschieden ... Ein ihm treu ergebener Diener, der ihn damals auf das Gut begleitet hatte, teilte mir das später mit. – Mein Stiefvater heiratete in demselben Jahr Eleonora Karpowna. Bald nachher starb auch Semjon Matweitsch, der in seinem Testament die mir ausgesetzte Pension bestätigt und noch vergrößert hatte ...

Es vergingen drei Jahre ... sechs, sieben Jahre ... Die Zeit schwand, sie floß dahin ... ich sah sie gleichgültig hinschwinden und mit ihr das Leben. So pflegte ich als Kind am Ufer eines Baches einen Damm aus Sand zu bauen und mir viele Mühe zu geben, daß das Wasser nicht durchsickere oder den Damm durchbreche ... Aber endlich durchbrach es ihn doch, und dann ließ ich alle Sorge fahren, ja es gewährte mir Vergnügen, zu sehen, wie das aufgestaute Wasser bis zum letzten Tropfen verrann ...

* Das offizielle Blatt des russischen Kriegsministeriums (Anmerkung des Übersetzers).

So lebte, so vegetierte ich, als ein neuer, ein unerwarteter Lichtstrahl ...«

Hier brach das Manuskript ab. Die folgenden Blätter waren abgerissen, und einige Zeilen, die den Schluß des Satzes enthalten haben mußten, waren durchgestrichen und unleserlich gemacht.

18

Das Manuskript hatte mich in große Aufregung versetzt und der Besuch Susannas einen so nachhaltigen Eindruck auf mich gemacht, daß ich die ganze Nacht nicht schlafen konnte; schon früh am andern Morgen schickte ich per Estafette einen Brief an Fustow, in dem ich ihn beschwor, schleunigst zurückzukehren, da seine Abwesenheit von Moskau die traurigsten Folgen haben könne. Ich hatte auch mein Zusammentreffen mit Susanna angedeutet und daß sie ein Heft in meinen Händen zurückgelassen habe. Nachdem ich diesen Brief aufgegeben hatte, blieb ich den ganzen Tag über zu Hause und weilte mit meinen Gedanken bei dem, was wohl gegenwärtig dort, im Ratschschen Haus, vorgehen möge. Ich konnte mich nicht entschließen, selbst hinzugehen. Es entging mir nicht, daß meine Tante sich in großer Aufregung befand: fast ohne Unterlaß ließ sie räuchern und hatte für heute die gewagteste Art von Grande patience, den sogenannten »Reisenden«, gewählt, welche fast nie auskommt! Der Besuch einer unbekannten Dame, und zudem in so vorgerückter Stunde, war ihr nicht verborgen geblieben; ihrer Phantasie stellte sich sofort ein gähnender Abgrund dar, an dessen Rand ich stand; sie seufzte, stöhnte wohl auch, murmelte halblaut französische Sentenzen aus einer handschriftlichen Sammlung »Extraits de lecture«, und am Abend fand ich auf meinem Nachttisch de Gerandos Werk und darin das Kapitel: »Über den nachteiligen Einfluß der Leidenschaften«, absichtlich aufgeschlagen. Dieses Buch war, natürlich auf Anordnung meiner Tante, von ihrer älteren Gesellschaftsdame, einer sehr sentimentalen, sogar romantischen, aber alternden Jungfrau, die wegen ihrer Ähnlichkeit mit einem kleinen Hauspudel allgemein nur »Amischka« genannt wurde, in mein Zimmer gebracht worden. Den ganzen folgenden Tag brachte ich in peinlicher Erwartung zu; ob Fustow wohl kommen, ob er einen Brief schicken wird? fragte ich mich, ob nicht Nachrichten aus dem Haus des Herrn Ratsch eintreffen werden? ... obschon dort kein Grund vorlag, gerade mir welche zukommen zu lassen. Susanna hätte eher erwarten können, daß ich sie besuchte ... Es fehlte mir aber entschieden an Mut, sie zu sprechen, ehe ich Fustow gesehen haben würde. – Ich rief mir alle in meinem Brief gebrauchten Ausdrücke in Erinnerung. Sie waren doch wirklich dringend genug. Endlich, spät am Abend, erschien Fustow.

19

Er trat in mein Zimmer wie gewöhnlich, mit raschem, aber nicht eiligem Schritt. Er schien blaß zu sein, und jedenfalls trug sein Gesicht Spuren der Ermattung von der Reise und den Ausdruck der Spannung, Neugierde und Unzufriedenheit – Empfindungen, die er sonst kaum kannte. Ich stürzte ihm entgegen, umarmte ihn, dankte ihm herzlich, daß er meinem Ruf gefolgt sei, erzählte ihm in wenigen Worten mein Gespräch mit Susanna – und übergab ihm ihr Manuskript. Er trat ans Fenster, an dasselbe, auf dem vor zwei Tagen Susanna gesessen hatte, und vertiefte sich ins Lesen, ohne auch nur ein Wort gesprochen zu haben. Ich zog mich in den entgegengesetzten Winkel des Zimmers zurück und nahm, um Fassung zu gewinnen, ein Buch zur Hand; aber ich muß gestehen, ich schielte die ganze Zeit hindurch über seinen Rand zu Fustow hin. Anfänglich las er ziemlich ruhig und zupfte nur mit der linken Hand an den Haaren seines Bärtchens, dann ließ er die Hand sinken, neigte sich vor und rührte sich nicht mehr. Seine Augen flogen über die Zeilen, und sein Mund öffnete sich ein wenig. – Er hatte zu Ende gelesen, wandte das Heft um, betrachtete es von allen Seiten, verfiel in Nachdenken, fing wieder an zu lesen und las noch einmal das Manuskript vom Anfang bis zum Ende durch. Dann erhob er sich, schob das Heft in die Tasche und ging auf die Tür zu, kehrte aber dann um und blieb in der Mitte des Zimmers stehen.

»Wozu hast du dich entschlossen?« begann ich, ohne abzuwarten, was er sagen werde.

»Ich habe ihr großes Unrecht getan«, sagte Fustow dumpf. »Mein Benehmen war ... unüberlegt, unverantwortlich, ganz unstatthaft. Ich glaubte ihm ... diesem Viktor.«

»Wie?« rief ich, »diesem Viktor hast du geglaubt, den du doch so sehr verachtest? Und was konnte denn er dir sagen?«

Fustow kreuzte die Arme über der Brust und blieb an meiner Seite stehen; er fühlte sich beschämt, ich sah es ihm wohl an.

»Du erinnerst dich doch«, sprach er nicht ohne Anstrengung, »dieser ... Viktor erwähnte eine ... Pension. Dieses unglückliche Wort war bei mir hängengeblieben. Dieses Wort hat alles herbeigeführt. Ich fragte ihn aus ... und er ...«

»Was sagte er?«

»Er sagte mir, jener Alte ... wie heißt er gleich? ... Koltowskoj, habe Susanna die Pension ausgesetzt, um sie ... weil ... nun kurz, als Belohnung.«

Ich schlug die Hände zusammen.

»Und das konntest du glauben?«

Fustow ließ den Kopf sinken.

»Ja! ich glaubte dem ... Dann hatte er ferner gesagt, daß sie auf den jungen ... Kurz, mein Benehmen ist nicht zu entschuldigen.«

»Und du hast dich entfernt, um alle Beziehungen abzubrechen?«

»Ja; das ist das beste Mittel ... in solchen Fällen. Ich hab mich unsinnig, unsinnig benommen«, sprach er unwillig.

Wir beide schwiegen. Jeder von uns fühlte, daß der andere sich schäme; aber mir war es doch leichter ums Herz, ich schämte mich nicht für mich.

20

»Ich wäre jetzt imstande, diesem Viktor Arme und Beine zu zermalmen«, fuhr Fustow fort, die Zähne zusammenpressend, »wenn ich nicht einräumen müßte, daß ich selbst schuldig bin. Jetzt begreife ich, wozu diese ganze Intrige in Szene gesetzt wurde. Mit Susannas Verheiratung würden sie die Pension eingebüßt haben ... Diese Schufte!«

Ich faßte ihn bei der Hand.

»Alexandr«, fragte ich ihn, »bist du bei ihr gewesen?«

»Nein; von der Reise kam ich geradewegs zu dir. Morgen gehe ich hin ... morgen ganz früh. Das darf nicht so hingehen. Durchaus nicht.«

»Alexandr ... liebst du sie auch?«

Fustow schien die Frage übelzunehmen.

»Freilich liebe ich sie. Ich hänge sehr an ihr.«

»Sie ist ein herrliches, ehrenhaftes Mädchen!« rief ich aus.

Fustow stampfte ungeduldig mit dem Fuß.

»Was glaubst du denn? Ich war bereit, sie zu heiraten, ich bin auch jetzt dazu bereit, ich habe es mir schon überlegt, obschon sie älter ist als ich.«

In diesem Augenblick kam es mir plötzlich vor, als ob am Fenster eine blasse weibliche Gestalt sitze, den Kopf in die Hände gestützt. Die Lichter waren niedergebrannt, im Zimmer war es dunkel. Ich fuhr zusammen; ich sah schärfer hin und überzeugte mich freilich, daß auf dem Fensterbrett niemand sitze, aber ein unheimliches Gefühl, ein Gemisch von Grauen, Wehmut und Mitleid bemächtigte sich meiner.

»Alexandr!« redete ich ihn mit plötzlicher Aufregung an, »ich bitte, ich beschwöre dich, geh gleich zu Ratsch, verschiebe deinen Besuch nicht auf morgen! Eine innere Stimme sagt mir, daß du durchaus heute noch Susanna sprechen mußt!«

Fustow zuckte die Achseln.

»Was fällt dir ein! Es ist ja schon zehn Uhr vorbei; wahrscheinlich schlafen dort schon alle.«

»Gleichviel ... Um Himmels willen geh! Ich habe eine Ahnung ... Bitte, hör auf meinen Rat! Geh sogleich, nimm einen Mietkutscher ...«

»Was für ein Unsinn!« antwortete Fustow ganz kaltblütig. »Welche Veranlassung hätte ich, gerade jetzt hinzugehen? Ich werde morgen früh dasein, und alles wird sich aufklären.«

»Aber bedenke doch, Alexandr, sie sprach davon, sie werde sterben, du werdest sie nicht mehr antreffen ... Und wenn du dabei ihr Gesicht gesehen hättest! Bedenke doch nur, stelle dir doch nur vor, welche Überwindung es sie gekostet haben muß, sich zu einem Besuch bei mir zu entschließen ...«

»Sie ist ein exaltiertes Wesen«, sagte Fustow, der dem Anschein nach seine Selbstbeherrschung völlig wiedergewonnen hatte. »Alle jungen Mädchen sind so ... im ersten Stadium. Wie gesagt, morgen wird alles ins rechte Geleise kommen. Lebe wohl einstweilen. Ich bin sehr müde, und auch du bist schläfrig.«

Er griff nach seiner Mütze und ging hinaus.

»Versprich mir wenigstens, daß du sofort herkommen und mir alles erzählen wirst!« rief ich ihm nach.

»Ja, ich verspreche es ... Leb wohl!«

Ich legte mich zu Bett, aber das Herz wollte sich nicht beruhigen, und ich ärgerte mich über meinen Freund. Erst spät schlief ich ein; im Traum irrte ich mit Susanna in feuchten, unterirdischen Gängen umher, steile Treppen hinunter, immer weiter in die Tiefe, obschon wir durchaus nach oben gelangen, an die Luft kommen wollten; und die ganze Zeit über vernahmen wir ein einförmiges, klagendes Rufen über uns.

21

Eine Hand faßte mich bei der Schulter und rüttelte mich einige Male... Ich öffnete die Augen und sah bei der spärlichen Beleuchtung des Nachtlichts Fustow vor mir stehen. Ich erschrak über seinen Anblick. Er wankte; sein Gesicht war gelb geworden, fast wie die Farbe seines blonden Haares. Die Lippen hingen herab, die trüben Augen sahen sinnlos zur Seite... Wo war ihr beständig freundlicher und wohlwollender Blick geblieben? Ich hatte einen Vetter, der infolge von Epilepsie blödsinnig geworden war... In diesem Augenblick glich Fustow dem Unglücklichen.

Hastig richtete ich mich auf.

»Was ist geschehen? Um Gott, was ist mit dir?«

Er antwortete nicht.

»Was ist geschehen, Fustow? Rede! Susanna?...«

Fustow fuhr ein wenig zusammen.

»Sie...« begann er mit heiserer Stimme und verstummte wieder.

»Was ist mit ihr? Hast du sie gesehen?«

Er starrte mich an.

»Sie ist nicht mehr!«

»Wie, nicht mehr?«

»Sie ist nicht mehr! Sie ist tot!«

Ich sprang aus dem Bett.

»Wie? tot? Susanna? wirklich tot?«

Fustow starrte wieder auf die Seite.

»Ja, gestorben, um Mitternacht.«

Er ist wahnsinnig, schwirrte es mir durch den Kopf.

»Um Mitternacht? Und wieviel Uhr ist es jetzt?«

»Jetzt ist es acht Uhr früh. Man ließ es mich wissen. Morgen soll sie beerdigt werden.«

Ich ergriff seine Hand.

»Alexandr, du phantasierst! Du bist nicht bei Sinnen!«

»Ich bin wohl bei Sinnen«, antwortete er; »als mir die Nachricht gebracht wurde, eilte ich sogleich zu dir.«

Das Herz krampfte sich mir schmerzlich zusammen, wie immer dann, wenn wir die Gewißheit erlangen, daß ein Unglück unabwendbar über uns hereingebrochen ist.

»Ach, mein Gott, mein Gott! tot!» wiederholte ich. »Wie ist das möglich! Wie so plötzlich! Oder hätte sie sich selbst das Leben genommen?«

»Ich weiß es nicht«, murmelte Fustow, »nichts weiß ich. Man hat mir nur gesagt: um Mitternacht starb sie. Und morgen wird man sie beerdigen.«

Um Mitternacht! dachte ich ... Also war sie noch am Leben, gestern abend, als ich sie auf dem Fenster sitzend zu sehen wähnte, als ich ihn beschwor, zu ihr zu eilen ...

»Sie lebte noch am Abend, als du mir zuredetest, zu Iwan Demjanytsch zu gehen«, murmelte Fustow, als ob er meine Gedanken erraten hätte.

Wie wenig hat er sie verstanden! dachte ich wieder.

Wie wenig haben wir beide sie gekannt! Ein exaltiertes Wesen, hatte er von ihr gesagt, so sind alle jungen Mädchen ... Und in demselben Augenblick hat sie vielleicht das Gift zum Mund geführt ... Ist es denn möglich, jemanden zu lieben und sich doch so grob über ihn zu täuschen?

Fustow stand unbeweglich an meinem Bett, mit herabhängenden Armen, wie ein Verurteilter.

22

Ich kleidete mich rasch an.

»Was bist du gesonnen zu tun, Alexandr?« fragte ich.

Er sah mich verwundert an, als ob er über meine sinnlose Frage erstaunte. Und wirklich, was war zu tun?

»Du kannst aber nicht umhin, hinzugehen«, begann ich. »Du mußt erfahren, wie sich alles zugetragen hat; vielleicht handelt es sich um ein Verbrechen. Diesen Leuten kann man alles zutrauen ... Man muß der Sache auf den Grund kommen. Denke doch nur daran, was in ihrem Manuskript gesagt ist: ‚Die Pension hört mit ihrer Verheiratung auf, *geht* aber im Fall ihres Todes *auf Ratsch über*.' Zudem mußt du doch der Toten die letzte Ehre erweisen, von ihr Abschied nehmen!«

Ich sprach zu Fustow im Ton eines Mentors, eines älteren Bruders. Inmitten des Schreckens, des Schmerzes, des verwunderten Fragens war in mir plötzlich ein unwillkürliches Gefühl von Überlegenheit Fustow gegenüber erwacht ... sei es, weil ich ihn, vom Bewußtsein seiner Schuld niedergedrückt, moralisch vernichtet, dastehen sah oder weil das Unglück, das einen Menschen heimsucht, ihn fast immer in den Augen der andern herabsetzt und diese denken läßt: Es ist also nicht viel an dir, da du demnicht zu entgehen vermochtest! Wie dem auch sei, Fustow kam mir wie ein Kind vor – er tat mir teils leid, teils fühlte ich die Notwendigkeit der Strenge gegen ihn. Ich reichte ihm die Hand von oben herab. Nur das weibliche Mitgefühl kommt nicht von oben herab.

Fustow starrte mich nach wie vor teilnahmslos und mit wirrem Blick an – meine Autorität über ihn war augenscheinlich wirkungslos –, und auf meine wiederholte Frage: »Du wirst doch zu ihnen gehn?« antwortete er :»Nein, ich gehe nicht.«

»Wie ist das möglich! Willst du denn nicht selbst alles erfahren, fragen, wie alles zugegangen ist? Vielleicht hat sie einen Brief zurückgelassen ... vielleicht ein wichtiges Dokument ... wie kannst du wegbleiben?«

Fustow schüttelte den Kopf.

»Ich kann nicht hingehen«, sagte er dumpf. »Deswegen bin ich ja zu dir gekommen, um dich zu bitten, statt meiner ... Ich selbst kann nicht ... kann nicht ...«

Fustow setzte sich rasch an den Tisch, bedeckte sein Gesicht mit beiden Händen und fing bitterlich an zu weinen.

»Ach, ach, du Arme«, wiederholte er unter Tränen ... »Du Armselige ... wie lieb ... wie liebte ich dich ... ach, ach.«

Ich stand neben ihm – aber ich muß gestehen, dieses ohne Zweifel aufrichtige Schluchzen flößte mir nicht die mindeste Teilnahme ein; mich wunderte nur, daß Fustow *so* weinen konnte – und es kam mir vor, als ob ich jetzt begriffe, von welch geringem Gehalt er sei – und wie ich an seiner Stelle ganz anders gehandelt hätte. So wunderlich sind wir Menschen! Wäre Fustow ganz ruhig geblieben, er wäre mir wahrscheinlich hassenswert erschienen, er hätte mir Widerwillen eingeflößt, aber in meiner Meinung hätte er nicht verloren ... seinen Nimbus hätte er behalten. – Don Juan wäre Don Juan geblieben! Sehr spät im Leben – und erst nach manchen tiefgehenden Erfahrungen – lernt der Mensch dem wirklich gefallenen oder in Schwachheit angetroffenen Bruder Mitgefühl und Hilfe angedeihen zu lassen, ohne sich dabei im geheimen an seiner eigenen Tugend und Kraft zu weiden, sondern mit Demut und vollem Verständnis für die Natürlichkeit, fast Unvermeidlichkeit der Schuld.

23

Ich hatte Fustow sehr mutig und entschieden zu überreden versucht, zu Ratsch zu gehen, als ich aber gegen zwölf Uhr mich selbst dahin aufmachte (Fustow wollte mich durchaus nicht begleiten und bat mich nur, ihm über alles recht genau zu berichten), als ich, um die Ecke der Straße biegend, das Haus und in einem Fenster den Schimmer brennender Lichter sah, die nur am Sarg stehen konnten, da überfiel mich unsägliche Angst, und ich wäre am liebsten umgekehrt ... Allein ich überwand mich und trat in das Vorzimmer. Die Luft war von Myrrhen- und Wachsgeruch geschwängert; in der Ecke lehnte ein rosafarbener Sargdeckel, mit silbernen Tressen dekoriert. Aus dem anstoßenden Zimmer, dem Speisezimmer, tönte das Gebetmurmeln des Küsters, wie das Summen einer eingeschlossenen Bremse, eintönig herüber. Aus dem Salon blickte das verschlafene Gesicht einer Dienstmagd heraus. »Sie sind wohl gekommen, Abschied zu nehmen?« fragte sie mit halber Stimme und wies mich in das Speisezimmer. Ich trat ein. Der Sarg stand mit dem Kopfende zur Tür; Susannas schwarzes Haar ragte über dem weißen Krönchen* aus den gestreiften Fransen des Sargkissens hervor und fiel mir zuerst in die Augen. Ich trat an die Seite des Sarges, bekreuzigte mich, verneigte mich bis zur Erde, blickte dann auf ... Mein Gott! was für ein trauriger Anblick! Die Unglückliche! Sogar der Tod hatte kein Erbarmen mit ihr gehabt; er hatte nicht nur keinen Liebreiz über sie ausgegossen, sondern nicht einmal jenen rührenden Frieden, der so häufig den Zügen Entschlafener aufgeprägt ist. Susannas kleines, dunkles, fast braunes Gesicht erinnerte an ganz, ganz alte Ikonen, und was für ein Ausdruck lag auf diesem Gesicht! Ein Ausdruck, als ob sie eben einen gellenden, verzweifelten Schrei habe ausstoßen wollen – und plötzlich gestorben sei, ohne sich durch diesen Schrei Luft gemacht zu haben ... sogar die Falten zwischen den Augenbrauen hatten sich nicht geglättet, und die Finger waren krampfhaft zusammengezogen. Unwillkürlich mußte ich meine Blicke abwenden; aber nach wenigen Augenblicken zwang ich mich, sie anzusehen, sie lange und aufmerksam zu betrachten. Mitleid erfüllte meine Seele, außerdem aber auch ein anderes Gefühl.

* In Rußland wird jeder Leiche ein »Krönchen« – wohl als Sinnbild, daß die Seele dem Herrn angetraut werde, da auch bei den Trauungen die Brautleute große Kronen tragen – auf die Stirn gelegt (Anmerkung des Übersetzers).

»Dieses Mädchen ist eines gewaltsamen Todes gestorben«, entschied ich bei mir selbst, »da gibt's keinen Zweifel.« Während ich dastand und die Leiche betrachtete, war der Küster, der anfangs seine Stimme gehoben und einige Worte verständlich ausgesprochen hatte, wieder in seinen schläfrigen Ton gefallen und hatte einige Male gegähnt. Ich verneigte mich wieder bis zur Erde und trat in das Vorzimmer. Auf der Schwelle des Salons erwartete mich schon Herr Ratsch, in einen bunten bucharischen Schlafrock gekleidet, und winkte mir mit der Hand, ihm in sein Kabinett – fast hätte ich gesagt, in seine Fuchsgrube – zu folgen. Dieses Kabinett war finster und eng, ganz durchzogen von säuerlichem Tabaksgeruch und ganz dazu angetan, an das Lager eines Wolfs oder an den Bau eines Fuchses zu erinnern.

24

»Eine Herzzerreißung! ... Ein Riß in diesen Häutchen ... diesen Membranen ... Sie wissen schon ... diesen Häutchen«, begann Ratsch, als er kaum die Tür geschlossen hatte. »Was für ein Unglück! Noch gestern abend konnte man das nicht ahnen, und plötzlich rrrrr – krach, geborsten! und alles zu Ende! Da kann man wirklich sagen: ‚Heute rot, morgen tot!' Freilich, man hätte das erwarten sollen; ich habe es auch immer erwartet ... Noch in Tambow hatte mir der Regimentsarzt Galimbowskij, Vikentij Kasimirowitsch ... Sie haben gewiß von ihm gehört ... ein ausgezeichneter Arzt, eine Berühmtheit!«

»Ich höre zum erstenmal seinen Namen«, warf ich ein.

»Gleichviel; nun sehen Sie«, fuhr Herr Ratsch fort, anfänglich mit leiser Stimme, dann lauter und lauter; und zwar, zu meiner Verwunderung, mit einem stark deutschen Akzent, »er hat mich ständig gewarnt: ‚Iwan Demjanytsch, teurer Freund, seien Sie auf Ihrer Hut! Ihre Stieftochter hat einen organischen Herzfehler – hypertrophia cordialis! Eine Kleinigkeit schon kann Gefahr bringen. Vor allen Dingen müssen starke Erregungen vermieden werden ... Es muß auf den Verstand eingewirkt werden ...' Aber Sie wissen's doch selbst, kann man das bei jungen Mädchen? ... auf den Verstand einwirken? ... H ... h ... a ...«

Herr Ratsch war im Begriff, in sein gewohntes Gelächter auszubrechen, doch besann er sich noch zur rechten Zeit – und ließ den angesetzten Ton in einen Husten auslaufen.

Und das sagte Herr Ratsch! nach alledem, was ich über ihn erfahren hatte ... Ich hielt es jedoch für angemessen, ihn zu fragen, ob ein Arzt gerufen worden sei.

Herr Ratsch sprang in die Höhe.

»Freilich ... es wurden sogar zwei gerufen, aber es war schon alles vorbei! Und denken Sie sich: beide hatten sich gleichsam verabredet: Ein Herzriß! Beide gebrauchten dasselbe Wort. Beide schlugen vor, die Leiche zu sezieren; aber dazu ... Sie können sich's denken, gab ich meine Zustimmung nicht.«

»Und morgen findet die Beerdigung statt?« fragte ich.

»Ja ja, morgen, morgen bestatten wir unser Täubchen! Die Leiche wird genau um elf Uhr aus dem Hause gebracht werden ... in die Kirche zum heiligen Nikolaus auf Hühnerfüßen ... Sie kennen diese Kirche? Sonderbare Namen führen unsere russischen Kirchen. Und von da geleiten wir sie zur letzten Ruhestätte in der feuchten Mutter Erde! Sie werden doch kommen? Wir haben zwar erst vor kurzem Bekanntschaft gemacht, ich darf aber behaupten, Ihre ausgezeichnete Liebenswürdigkeit, Ihre erhabenen Gefühle ...«

Ich beeilte mich, durch ein Kopfnicken die Einladung anzunehmen.

»Ja, ja«, seufzte Herr Ratsch. »Das ... das war wirklich, wie man zu sagen pflegt, ein Blitz aus heiterem Himmel!«

»Und hat Susanna Iwanowna vor ihrem Tod nichts gesagt, nichts zurückgelassen?«

»Durchaus nichts! Nicht das mindeste! Kein Stückchen Papier! Denken Sie sich, als ich zu ihr gerufen wurde, als man mich aufweckte – stellen Sie sich vor, da war sie schon kalt! Das ist mir sehr nahegegangen; sie hat uns alle sehr betrübt! Alexandr Dawydowytsch wird gewiß auch bedauern, wenn er von ihrem Tod hören wird ... Man sagt, er sei jetzt nicht in Moskau?«

»Er war wirklich für ein paar Tage verreist«, begann ich eben ...

»Viktor Iwanowitsch beschwert sich, daß der Schlitten so lange nicht angespannt wird«, unterbrach mich das hereintretende Dienstmädchen, dasselbe, das mir im Vorzimmer begegnet war. Ihr immer noch verschlafenes Gesicht frappierte mich durch den Ausdruck frecher Grobheit, den die Dienstboten annehmen, wenn sie wissen, daß ihre Herrschaft von ihnen abhängt und nicht wagen wird, sie zu schelten oder zu strafen.

»Sogleich, sogleich«, beeilte sich Iwan Demjanytsch zu antworten. »Eleonora Karpowna! Leonore! Lenchen!* kommen Sie bitte her!«

Man hörte hinter der Tür die Bewegung eines schweren Körpers, und fast gleichzeitig ertönte Viktors gebieterischer Ausruf: »Warum wird denn nicht angespannt? ich werde doch nicht zu Fuß auf die Polizei laufen sollen?«

»Sogleich, sogleich«, sprach Iwan Demjanytsch mit derselben Eilfertigkeit, »Eleonora Karpowna, bemühen Sie sich doch hierher!«

»Aber Iwan Demjanytsch«, hörte man ihre Stimme, »ich habe keine Toilette gemacht!«

»Macht nichts! Komm herein!«

Eleonora Karpowna trat herein in einem vorn geschlitzten Morgenkleid, das Tüchelchen, welches den nackten Hals bedekken sollte, hielt sie mit zwei Fingern – und ihre Haare zu kämmen hatte sie nicht Zeit gefunden. Iwan Demjanytsch eilte sogleich auf sie zu.

»Sie hören, Viktor verlangt nach dem Pferd«, sagte er und wies ungeduldig mit dem Finger bald auf die Tür, bald auf das Fenster. »Geben Sie die nötigen Befehle, aber hübsch schnell! Der Kerl schreit so!«

»Der Viktor schreit immer, Iwan Demjanytsch, Sie wissen wohl«, antwortete Eleonora Karpowna; »ich selbst habe auch schon dem Kutscher befohlen, daß er anspanne, aber er füttert gerade das Pferd. Welch ein Unglück uns plötzlich widerfahren ist«, fügte sie, sich an mich wendend, hinzu; »und wer konnte das von Susanna Iwanowna erwarten?«

»Ich habe das immer erwartet, immer!« rief Ratsch und hob dabei seine Arme in die Höhe, so daß sein bucharischer Schlafrock vorn auseinanderwich und höchst widerliche Unaussprechliche aus Gemsleder mit Messingschnallen am Gürtel zum Vorschein kommen ließ. – »Ein Herzriß! ein Bersten der Membrane! Hypertrophie!«

»Nun ja«, versuchte Eleonora Karpowna ihm nachzusprechen, »Hypo . . . Nun dies da. Aber ich bedauere doch sehr, recht sehr, muß ich wiederum sagen . . .« Und ihr plumpes Gesicht verzog sich allmählich, die Augenbrauen nahmen die Gestalt von Dreiecken an, und ein winziges Tränchen rollte über die volle, gleichsam wie bei einer Puppe lackierte Wange . . . »Es tut mir sehr

* Im Original ist der folgende Dialog gemischt russisch und deutsch (Anmerkung des Übersetzers).

leid, daß ein so junges Wesen, das noch lange hätte leben und alles genießen können ... Alles ... Und nun plötzlich dieser verzweifelte Fall! ...«

»Na gut, gut ... geh, Alte!« unterbrach sie Herr Ratsch.

»Geh schon, geh schon«, brummte Eleonora Karpowna und ging hinaus, wobei sie noch immer ihr Tüchelchen mit den Fingern festhielt und ein paar Tränchen fallen ließ.

Auch ich ging sogleich hinter ihr hinaus. Im Vorzimmer stand Viktor im Studentenmantel mit einem Biberkragen und hatte die Mütze verwegen auf den Kopf gedrückt. Über die Schulter hin schielte er nach mir, machte sich an seinem Kragen zu schaffen und grüßte mich nicht, wofür ich ihm innerlich sehr verbunden war.

Ich kehrte zu Fustow zurück.

25

In einer Ecke seines Kabinetts saß mein Freund mit gesenktem Haupt, die Arme über der Brust gekreuzt. Eine Art von Stumpfsinn hatte sich seiner bemächtigt. Er schaute mit jenem anhaltenden Ausdruck des Erstaunens um sich, mit welchem Leute, die eben aus einem tiefen Schlaf aufgerüttelt sind, ihre Umgebung anblicken, ohne sie vollständig zu erkennen. Ich erzählte ihm meinen Besuch bei Herrn Ratsch, wiederholte ihm die Worte des Veteranen und seiner Frau, schilderte ihm den Eindruck, den beide auf mich gemacht hatten, und teilte ihm meine Ansicht mit, daß das unglückliche Mädchen sich selbst das Leben genommen habe ... Fustow hörte mit unverändertem Gesichtsausdruck zu und blickte mit demselben Erstaunen um sich.

»Hast du sie gesehen?« fragte er mich endlich.

»Ja.«

»Im Sarg?«

Fustow wollte es noch immer nicht glauben, daß Susanna wirklich gestorben sei.

»Im Sarg.«

Fustow schielte rechts und links, senkte die Augen und rieb sich leise die Hände.

»Dich friert?« fragte ich ihn.

»Ja, Freund, es ist kalt«, antwortete er zögernd und wackelte mit dem Kopf.

Ich begann ihm deutlich zu machen, daß Susanna sich ohne

Zweifel vergiftet habe oder von andern vergiftet worden sei und daß wir die Sache nicht auf sich beruhen lassen dürften ...

Fustow starrte mich an.

»Was läßt sich denn hier tun?« fragte er, die Augen langsam, aber weit öffnend. »Es ist ja noch viel schlimmer ... wenn man den Zusammenhang erfährt. Man würde wohl gar die Beerdigung nicht zulassen. Lassen wir es lieber! ...«

Diese sehr naheliegende Rücksicht war mir gar nicht eingefallen. Mein Freund konnte seinen praktischen Sinn nicht verleugnen.

»Wann wird sie beerdigt?« fragte er.

»Morgen.«

»Wirst du hingehen?«

»Gewiß.«

»Ins Haus oder gleich in die Kirche?«

»Sowohl ins Haus als in die Kirche und dann auf den Kirchhof.«

»Ich werde aber nicht hingehen ... Ich kann nicht, ich kann nicht«, flüsterte Fustow und fing an zu schluchzen. Auch am Morgen hatte er bei denselben Worten heftig zu weinen begonnen. Ich habe festgestellt, daß es mit dem Weinen häufig so geht, daß gewisse, größtenteils ganz unbedeutende, aber doch bestimmte Worte – gerade *diese* und keine anderen – die Macht haben, die Tränenquelle zu erschließen, den Menschen zu erschüttern, in ihm die wehmütige Empfänglichkeit für fremdes und eigenes Leid zu wecken ... Es ist mir noch erinnerlich, wie eine Bäuerin den plötzlichen Tod ihrer Tochter während des Mittagessens schilderte und jedesmal in Tränen ausbrach, ihre Erzählung nicht fortsetzen konnte und über folgenden Passus nicht hinauskam: »Ich frage sie, was willst du, Thekla? und sie antwortet: wohin, Mutter, hast du das Salz ... wohin das Salz ... Sa .. alz« – das Wort »Salz« brachte sie zu Tränen. – Wie am Morgen, so rührten mich Fustows Tränen auch jetzt nur wenig. Es war mir unbegreiflich, warum er mich nicht fragte, ob nicht Susanna etwas für ihn zurückgelassen habe. Ihre gegenseitigen Liebesbeziehungen erschienen mir wie ein Rätsel: und sie sind mir auch ein Rätsel geblieben.

Nachdem Fustow ein Viertelstündchen geweint hatte, stand er auf, legte sich auf den Diwan mit dem Gesicht zur Wand – und blieb unbeweglich liegen. Ich wartete ein wenig – als ich jedoch sah, daß er sich nicht rührte und auf meine Fragen nicht antwortete, beschloß ich, mich zu entfernen. Vielleicht tue ich ihm Unrecht, aber ich glaube fast, er war eingeschlafen. Übrigens würde ja das auch noch nicht beweisen, daß er für den Kummer unempfänglich sei ... sondern nur so viel, daß seine Natur die Empfindungen der Trauer nicht lange zu tragen vermochte ... Sein Naturell war doch gar zu gemäßigt!

26

Am andern Morgen punkt elf Uhr war ich zur Stelle. Der Schnee fiel in feinen Flocken aus den niedrigen Wolken locker herab. Die Kälte war unbedeutend, Tauwetter war im Anzug, aber zuweilen spürte man einen scharfen, unangenehmen Luftzug ... Recht ein Wetter wie um die Fastenzeit, ganz dazu angetan, sich eine Erkältung zu holen! Ich traf Herrn Ratsch am Eingang seines Hauses. Im schwarzen, mit Trauerbinde versehenen Frack, barhäuptig, machte er sich viel zu schaffen, gestikulierte mit den Händen, klatschte auf die Lenden, erteilte schreiend Befehle, bald ins Haus hinein, bald auf die Straße hinaus in der Richtung des vorgefahrenen Leichenwagens mit weißem Katafalk und zweier Mietskutschen, neben denen vier Garnisonssoldaten, in schwarzen Trauermänteln über ihren abgetragenen Soldatenröcken und in großen dreieckigen, mit schwarzen, flatternden Florenden ausgeputzten, tief in die Stirn gedrückten Trauerhüten, gleichgültig mit den noch nicht angezündeten Fackeln im lockeren Schnee wühlten. Das dichte graue Haar Herrn Ratschs, das sein rotes Gesicht wie eine Mütze einrahmte, stand in die Höhe, und seine laute, metallische Stimme – versagte ihm zuweilen vor Anstrengung. »Wo bleibt der Grünstrauch! Grünstrauch hierher!« schrie er – »gleich wird der Sarg herausgebracht werden! Grünstrauch! Streut doch Grünstrauch! Aber rasch!« rief er noch einmal und sprang ins Haus. Trotz meiner Pünktlichkeit war ich zu spät gekommen; Herr Ratsch hatte es für nötig befunden, alles zu beeilen. Das Totengebet war schon zu Ende; die Priester, von denen der eine eine Kamilawka* trug und der andere, etwas jüngere, seine Haare sorgfältig gekämmt und mit Öl getränkt hatte – traten, von den Kirchendienern gefolgt, soeben vor die Tür. Bald darauf wurde auch der Sarg von dem

* Eine hohe Kappe, Kopfbedeckung für Mönche (Anmerkung des Übersetzers).

Kutscher, zwei Hausknechten und dem Wasserträger hinausgetragen. Herr Ratsch folgte unmittelbar dem Sarg, dessen Deckel er mit den Fingerspitzen berührte, und wiederholte immer: »Vorsichtig, vorsichtig!« Hinter ihm bewegte sich wackelnd Eleonora Karpowna in schwarzem, mit Kreppschleifen besetztem Kleid, von ihren Kleinen umgeben; hinter allen schritt Viktor einher, in einer nagelneuen Uniform, mit umflortem Degengriff. Keuchend und schwankend stellten die Träger den Sarg auf den Leichenwagen; die vier Soldaten zündeten die Fackeln an, welche sogleich zu prasseln und zu qualmen begannen, eine Bettelfrau, die zufällig herzugetreten war, stimmte eine Klage an, der Kirchenchor intonierte Kirchenlieder, der Schnee fiel plötzlich dichter, Herr Ratsch rief: »Vorwärts mit Gott!« und der Trauerzug setzte sich in Bewegung. Das Gefolge bestand, die Familie Ratsch nicht mitgerechnet, aus fünf Personen: einem verabschiedeten, sehr dürftig gekleideten Offizier der Wasserkommunikation, mit einem sehr verblaßten Stanislaus-Ordensband um den Hals (dieser Offizier war vielleicht nur für die Gelegenheit gedungen); dem Gehilfen des Distrikt-Polizeioffiziers, einem sehr kleinen Mann mit demütiger Miene, aber begehrlichen Augen; einem alten Herrn in einem damals lange schon aus der Mode gekommenen Kamelottmantel; einem sehr korpulenten Fischhändler in langem, blauem Kaufmannsrock, der stark nach Fisch roch, und aus mir. Die Abwesenheit des schönen Geschlechts (denn die beiden Tanten Eleonora Karpownas, die Schwestern des Wurstmachers, und eine verwachsene Dame mit blauer Brille auf der bläulichen Nase konnte man diesem unmöglich beizählen), die Abwesenheit von Freundinnen und Altersgenossinnen der Verstorbenen fiel mir anfänglich auf; aber ein kurzes Nachdenken erinnerte mich daran, daß Susanna bei ihrem Charakter, ihrer Erziehung und Vergangenheit, in dem Kreis, in welchem sie lebte, keine Freundinnen gehabt haben konnte. In der Kirche hatten sich viele Menschen – jedoch mehr Fremde als Bekannte, wie man am Ausdruck der Gesichter sogleich erkennen konnte – eingefunden. Der Trauergottesdienst währte nicht lange. Mich wunderte es, daß Herr Ratsch sich so eifrig bekreuzigte, als sei er ein echter Russe, und sogar in den Kirchengesang mit einstimmte, freilich nur in die Melodie. Als nun der Moment herannahte, wo von der Leiche zum letztenmal Abschied genommen wird, verneigte ich mich vor ihr, jedoch ohne sie zu küssen. Herr Ratsch dagegen führte diese schreckliche Sitte sehr unbefangen aus und forderte den Offizier mit dem Stanislaus-Orden, vor dem er sich ehrerbietig mit dem ganzen Oberkörper verneigte, in einer Weise zu diesem Abschiedskuß auf, als ob er ihn zur Mahlzeit bitte, faßte darauf der Reihe nach seine Kinder unter die Arme, hob sie mit einem Schwung hoch empor und trug sie so an den Sarg. Nachdem auch Eleonora Karpowna von der Leiche Abschied genommen hatte, erfüllte sie mit ihrem Schluchzen die ganze Kirche, beruhigte sich jedoch sehr bald und fragte nun wiederholt mit ungeduldigem Geflüster: »Wo ist denn mein Strickbeutel?« Viktor stand auf der Seite – und schien durch seine ganze Haltung ausdrücken zu wollen, wie erhaben über alle derartigen Gebräuche er sei und wie er nur eine Pflicht des Anstandes übe. Am meisten Teilnahme zeigte der alte Mann im Kamelottmantel, der vor etwa fünfzehn Jahren als Landmesser im Tambowschen Gouvernement gedient und seitdem Herrn Ratsch nicht wiedergesehen hatte; Susanna hatte er gar nicht gekannt, aber er hatte den Zeitpunkt wahrgenommen, um am Büfett zwei Spitzgläser Rum zu leeren. Meine Tante war auch in die Kirche gekommen. Sie hatte zufällig erfahren, daß die Verstorbene dasselbe junge Mädchen sei, welches mich besucht hatte, und geriet darüber in eine unbeschreibliche Aufregung! Sie konnte es nicht über sich gewinnen, mich einer bösen Tat zu verdächtigen, andererseits aber vermochte sie ein so auffallendes Zusammentreffen der Umstände sich nicht zu erklären ... Ich glaube fast, sie vermutete, Susanna habe aus Liebe zu mir sich zum Selbstmord entschlossen. Meine Tante war in ganz dunkle Gewänder gehüllt; mit tiefbekümmertem Herzen und unter Tränen betete sie auf den Knien für den Seelenfrieden der Entschlafenen und stellte vor dem Heiligenbild »der trostreichen Mutter Gottes« eine dicke Wachskerze auf ... Mit ihr war auch »Amischka« gekommen, auch sie betete, aber mehr noch beobachtete sie mich und schauderte ... Leider war diese alte Jungfer gegen mich nicht gleichgültig. Beim Ausgang aus der Kirche verteilte meine Tante alles Geld, das sie bei sich hatte – mehr als zehn Rubel –, unter die anwesenden Bettler.

Endlich war das Abschiednehmen vorüber. Man ging daran, den Sarg zu schließen. Während des ganzen Gottesdienstes hatte ich nicht den Mut, das verzerrte Gesicht der armen Susanna gerade anzusehen; aber so oft auch mein Blick ihre Züge streifte, jedesmal glaubte ich in ihnen den Vorwurf zu lesen: »Er ist nicht gekommen, er ist nicht gekommen.« Als nun der Sarg geschlossen werden sollte, konnte ich nicht länger widerstehen, ich warf einen raschen Blick auf die Verstorbene. »Warum hast du es getan?« fragte ich unwillkürlich ... »Er ist nicht gekommen!« glaubte ich zum letzten Male zu vernehmen ...

Einige Hammerschläge, und alles war vorbei.

27

Wir gaben dem Sarg das Geleit zum Kirchhof. Etwa vierzig Menschen folgten dem Leichenwagen, ein bunter, im Grund müßiger Haufen. Über eine Stunde verbrachten wir auf dem ermüdenden Gang. Das Wetter wurde immer unfreundlicher. Auf halbem Weg stieg Viktor in einen nachfolgenden Wagen; aber Herr Ratsch schritt rüstig auf dem feuchten Schnee vorwärts; ganz ebenso mochte er einhergeschritten sein, als er damals, nach dem verhängnisvollen Auftritt mit Semjon Matweitsch, das von ihm für immer unglücklich gemachte Mädchen triumphierend in sein Haus abführte. Die Haare und Augenbrauen des Veteranen waren mit Schneeflocken wie gepudert; zuweilen atmete er schwer und keuchte wohl auch, dann aber nahm er sich wieder zusammen, richtete sich mannhaft auf, und seine vollen, braunroten Wangen glätteten sich wieder ... Wahrlich, man konnte glauben, er lache. »Nach meinem Tod geht die Pension auf Iwan Demjanytsch über«, rekapitulierte ich unwillkürlich aus Susannas Manuskript. Endlich gelangten wir auf den Friedhof und an das frisch gegrabene Grab. Die letzte Zeremonie währte nicht lange; allen war die Kälte lästig geworden, alle hatten Eile. Auf Stricken wurde der Sarg in die gähnende Tiefe hinabgelassen, und man begann, ihn mit Erde zu bedecken. Auch bei dieser Gelegenheit zeigte Herr Ratsch seinen guten Mut; so rasch, mit so viel Kraft, mit so viel Schwung warf er seine drei Handvoll Erde auf den Sargdeckel, so selbstbewußt schob er dabei den einen Fuß vor, so imposant lehnte er seinen Oberkörper zurück ... kurz, er hätte nicht energischer bei der Sache sein können, wenn er in der Lage gewesen wäre, seinen grimmigsten Feind zu steinigen. Auch hier, wie vordem in der Kirche, stand Viktor abseits, hüllte sich in seinen Mantel und strich wohlgefällig mit dem Kinn den neuen Biberkragen; die übrigen Kinder des Herrn Ratsch ahmten eifrig ihren Vater nach. Es gewährte ihnen ein großes Vergnügen, mit Sand und Erde zu werfen, was man ihnen übrigens auch nicht verdenken kann. Bald stand an Stelle der Grube ein Hügel da, und wir schickten uns eben an, den Friedhof zu verlassen, als unerwartet Herr Ratsch militärisch linksum kehrtmachte, auf die Lende klatschte und »allen verehrten Mannspersonen« ankündigte, daß er uns und die »hochwürdige Geistlichkeit« zu einem »Gedächtnismahl« einlade, welches in der Nähe des Friedhofes in dem großen Saal eines sehr anständigen Wirtshauses durch die Bemühung unseres wertgeschätzten Sigismund Sigismundowitsch veranstaltet sei ... Er wies bei diesen Worten auf den Gehilfen des Polizeioffiziers und fügte hinzu, daß er, nämlich Iwan Demjanytsch, trotz seines sehr großen Kummers und seiner lutherischen Konfession, doch als echter Russe die alten russischen Sitten sehr hochhalte. »Meine Gemahlin«, rief er aus, »und die Damen, die mit ihr hierherzukommen geruhten, mögen nach Hause fahren, wir aber, wir Mannspersonen, wollen bei dem bescheidenen Mahl des Schattens der Hingeschiedenen gedenken!« Herrn Ratschs Einladung wurde mit allgemeiner Teilnahme aufgenommen. Die hochwürdigen Geistlichen wechselten untereinander bedeutungsvolle Blicke, der Offizier der Wasserkommunikation aber klopfte Iwan Demjanytsch auf die Schulter, nannte ihn einen guten Patrioten und die Seele der Gesellschaft.

Wir machten uns alle zusammen auf den Weg. Im Wirtshaus, inmitten eines geräumigen, aber ziemlich leeren Zimmers im zweiten Stock standen zwei von Stühlen umgebene Tische, bedeckt mit Flaschen, Speisen und Tellern. Die Ausdünstungen des feuchten Mauerüberwurfs, untermischt mit denen von Branntwein und Fastenöl, berührten unangenehm die Geruchsnerven und beengten das Atmen. Der Gehilfe des Polizeioffiziers lud, in seiner Eigenschaft als Festordner, die Geistlichen ein, am oberen, vorzugsweise mit Fastenspeisen besetzten Ende der Tafel Platz zu nehmen; nach den Geistlichen ließen sich auch die übrigen Gäste nieder, und das Gastmahl begann. Ich hätte gern diesen feierlichen Ausdruck »Gastmahl« vermieden, aber kein anderer würde besser dem Wesen der Sache entsprechen. Anfänglich ging alles ziemlich still zu, sogar mit einem Anstrich von Wehmut; die Kauwerkzeuge arbeiteten, die Gläser wurden geleert, aber man hörte dazwischen doch auch Seufzer, mochten es nun Laute des Wohlbehagens an den Speisen oder auch des Mitgefühls sein; man hörte vom Tod sprechen, von der Kürze des menschlichen Lebens, von der Vergänglichkeit irdischer Hoffnungen; der Offizier erzählte eine Anekdote, zwar kriegerischen, doch belehrenden Inhalts; der Geistliche mit der Kamilawka lobte ihn dafür und erzählte einen merkwürdigen Zug aus dem Leben des heiligen Iwan des Kriegers; der andere Priester mit dem schön gekämmten Haar verwandte zwar sehr viel Aufmerksamkeit auf die Speisen, fand aber doch Gelegenheit, etwas Erbauliches über die jungfräuliche Tugend zum besten zu geben; aber allmählich nahm alles eine andere Gestalt an. Die Gesichter hatten sich gerötet, die Stimmen waren laut geworden, die Heiterkeit machte ihre Rechte geltend; es ertönten abgebrochene Ausrufe, man bekam liebkosende Anreden, wie etwa »du, mein liebes Brüderchen«, »mein Herzchen«, »mein Mäuschen« und sogar »du Ferkelchen« zu hören; kurz, alle die Äußerungen, an denen der Russe so reich ist, wenn ihm einmal das Herz aufgeht – sie ertönten von allen Seiten. Als nun gar die Korken des Donchampagners sprangen, da wurde es sehr laut: Der eine krähte wie ein Hahn, ein anderer erbot sich, das Glas, welches er eben geleert hatte, zu zerbeißen und zu verschlucken. Herr Ratsch, nun nicht mehr rot, sondern violett, stand plötzlich auf; schon vordem war er sehr laut gewesen und hatte viel gelacht, jetzt aber erbat er sich die Erlaubnis, einen »Speech« zu halten. »Reden Sie! Halten Sie uns einen Speech!« wurde von allen Seiten gerufen; der alte Mann im Kamelottmantel rief sogar »Bravo!« und applaudierte ... übrigens lag er bereits am Boden. Herr Ratsch hob sein Glas hoch über den Kopf und erklärte, er habe die Absicht, in wenigen, aber »beredten« Worten auf die Verdienste der schönen Seele hinzuweisen, die, hier ihre irdische Hülle zurücklassend, jetzt im Himmel weile. Sie tauchte ... Herr Ratsch verbesserte sich: sie versank ... Er verbesserte sich abermals ... sie versenkte! ...

»Vater Diakon! Verehrtester! Herzensfreund!« hörte man jemanden mit gedämpfter Stimme, aber sehr eindringlich flüstern: »Du hast, sagt man, eine Stentorstimme; tu mir den Gefallen, stimm herzhaft an: Auf freien Fluren leben wir.«

»St ... St ... Nicht doch! Was fällt Ihnen ein«, hörte man von verschiedenen Seiten.

» ... Sie versenkte die ganze ihr anhangende Familie«, fuhr Herr Ratsch fort und warf einen strengen Blick auf den Freund des Gesanges, »versenkte uns alle in eine durch nichts zu ersetzende Trauer! Wahrlich!« rief Iwan Demjanytsch aus, »das russische Sprichwort hat recht: das Schicksal biegt uns zu Krummholz, ohne uns erst zu erweichen ... und wenn es uns zerbricht ...«

»Halt! meine Herren!« schrie plötzlich eine heisere Stimme am andern Ende der Tafel; »man hat mir soeben mein Portemonnaie gestohlen! ...«

»Ach du Halunke!« quiekte eine andere Stimme, und – bauz! erschallte eine Ohrfeige.

Mein Himmel! Wie ging es nun her! Man hätte sagen können, ein wildes Tier, das bis dahin nur zuweilen sich in uns gerührt und geknurrt hatte, habe nun plötzlich die Kette zerbrochen und sich aufgebäumt in der ganzen Kraft seiner trotzigen Wildheit. Es schien, als ob alle im geheimen einen »Skandal«, als den naturgemäßen Zubehör und die Lösung eines solchen Gastmahls, erwarteten; alle beeilten sich, ihn zu schüren, sich an ihm zu beteiligen ... Teller und Gläser klirrten und zerschellten, Stühle wurden umgeworfen, es ertönte ein durchdringendes Schreien, Arme wurden erhoben, Rockschöße flogen, es entspann sich eine Prügelei!

»Schlag zu! schlag zu!« schrie mit wütender Stimme mein Nachbar, der Fischhändler, der bis dahin der friedfertigste Mensch von der Welt zu sein schien – freilich, er hatte im stillen an zehn Gläser Wein geleert. »Schlag zu!«

Auf wen zugeschlagen werden sollte und weswegen – das wußte er selbst nicht, aber dennoch brüllte er.

Der Gehilfe des Polizeioffiziers, der Offizier der Wasserkommunikation, ja Herr Ratsch selbst, der wohl nicht erwartet hatte, daß seine Beredsamkeit so plötzlich abgeschnitten werden würde, machten Versuche, die Ruhe wiederherzustellen ... doch ihre Anstrengungen waren erfolglos. Mein Nachbar, der Fischhändler, ergrimmte sogar gegen Herrn Ratsch.

»Du hast das Mädchen zu Tode gequält, dreimal verfluchter deutscher Hund«, schrie er ihn an und drohte mit der Faust; »hast die Polizei bestochen, und nun nimmst du den Mund voll!?«

Da stürzten die Kellner herbei ...

Was noch weiter geschah – weiß ich nicht mehr; ich ergriff eilig meine Mütze und stürzte hinaus! Ich hörte nur noch ein furchtbares Krachen und bemerkte auf meinem schleunigen Rückzug, daß im Haar des alten Mannes im Kamelottmantel ein Heringsskelett hängengeblieben war, daß ein breitkrempiger Priesterhut über das ganze Zimmer hin geschleudert wurde, daß Viktor, auffallend blaß, in einer Ecke kauerte und daß eine nervige Faust einen rötlichen Bart zauste ... Das waren die letzten Eindrücke, die ich von dem »Gedächtnismahl« mitnahm, welches der verehrte Sigismund Sigismundowitsch zu Ehren der armen Susanna veranstaltet hatte.

Nachdem ich mich etwas erholt hatte, ging ich zu Fustow, um

ihm alles zu erzählen, was ich an diesem Tag erlebt hatte. Er hörte mich sitzend an, ohne seinen Kopf zu heben, seine beiden Hände hatte er unter die Beine gesteckt. Mit dem Ausruf: »Ach, du arme, arme Seele!« legte er sich wieder auf den Diwan und wandte mir den Rücken zu.

Acht Tage später hatte er sich von diesem Schlag vollständig erholt und begann sein früheres Leben von neuem. Ich bat mir von ihm Susannas Manuskript als Andenken aus, und es kostete ihn keine Überwindung, meinem Wunsch zu willfahren.

28

Es waren einige Jahre vergangen. Meine Tante war gestorben und ich aus Moskau nach Petersburg übergesiedelt. Auch Fustow kam dorthin und nahm Dienste im Finanzministerium. Jedoch verkehrte ich mit ihm nur selten; er hatte in meinen Augen aufgehört, interessant zu sein: er war ein Beamter, so wie sie alle sind, und nichts weiter! Wenn er noch lebt und nicht geheiratet hat, so wird er gewiß noch derselbe sein; er wird drechseln und pappen und turnen, wird, wie früher, Herzen angeln und seinen Freundinnen Napoleon in himmelblauer Uniform ins Album zeichnen. – Ich hatte Veranlassung, in Geschäften nach Moskau zu reisen. Dort hörte ich zu meiner, ich muß es gestehen, nicht geringen Verwunderung, daß die Verhältnisse meines ehemaligen Bekannten, Herrn Ratschs, eine ungünstige Wendung genommen hatten: seine Frau hatte ihn zwar noch mit Zwillingen, zwei Knaben, beschenkt, die er als »echter Russe« Brjatscheslaw und Wjatscheslaw getauft hatte, aber sein Haus war abgebrannt, er hatte seinen Abschied nehmen müssen, und, was das Schlimmste war: sein ältestes Söhnchen, Viktor, saß fortwährend im Schuldturm. In einer Gesellschaft, in der ich mich befand, wurde Susanna erwähnt, und zwar in der allerungünstigsten, kränkendsten Weise! Ich bot alles auf, das Andenken des armen Mädchens, dem das Schicksal sogar das Almosen der Vergessenheit vorenthalten, vor Verunglimpfung zu schützen, doch meine Erörterungen machten auf meine Zuhörer keinen Eindruck. Nur einen unter ihnen, einen jungen, poetisch veranlagten Studenten, in seiner ungünstigen Meinung zu erschüttern, gelang mir. Am andern Tag schickte er mir ein Gedicht, das ich freilich schon vergessen habe, bis auf den letzten Vers, der etwa so lautete:

Ist's möglich, daß noch bis zur stillen Gruft
Die Stimme der Verleumdung nicht will schweigen?!
Daß, angeweht von ihrem gift'gen Hauch,
Die Grabesblumen selbst die Köpfe neigen?!

Beim Lesen des Gedichts versank ich in Nachdenken. Susannas Bild trat vor mein geistiges Auge; ich sah wieder jenes mit Eisblumen bedeckte Fenster meines Zimmers, gedachte jenes Abends mit seinem Schneegestöber, jener Worte, jenes Schluchzens ... Ich fragte mich, womit man die Liebe Susannas zu Fustow erklären könne und warum sie wohl so leicht, so unaufhaltsam sich der Verzweiflung hingegeben habe, als sie sich von ihm verlassen sah! Warum sie wohl ihn nicht erwarten, nicht die bittere Wahrheit aus dem eigenen Munde des Geliebten hören oder doch wenigstens ihm einen Brief schreiben wollte! Wie konnte sie sich sogleich kopfüber in den Abgrund stürzen? »Weil sie Fustow leidenschaftlich liebte«, wird man mir sagen, »weil sie nicht den geringsten Zweifel an seiner Anhänglichkeit, an seiner Achtung vertragen mochte.« Kann sein; aber auch das ist möglich, daß sie Fustow gar nicht so leidenschaftlich geliebt hat; daß sie sich über ihn nicht täuschte, sondern nur auf ihn ihre letzte Hoffnung gebaut hatte und darum nicht imstande war, den Gedanken zu ertragen, daß auch *er*, sogleich auf das erste Wort des Verleumders hin, sich verachtungsvoll von ihr abgewandt hatte. Wer vermöchte zu sagen, was sie ins Grab gestoßen hat: ob gekränkte Eigenliebe, ob der Kummer über ihr für immer verfehltes Dasein oder wohl gar das Andenken an jenes edle, wahrhaftige Wesen, dem sie sich am Morgen ihres Lebens so freudig hingegeben hatte, das so fest an sie glaubte und sie so aufrichtig hochachtete? Wer weiß, ob nicht in demselben Augenblick, als ich in ihren erstorbenen Zügen den Vorwurf: »Er ist nicht gekommen!« zu lesen vermeinte, ihre Seele schon darüber frohlockte, daß sie zu ihm, zu ihrem Michail, selbst den Weg eingeschlagen hatte? Groß sind die Geheimnisse des Menschenlebens, aber die Liebe ist das unergründlichste dieser Geheimnisse ... und doch vermag ich es bis jetzt nicht, im Grund meines Herzens mein tiefes Mitleid mit ihr und einen Vorwurf gegen das harte Schicksal zu unterdrücken, sooft mir Susannas Bild vor die Seele tritt, und unwillkürlich flüstern dann meine Lippen: »Die Unglückliche! die Unglückliche!«

Das Lied der triumphierenden Liebe

MDXLII

Dem Andenken Gustave Flauberts gewidmet

»Wage du zu irren und zu träumen!«
Schiller

Folgendes habe ich in einer alten italienischen Handschrift gelesen:

1

Um die Mitte des sechzehnten Jahrhunderts lebten in Ferrara, das damals unter dem Zepter seiner prachtliebenden Herzöge, Schutzherren der Kunst und Poesie, in Blüte stand, zwei junge Leute, Fabius und Mucius. Sie waren gleichaltrig, nah miteinander verwandt, selten voneinander getrennt gewesen und seit ihrer frühesten Kindheit eng miteinander befreundet ... Ihr gemeinsames Schicksal festigte diese Bande. Beide gehörten alten Familien an, waren unabhängig, reich, ledig und stimmten auch in ihrem Geschmack und in ihren Neigungen überein. Mucius widmete sich der Musik, Fabius der Malerei. Ganz Ferrara war stolz auf sie, die Zierde der Gesellschaft, des Hofes und der Stadt. Nur äußerlich glichen sie sich nicht, obwohl beide gut gewachsen waren und sich durch jugendliche Schönheit auszeichneten: Fabius war größer, hatte eine weiße Gesichtsfarbe, blaue Augen und dunkelblondes Haar. Mucius dagegen – hatte ein bräunliches Gesicht und schwarze Haare, und in seinen dunkelbraunen Augen lag nicht jener heitere Glanz, auf seinen Lippen nicht jenes freundliche Lächeln wie bei Fabius. Seine dichten Brauen lagen tief, unmittelbar über den schmalen Lidern, die goldschimmernden Brauen des Fabius aber wölbten sich in einem feinen, hohen Bogen auf der reinen, gleichmäßigen Stirn. Mucius war auch in der Unterhaltung nicht so lebhaft; doch gefielen sie beide den Frauen, da sie als Beispiel ritterlicher Zuvorkommenheit und Freigebigkeit galten.

Zur selben Zeit wohnte in Ferrara ein Mädchen, Valeria. Sie galt als die erste Schönheit der Stadt, obwohl man sie selten sah, da sie sehr zurückgezogen lebte und ihr Haus nur an großen Feiertagen verließ, um an der Messe teilzunehmen oder spazierenzugehen. Sie lebte mit ihrer Mutter, einer edlen, aber armen Witwe, die keine anderen Kinder besaß. Jedem, dem sie begegnete, flößte sie unwillkürlich zärtliche Ehrfurcht und überraschtes Interesse ein, so bescheiden war ihre Haltung, so wenig schien sie sich ihrer Reize bewußt zu sein. Manche fanden sie allerdings etwas blaß, der Blick unter den häufig gesenkten Lidern verriet Schüchternheit und sogar Ängstlichkeit, ihre Lippen lächelten selten und nur schwach, ihre Stimme, die einem Gerücht zufolge herrlich war, hatte kaum jemand gehört. Doch man sprach darüber, daß sie früh am Morgen, wenn die ganze Stadt noch schlief, gern in ihrer Kammer alte Weisen sang, die sie auf ihrer Laute begleitete. Trotz ihrer Blässe erfreute sich Valeria einer blühenden Gesundheit. Selbst alte Leute dachten bei ihrem Anblick: Wie glücklich wird der Jüngling sein, für den diese unberührte, geschlossene Knospe einst aufblühen wird!

2

Fabius und Mucius erblickten Valeria zum erstenmal während eines prächtigen Volksfestes, das der Herzog von Ferrara, Ercole, der Sohn der berühmten Lukrezia Borgia, zu Ehren vornehmer französischer Würdenträger gab. Sie waren auf Einladung der Herzogin, einer Tochter Ludwigs XII., aus Paris gekommen. Valeria saß neben ihrer Mutter auf einer eleganten Tribüne, die, nach einem Entwurf Palladios gebaut, auf dem Hauptplatz Ferraras für die vornehmsten Frauen der Stadt errichtet worden war. An diesem Tag verliebten sich beide – Fabius und Mucius – leidenschaftlich in sie, und da sie niemals etwas voreinander verheimlichten, wußte jeder bald, was in dem Herzen des Freundes vor sich ging. Sie beschlossen, beide Valerias Bekanntschaft zu machen und sich ihrer Wahl zu unterwerfen, falls sie sich für einen von ihnen entscheiden sollte. Einige Wochen darauf gelang es ihnen, dank ihrem guten, wohlverdienten Ruf, Zutritt in das nur wenigen zugängliche Haus der Witwe zu erlangen, die ihnen gestattete, sie zu besuchen. Von dem Tag an sahen sie Valeria beinahe täglich, unterhielten sich mit ihr, und ihre Leidenschaft wuchs stündlich. Ihre Besuche schienen Valeria zu gefallen, doch zog sie keinen von den beiden vor. Mit Mucius musizierte sie, unterhielt sich jedoch mehr mit

Fabius, in dessen Gegenwart sie weniger schüchtern war. Schließlich beschlossen sie, den endgültigen Schicksalsspruch zu erfragen, und schrieben Valeria einen Brief, in dem sie sie baten, ihnen mitzuteilen, wessen Frau sie werden wollte. Valeria zeigte diesen Brief ihrer Mutter und erklärte ihr, sie sei geneigt, unverheiratet zu bleiben. Sollte ihre Mutter jedoch der Ansicht sein, daß es Zeit für sie wäre zu heiraten, so überlasse sie ihr die Wahl. Die ehrwürdige Witwe vergoß beim Gedanken, sich von der geliebten Tochter zu trennen, einige Tränen, doch bestand kein Grund, die Freier abzuweisen. Sie hielt sie beide ihrer Tochter würdig. Aber im geheimen bevorzugte sie Fabius, und da sie der Ansicht war, daß er ihrer Tochter besser gefalle, nannte sie ihn. Am nächsten Tag erfuhr Fabius die Entscheidung. Dem Mucius blieb nur übrig, sein Wort zu halten – und sich zu fügen.

Das tat er auch, konnte sich jedoch nicht dazu überwinden, der Zeuge des Triumphes seines Freundes, seines Rivalen zu sein. Er verkaufte sofort den größten Teil seines Besitzes und reiste mit einigen tausend Dukaten in den Orient ab. Als er sich von Fabius verabschiedete, sagte er, er würde erst dann zurückkehren, wenn die letzten Spuren seiner Leidenschaft erloschen wären. Fabius fiel es sehr schwer, sich von seinem Kindheits- und Jugendfreund zu trennen ... doch die freudige Erwartung des bevorstehenden Glückes verdrängte bald alle andern Gefühle, und er gab sich ganz der Seligkeit seiner Liebe hin.

Sehr bald heiratete er Valeria – und erst dann erkannte er den ganzen Wert des Schatzes, den er besaß. Er hatte eine herrliche Villa, die in der Nähe Ferraras in einem schattigen Garten lag, und zog dorthin mit seiner Frau und deren Mutter. Nun kam eine herrliche Zeit für sie. Das Eheleben offenbarte in einem neuen, bezaubernden Licht Valerias Vollkommenheit. Fabius entwickelte sich zu einem hervorragenden Maler, er war nun nicht mehr Dilettant, sondern Meister. Valerias Mutter freute sich über das Glück des Ehepaares und dankte Gott dafür. Vier Jahre vergingen rasch wie ein seliger Traum. Nur eins fehlte den Liebenden zu ihrem großen Kummer: sie hatten keine Kinder ... gaben jedoch die Hoffnung nicht auf. Am Ende des vierten Jahres erlebten sie einen großen und diesmal wirklichen Schmerz: Valerias Mutter starb, nachdem sie nur einige Tage krank gewesen war.

Valeria weinte viel und konnte sich lange nicht an diesen Verlust gewöhnen. Doch nach einem Jahr trat das Leben wieder in seine Rechte und nahm den alten Lauf. An einem wunderschönen Sommerabend kam, ohne jemanden benachrichtigt zu haben, Mucius nach Ferrara zurück.

3

Während der fünf Jahre, die seit seiner Abreise vergangen waren, hatte man nichts von ihm gehört, als wäre er vom Erdboden verschwunden. Als Fabius seinen Freund plötzlich auf der Straße traf, schrie er beinahe auf, zuerst vor Schreck und dann vor Freude. Er lud ihn sofort in seine Villa ein. In seinem Garten befand sich ein abseits gelegener, geräumiger Pavillon, den er dem Freund zum Wohnen anbot. Mucius willigte gern ein und zog bereits am selben Tag dorthin, mit seinem Diener, einem stummen – aber keineswegs tauben – Malaien. Der lebhafte Blick dieses Dieners verriet, wie lebendig sein Verstand war ... ihm war die Zunge herausgeschnitten worden ... Mucius brachte Dutzende von Koffern mit, in denen sich allerlei während seiner langen Reise gesammelte Schätze befanden. Valeria freute sich über Mucius' Rückkehr, und auch er begrüßte sie fröhlich und freundschaftlich, aber ruhig. Allem Anschein nach hatte er das Fabius gegebene Versprechen gehalten. Im Lauf des Tages richtete er sich im Pavillon ein, packte mit Hilfe des Malaien die mitgebrachten Schätze aus: Teppiche, Seidentücher, Gewänder aus Samt und Brokat, Waffen, Schalen, Schüsseln, mit Email verzierte Becher, goldene und silberne, mit Perlen und Türkisen besetzte Kostbarkeiten, Kästchen aus Bernstein und Elfenbein, geschliffene Flaschen, Gewürze, Räucherwerk, Felle wilder Tiere, Federn unbekannter Vögel und zahlreiche andere Gegenstände, deren Verwendungszweck geheimnisvoll und nicht zu erraten war. Unter diesen Schätzen befand sich auch eine kostbare Perlenkette, die Mucius vom Schah von Persien für einen großen, geheimen Dienst erhalten hatte. Mucius bat Valeria, ihr diese Kette eigenhändig um den Hals legen zu dürfen. Sie empfand sie als schwer und seltsam warm ... Die Kette schmiegte sich so eng an die Haut, als dringe sie in sie ein. Am Abend, nach dem Essen, berichtete Mucius, während sie auf der Terrasse im Schatten der Oleander- und Lorbeerbäume saßen, von seinen Erlebnissen. Er erzählte von fernen Ländern, von Bergen, die über die Wolken emporragten, von wasserlosen Wüsten und von Flüssen, die Meeren glichen. Er schilderte riesige Gebäude und Tempel, tausendjährige Bäume, farbenprächtige Blumen und Vögel und nannte die Völker und die Städte, die er kennengelernt hatte ... Allein schon diese Namen strahlten märchenhaften Zauber aus. Mucius kannte den ganzen Orient, er war durch Persien und Arabien gereist, wo es die schönsten und edelsten Pferde gab, war auch in die entlegensten Teile Indiens eingedrungen, in denen die Menschen majestätischen Pflanzen glichen, und hatte dann die Grenzen Chinas und Tibets erreicht. In Tibet lebte ein Gott, Dalai-Lama genannt, in Gestalt eines schweigenden Menschen mit schmalen Schlitzaugen. Diese Erzählungen waren herrlich! Fabius und Valeria lauschten wie verzaubert. Übrigens hatte sich Mucius wenig verändert, die braune Haut war von den heißen Sonnenstrahlen dunkler geworden, die Augen schienen tiefer zu liegen, das war alles. Doch der Gesichtsausdruck war anders geworden, er wirkte konzentriert, ernst und würdevoll. Die Züge belebten sich nicht einmal, wenn Mucius von den erlebten Gefahren berichtete, nachts, im Walde, in dem das Heulen der Tiger widerhallte, oder am Tag, auf leeren Wegen, wo die Wanderer von Heiden überfallen wurden, die sie zu Ehren ihrer Opfer heischenden eisernen Göttin erwürgten. Mucius' Stimme wurde dumpfer und gleichmäßiger, die Bewegungen seiner Hände und des ganzen Körpers verloren die den Italienern eigene Ungezwungenheit. Mit Hilfe seines Dieners, des unterwürfigen, geschickten Malaien, führte er seinen Gastgebern einige von indischen Brahmanen gelernte Zauberkunststücke vor. So erschien er beispielsweise, nachdem er sich unter einem Vorhang verborgen hatte, plötzlich im Schneidersitz vor ihnen schwebend in der Luft, wobei er sich mit den Fingerspitzen leicht auf einen senkrecht aufgestellten Bambusstab stützte, was Fabius in Erstaunen versetzte, Valeria jedoch geradezu erschreckte ... Befaßt er sich etwa mit schwarzer Magie? dachte sie. Ganz entsetzt war sie jedoch, als Mucius, auf einer kleinen Flöte spielend, in einem Korb verborgene, gezähmte Schlangen heranlockte, deren dunkle, flache Köpfe mit angriffslustig hervorschießender Zunge zwischen den bunten Decken zum Vorschein kamen. Sie bat Mucius, diese gräßlichen Reptilien schnell zu entfernen. Während des Abendessens bewirtete Mucius seine Gäste mit persischem Schiraswein aus einer bauchigen Flasche mit langem Hals, der, duftend und dickflüssig, in den winzigen Jaspisschalen in einem geheimnisvollen Goldgrün schimmerte. Sein Geschmack glich nicht dem der europäischen Weine, er war sehr würzig und süß. In kleinen Schlucken getrunken, erweckte er in allen Gliedern eine angenehme Schläfrigkeit und Schwere. Mucius überredete Fabius und Valeria, ein Gläschen zu trinken und leerte auch selbst einen Becher. Über Valerias Glas gebeugt, flüsterte er etwas und schüttelte die Hand. Valeria bemerkte es, doch da Mucius' Verhalten überhaupt fremd und sonderbar war, dachte sie nur: Am Ende ist er in Indien zu irgendeinem neuen Glauben übergetreten? Oder haben sie dort so merkwürdige Bräuche? – Nach kurzem Schweigen fragte sie ihn, ob er sich während der Reise noch mit Musik beschäftigt habe. An Stelle einer Antwort befahl Mucius dem Malaien, seine indische Geige zu bringen, die den europäischen ähnelte, nur war sie mit einer bläulichen Schlangenhaut bezogen, besaß statt vier nur drei Saiten, und am äußersten Ende des dünnen, halbkreisförmig geschwungenen Rohrbogens funkelte ein feingeschliffener Diamant.

Mucius spielte anfangs einige traurige Lieder – Volkslieder, wie er sagte –, die für ein italienisches Ohr seltsam und sogar wild klangen; auch waren die Töne der Metallsaiten kläglich und schwach. Doch als er mit dem letzten Lied begann, schwollen diese Töne an und vibrierten hell und stark. Eine leidenschaftliche Weise wurde von den breiten Bogenstrichen getragen und schien sich in ihren Schwingungen wie jene Schlange zu winden, mit deren Haut die Geige bespannt war. So feurig, voll triumphierender Freude war diese Melodie, daß sie Valeria und Fabius mit Schrecken und Trauer erfüllte. Tränen traten in ihre Augen ... Mucius aber drückte die Geige fest zwischen Kinn und Brust und wirkte mit seinem gesenkten Kopf, den blassen Wangen und den gerunzelten Brauen noch konzentrierter und ernster. Der Diamant am Ende des Bogens funkelte, als wäre auch er vom Feuer dieses wunderbaren Liedes entflammt. – »Was war das? Was hast du uns vorgespielt?« rief Fabius aus, als Mucius sein Spiel beendet hatte, die Hand mit dem Bogen sinken ließ, aber immer noch, die Geige zwischen Kinn und Schulter gepreßt, in derselben Stellung verharrte. Valeria schwieg, doch schien sie mit ihrem ganzen Wesen die Frage ihres Mannes zu wiederholen. Mucius legte die Geige auf den Tisch, warf mit einer leichten Kopfbewegung sein Haar zurück und erwiderte mit einem höflichen Lächeln: »Das? Diese Melodie ... dieses Lied hörte ich zum erstenmal auf der Insel Ceylon. Im Volksmund heißt es ‚Das Lied der glücklichen, triumphierenden Liebe'« – »Wiederhole es noch einmal«, flüsterte Fabius. »Nein, ich kann die Melodie nicht wiederholen«, erwiderte Mucius, »es ist schon spät. Signora Valeria muß sich jetzt zur Ruhe begeben, ich ebenfalls ... ich bin müde.« Während des ganzen Tages hatte sich Mucius Valeria gegenüber ehrerbietig und schlicht verhalten wie ein alter Freund. Als er sich jedoch verabschiedete, drückte er ihre Hand sehr fest und preßte seine Finger an ihre Handfläche, wobei er sie unverwandt ansah. Obwohl sie die Lider gesenkt hatte, spürte sie seinen Blick auf ihren plötzlich erröteten Wangen. Sie entriß ihm schweigend die Hand, und als er sich entfernt hatte, schaute sie auf die Tür, durch die er weggegangen war. Es fiel ihr ein, wie sie ihn auch früher etwas gefürchtet hatte ... und sie war bestürzt. Mucius begab sich in seinen Pavillon, das Ehepaar aber in das Schlafzimmer.

4

An diesem Abend schlief Valeria nicht sofort ein. In süßer Erregung pulste ihr das Blut in den Adern, es rauschte ihr in den Ohren, von dem seltsamen Wein, wie sie glaubte, oder auch von Mucius' Berichten und seinem Geigenspiel ... Gegen Morgen schlief sie endlich ein und hatte einen merkwürdigen Traum:

Sie betrat ein großes Zimmer mit einem niedrigen Gewölbe ... Nie im Leben hatte sie diesen Raum gesehen. Die Wände waren mit kleinen blauen, goldverzierten Kacheln bekleidet, schlanke Alabastersäulen stützten das Marmorgewölbe, und beides, Säulen und Gewölbe, wirkten durchsichtig ... Ein mattrosa Lichtschein drang von allen Seiten in das Zimmer und hüllte sämtliche Gegenstände in seinen geheimnisvollen, gleichmäßigen Schein. Auf dem Teppich, der die Mitte des spiegelglatten Fußbodens bedeckte, lagen mit Brokat bezogene Kissen. In den Ecken schwelten schwach Räucherbecken, die Tierungeheuer darstellten. Fenster gab es nicht, die von einem Samtvorhang verhüllte Tür bildete einen dunklen Fleck an der Wand. Plötzlich bewegte und teilte sich dieser Vorhang ... und Mucius trat ein. Er verbeugte sich, öffnete die Arme, lachte ... Seine harten Arme umwanden Valeria, und seine trockenen Lippen brannten wie Flammen auf ihrem Körper ... Sie fiel auf die Kissen zurück ...

Stöhnend vor Entsetzen erwachte sie nach einer langen Anstrengung, diesem Traum zu entfliehen. – Immer verstand sie noch nicht, was mit ihr geschehen war und wo sie sich befand.

Sie richtete sich auf ihrem Bett auf, sah sich um, zitterte am ganzen Körper und erblickte Fabius, der neben ihr schlief. Im Schein des hellen, runden Mondes war sein Gesicht blaß wie das eines Toten ... doch wirkte es noch trauriger. Valeria weckte ihren Mann. »Was ist mit dir?« rief er aus, sobald er ihre Fassungslosigkeit gewahrte. »Ich hatte ... einen furchtbaren Traum«, flüsterte sie, immer noch bebend.

Doch in diesem Augenblick ertönte aus dem Pavillon lautes Geigenspiel, und beide – Fabius und Valeria – erkannten die Melodie, die Mucius ihnen vorgespielt und die er das »Lied der triumphierenden Liebe« genannt hatte. – Bestürzt sah Fabius Valeria an, die die Augen geschlossen und sich abgewandt hatte. Mit angehaltenem Atem lauschten sie der Weise. Als der letzte Ton verklang, glitt eine Wolke über den Mond, und im Zimmer wurde es plötzlich dunkel ... Die Ehegatten wechselten kein Wort. Keiner von ihnen merkte, wann der andere einschlief.

5

Am nächsten Tag kam Mucius zum Frühstück. Er schien zufrieden zu sein und begrüßte Valeria vergnügt. Verwirrt antwortete sie, und nach einem flüchtigen Blick auf ihn fürchtete sie plötzlich dieses zufriedene, fröhliche Gesicht und den durchdringenden Blick der neugierigen Augen. Mucius fing wieder an zu erzählen, doch Fabius unterbrach ihn, kaum daß er begonnen hatte.

»Anscheinend konntest du in deinem neuen Heim nicht einschlafen? Meine Frau und ich hörten, wie du das Lied von gestern abend spieltest.«

»Ja? Habt ihr's gehört?« fragte Mucius. »Ich habe es tatsächlich gespielt, vorher aber geschlafen und sogar einen sonderbaren Traum gehabt.«

Valeria wurde aufmerksam.

»Was für einen Traum?« fragte Fabius.

»Ich betrat ein großes, orientalisch eingerichtetes Zimmer mit einem Gewölbe«, sagte Mucius und sah Valeria unverwandt an. »Säulen stützten die Decke, die Wände waren mit Kacheln belegt, und obwohl es in diesem Zimmer weder Kerzen noch Fenster gab, war es von einem rosa Licht erfüllt, als sei das Gemäuer durchsichtig. In den Ecken schwelten chinesische Räuchergefäße, und auf dem schmalen Teppich lagen Brokatkissen. Ich betrat den Raum durch eine von einem Vorhang bedeckte Tür und sah – direkt mir gegenüber – eine Frau, die ich einst geliebt hatte. Sie schien mir so schön, daß die alte Liebe wieder in mir erwachte ...«

Mit bedeutungsvoller Miene verstummte Mucius. Valeria saß unbeweglich da und wurde immer blasser, während sie heftig atmete.

»Dann wachte ich auf und spielte das Lied«, fuhr Mucius fort.

»Wer war denn diese Frau?« unterbrach ihn Fabius.

»Wer sie war? Die Frau eines Inders. Ich lernte sie in Delhi kennen ... Sie lebt nicht mehr. Sie ist gestorben.«

»Und ihr Mann?« erkundigte sich Fabius. Er wußte selber nicht, warum er diese Frage stellte.

»Man sagt, ihr Mann sei auch gestorben. Ich habe sie beide bald aus den Augen verloren.«

»Merkwürdig!« meinte Fabius. »Auch meine Frau hat in dieser Nacht so merkwürdig geträumt« – Mucius sah Valeria durchdringend an –, »mir aber nichts Näheres erzählt«, fügte er hinzu.

Valeria erhob sich und verließ das Zimmer. – Mucius verabschiedete sich ebenfalls gleich nach dem Frühstück. Er erklärte, er habe in Ferrara zu tun und würde vor dem Abend nicht zurück sein.

6

Einige Wochen vor Mucius' Rückkehr hatte Fabius angefangen, ein Bild seiner Frau als heilige Cäcilia zu malen. Er hatte in seiner Kunst bedeutende Fortschritte gemacht. Der berühmte Luini, ein Schüler Leonardo da Vincis, hatte ihn in Ferrara besucht, ihm Ratschläge erteilt und einige Lehren seines großen Meisters vermittelt. Das Porträt war beinahe fertig, es fehlten nur einige Striche zur Vollendung des Gesichts, und Fabius konnte mit Recht stolz auf dieses Werk sein. – Nachdem Mucius sich nach Ferrara begeben hatte, ging Fabius in sein Atelier, wo Valeria ihn meistens erwartete, doch er fand sie dort nicht vor. Er rief sie, aber sie antwortete nicht. Eine geheime Unruhe bemächtigte sich seiner, er begann Valeria zu suchen. Da sie nicht im Hause war, lief Fabius in den Garten, und dort erblickte er seine Frau in einer der entlegensten Alleen. Sie saß mit gesenktem Kopf, die Hände im Schoß gefaltet, auf einer Bank, hinter der aus dem dunkelgrünen Laub einer Zypresse ein marmorner Satyr mit boshaftem Lächeln hervorlugte und eine Flöte an seine gespitzten Lippen hielt. Valeria freute sich offensichtlich über das Erscheinen ihres Mannes und erwiderte auf seine besorgten Fragen, sie hätte etwas Kopfschmerzen, das schade jedoch nicht, sie sei bereit, ihm als Modell zu sitzen. Fabius ging mit ihr ins Atelier, ließ sie Platz nehmen und ergriff seinen Pinsel, doch zu seinem Ärger gelang es ihm nicht, das Gesicht so zu vollenden, wie er es sich vorgenommen hatte. Nicht etwa, weil es müde und blaß war ... nein, es fehlte ihm der reine, beinahe heilige Ausdruck, der ihn stets so entzückt und den Wunsch in ihm erweckt hatte, Valeria als die heilige Cäcilia zu malen. Heute fehlte er völlig. Schließlich warf er den Pinsel hin, sagte seiner Frau, er sei nicht in Stimmung, es würde übrigens auch ihr nicht schaden, sich hinzulegen, da sie anscheinend krank sei, und stellte die Staffelei weg, mit dem Gesicht zur Wand. Valeria war seiner Ansicht, daß sie sich ausruhen müsse, wiederholte, sie habe Kopfschmerzen, und zog sich ins Schlafzimmer zurück.

Fabius blieb im Atelier. Er empfand eine seltsame, unerklärliche Verwirrung. Mucius' Aufenthalt in seinem Haus, zu dem er ihn selbst eingeladen hatte, störte ihn. Er war keineswegs eifersüchtig – wie konnte er es Valeria gegenüber sein! –, nein, er erkannte seinen alten Freund nicht mehr. Durch alles Fremde, Neue, Unbekannte, das er aus den fernen Ländern mitgebracht hatte und das ihm anscheinend in Fleisch und Blut übergegangen war, flößte Mucius ihm beinahe ein Gefühl des Mißtrauens und der Angst ein. Die magischen Bräuche, Lieder, seltsamen Getränke, der stumme Malaie, der würzige Geruch, der Mucius' Kleidung und sogar seinem Haar und seinem Atem entströmte, befremdeten Fabius. Warum beobachtete dieser Malaie, wenn er bei Tisch servierte, ihn, Fabius, mit so aufdringlichem Interesse? – Man hätte wirklich meinen können, er verstehe italienisch. Mucius hatte erzählt, der Malaie habe durch den Verlust der Zunge ein großes Opfer gebracht und verfüge daher über ungeheure geistige Kräfte. – Welcher Art waren sie? Wie konnte er sie mit dem Preis seiner Zunge erlangen? Das war merkwürdig! Und auch unverständlich! – Fabius ging ins Schlafzimmer zu seiner Frau. Sie lag angezogen auf dem Bett, schlief jedoch nicht. Als sie seine Schritte hörte, fuhr sie zusammen, freute sich aber genau wie im Garten, daß er kam. Fabius setzte sich auf Valerias Bett, nahm ihre Hand und fragte sie nach kurzem Schweigen, was sie geträumt habe? Wie war der merkwürdige Traum gewesen, der sie so erschrecken konnte? Glich er etwa dem, den Mucius erzählt hatte? – Valeria errötete. »Aber nein, nein!« erwiderte sie. »Ich habe irgendein Ungeheuer gesehen, das mich zerreißen wollte.« – »Ein Ungeheuer?« fragte Fabius. »Mit Menschenantlitz?« – »Nein, ein Tier ... ein Tier!« Und Valeria wandte sich ab und verbarg ihr glühendes Gesicht in den Kissen. Fabius hielt noch ein Weilchen die Hand seiner Frau, küßte sie schweigend und ging fort.

Die Ehegatten verbrachten diesen Tag keineswegs sehr heiter. Etwas Dunkles schien über ihnen zu schweben ... doch sie wußten nicht, was es war. Sie hatten das Verlangen, beieinander zu sein – so, als drohe ihnen eine Gefahr; aber was sie einander sagen sollten, wußten sie nicht. Fabius wollte wieder an seine Staffelei gehen, las Ariost, dessen kurz vorher in Ferrara erschienenes Heldengedicht bereits in ganz Italien berühmt geworden war, aber nichts gelang ihm ... Spät am Abend, kurz vor dem Essen, kehrte Mucius zurück.

7

Er machte einen ruhigen und zufriedenen Eindruck, erzählte jedoch wenig, erkundigte sich nur bei Fabius nach alten Bekannten, nach dem deutschen Feldzug und Kaiser Karl und verriet den Wunsch, nach Rom zu fahren, um den neuen Papst zu sehen. Er bot Valeria wieder den Schiraswein an, und als sie ablehnte, meinte er, wie im Selbstgespräch: »Jetzt ist es nicht mehr notwendig.« – Nachdem Fabius mit seiner Frau das Schlafzimmer aufgesucht hatte, schlief er bald ein ... Als er nach einer Stunde erwachte, stellte er fest, daß Valerias Bett leer war. Er stand rasch auf und erblickte im selben Augenblick seine Frau im Nachtgewand. Sie kam aus dem Garten ins Zimmer. Obwohl es kurz vorher geregnet hatte, schien der Mond hell. – Mit geschlossenen Augen, einen Ausdruck des Entsetzens im starren Gesicht, näherte sich Valeria dem Bett, tastete mit ausgestreckter Hand danach und legte sich eilig schweigend hin. Fabius richtete eine Frage an sie, doch sie antwortete nicht, anscheinend schlief sie. Er berührte sie und spürte Regentropfen auf ihrem Gewand und ihrem Haar, Regentropfen und Sand an ihren nackten Füßen. Da sprang er auf und rannte durch die halbgeöffnete Tür in den Garten. Alles war in grelles Mondlicht getaucht. Fabius wandte sich um und erblickte auf dem Sandweg doppelte Fußspuren;

die einen stammten von nackten Füßen und führten zu der abseits, zwischen dem Haus und dem Pavillon gelegenen Jasminlaube. Bestürzt blieb er stehen – und vernahm plötzlich von neuem die Klänge jenes Liedes, das er schon in der vorigen Nacht gehört hatte! Fabius fuhr zusammen, lief in den Pavillon ... Mitten im Zimmer stand Mucius und spielte auf seiner Geige. Fabius stürzte auf ihn zu.

»Bist du im Garten gewesen? Dein Kleid ist naß vom Regen?«

»Nein ... ich weiß nicht ... ich glaube, ich war nicht draußen«, erwiderte Mucius langsam, als wundere er sich über das plötzliche Erscheinen seines Freundes und seine Erregung.

Fabius ergriff seine Hand.

»Warum spielst du wieder diese Melodie? Hast du wieder geträumt?«

Mucius sah Fabius noch ebenso überrascht an und schwieg.

»Antworte doch!«

Mucius murmelte in singendem Tonfall versonnen vor sich hin:

»Glühend wie ein runder Schild
Schwebt der Mond. Es glitzert mild,
Einer Schlange gleich der Fluß.
Unser Feind jetzt schlafen muß.
Der Geliebte aber wacht.
Hilfe! Drohend ist die Nacht.«

Fabius trat zwei Schritte zurück, starrte Mucius an, überlegte ... dann kehrte er in sein Schlafzimmer zurück.

Den Kopf auf die Schulter geneigt, mit kraftlos herabhängenden Händen, so lag Valeria in tiefem Schlaf da. Es dauerte lange, bis es ihm gelang, sie zu wecken. Als sie ihn jedoch erblickte, fiel sie ihm um den Hals, umarmte ihn und bebte am ganzen Körper.

»Was ist mit dir, meine Liebe, was ist geschehen?« fragte Fabius, vergeblich bemüht, sie zu beruhigen, aber sie schmiegte sich noch immer eng an ihn.

»Wie furchtbar sind jetzt meine Träume!« flüsterte sie und preßte ihr Gesicht an ihn. Fabius wollte sie ausfragen ... sie aber begann sofort zu zittern ...

Die Fenster glühten bereits in den Strahlen der aufgehenden Sonne, als sie schließlich in seinen Armen einschlief.

8

Am nächsten Tag war Mucius seit dem frühen Morgen verschwunden, Valeria aber erklärte ihrem Mann, sie beabsichtige, ein in der Nähe gelegenes Kloster aufzusuchen, in dem ihr Beichtvater wohnte, ein alter, würdiger Mönch, zu dem sie grenzenloses Vertrauen hatte. Auf die Fragen ihres Mannes antwortete sie, sie wünsche ihr Herz durch eine Beichte zu erleichtern, da die Eindrücke der letzten Tage sie belasteten. Fabius betrachtete Valerias eingefallenes Gesicht, lauschte ihrer matten Stimme und hieß ihre Absicht gut. Der ehrwürdige Pater Lorenzo würde ihr einen nützlichen Rat erteilen und ihre Zweifel zerstreuen können... Unter dem Schutz von vier Begleitern begab sich Valeria ins Kloster, während Fabius zu Hause blieb, bis zu ihrer Rückkehr im Garten umherirrte und zu begreifen versuchte, was mit ihr geschehen war. Angst, Zorn und unbestimmte Zweifel quälten ihn... Er ging mehrmals in den Pavillon, doch Mucius war noch nicht zurückgekehrt, der Malaie aber starrte Fabius wie ein Götzenbild an, neigte unterwürfig den Kopf, doch glaubte Fabius in seinem Gesicht ein verstohlenes, spöttisches Lächeln zu erhaschen. Inzwischen erzählte Valeria ihrem Beichtvater voller Scham und Entsetzen alles. Der Geistliche hörte ihr aufmerksam zu, segnete sie, gab ihr die Absolution für diese unfreiwillige Sünde, dachte aber bei sich selbst: Das ist Zauberei, Teufelswerk... das darf man nicht zulassen... Er begleitete Valeria in ihre Villa unter dem Vorwand, sie endgültig zu beruhigen und zu trösten. – Sein plötzliches Erscheinen jagte Fabius Schrecken ein, doch der erfahrene Greis hatte sich bereits alles vorher überlegt. Als er mit Fabius allein geblieben war, verriet er ihm selbstverständlich das Beichtgeheimnis nicht, riet ihm jedoch, falls es ihm möglich sein sollte, den eingeladenen Gast zu entfernen, da seine Erzählungen, Lieder und sein ganzes Verhalten Valerias Phantasie erregten. Außerdem sei Mucius – soweit er sich erinnere – nie sehr stark im Glauben gewesen und hätte vielleicht durch den langen Aufenthalt in Ländern, die noch nicht vom Geist des Christentums erleuchtet waren, ansteckende Irrlehren, am Ende sogar Geheimlehren der Magie mitgebracht. Wenn auch die alte Freundschaft ihre Rechte geltend mache, halte er es daher dennoch für vernünftiger und vorsichtiger, eine Trennung herbeizuführen. Fabius stimmte mit den Ansichten des ehrwürdigen Mönches völlig überein, Valeria aber strahlte geradezu, als ihr

Mann ihr von dem Rat des Geistlichen berichtete. So begab sich Pater Lorenzo, von den Segenswünschen der Ehegatten begleitet und mit reichen Geschenken für das Kloster und die Armen versehen, wieder nach Hause.

Fabius beabsichtigte sich gleich nach dem Abendessen mit Mucius auszusprechen, doch sein seltsamer Gast kehrte nicht zu dieser Mahlzeit zurück. Da beschloß Fabius, die Unterredung bis zum nächsten Tag zu verschieben. Die Ehegatten begaben sich in ihr Schlafgemach.

9

Valeria schlief sehr bald ein, aber Fabius floh der Schlaf. In der nächtlichen Stille wurde alles, was er erlebt hatte, noch lebendiger, und immer mehr quälten ihn die Fragen, auf die er keine Antwort fand. Befaßte sich Mucius wirklich mit schwarzer Magie und hatte er Valeria vielleicht sogar vergiftet? Sie war krank ... Woran litt sie? – Während er, den Kopf auf die Hand gestützt und den heißen Atem verhaltend, in schwere Gedanken versunken war, ging der Mond am wolkenlosen Himmel auf. Mit seinen Strahlen – oder war es Einbildung? – schien ein Hauch, wie ein leichter, betörender Duft, durch die matte Helle der Fensterscheiben aus der Richtung des Pavillons ins Zimmer zu dringen ... Und schon hörte er ein aufdringliches, leidenschaftliches Flüstern ... Im selben Augenblick gewahrte er, daß Valeria sich leicht bewegte. Er richtete sich auf und sah, daß sie sich erhob, zuerst den einen, dann den andern Fuß auf den Boden setzte und mit ausgestreckten Armen, den erstarrten Blick in die Ferne gerichtet, wie eine Mondsüchtige auf die Gartentür zuging. Fabius sprang sofort auf, eilte zu der andern Schlafzimmertür, lief um die Ecke des Hauses und schloß die Tür ab, die in den Garten führte. Kaum war es ihm gelungen – er hielt das Schloß noch in der Hand – da spürte er, daß jemand die Tür von innen zu öffnen versuchte, sich mit ganzer Kraft gegen sie stemmte ... immer wieder und wieder ... Dann hörte er leises Stöhnen.

Aber Mucius ist doch gar nicht aus der Stadt zurückgekehrt, dachte er und rannte zum Pavillon.

Was sah er plötzlich?

Auf dem in helles Mondlicht getauchten Weg ging, ebenfalls wie ein Mondsüchtiger, die Arme ausgestreckt, die starren Augen weit aufgerissen, Mucius ... Fabius lief auf ihn zu, doch Mucius bemerkte ihn nicht. Gleichmäßig schreitend setzte er seinen Weg fort, und im Mondlicht schien ein Lächeln, wie das des Malaien, über sein unbewegliches Gesicht zu gleiten. Fabius wollte ihn beim Namen rufen, doch in diesem Augenblick hörte er, wie hinter seinem Rücken ein Fenster aufgestoßen wurde ... Er wandte sich um ...

Tatsächlich: das Schlafzimmerfenster war weit geöffnet, und im Rahmen stand Valeria. Sie hatte den einen Fuß auf das Fensterbrett gesetzt ... ihre ausgestreckten Hände schienen Mucius zu suchen ... sie strebte mit ihrem ganzen Körper zu ihm hin ...

Ein unbeschreiblicher Zorn erfüllte Fabius wie eine wilde Woge. »Verfluchter Zauberer!« schrie er laut, fuhr Mucius mit einer Hand an die Kehle, ergriff mit der andern den Dolch an Mucius' Gürtel und stieß ihn bis zum Heft in Mucius' Seite.

Mucius schrie durchdringend auf, drückte seine Hand auf die Wunde und lief taumelnd zum Pavillon zurück ... Doch in dem gleichen Augenblick, da Fabius ihn traf, hatte auch Valeria einen ebenso durchdringenden Schrei ausgestoßen und war zusammengebrochen, als wäre sie getroffen worden.

Fabius stürzte zu ihr, hob sie auf, trug sie aufs Bett und redete beruhigend auf sie ein ...

Lange lag sie reglos da. Schließlich aber öffnete sie die Augen, atmete tief und wie erlöst auf, wie ein Mensch, der soeben vom Tod errettet worden ist, erblickte ihren Mann, umarmte ihn und schmiegte sich an seine Brust. »Du bist es, du, du«, flüsterte sie. Allmählich lockerte sich der Griff ihrer Hände, ihr Kopf fiel zurück, und sie sagte mit einem seligen Lächeln leise: »Gott sei gedankt, nun ist alles zu Ende ... Aber wie müde ich bin!« Dann schlief sie fest ein.

10

Fabius ließ sich neben ihrem Bett nieder und dachte über das Geschehene nach, während er ihr blasses, abgemagertes Gesicht, das sich bereits wieder beruhigt hatte, unverwandt betrachtete. Was sollte er nun tun? Was unternehmen? Wenn er Mucius getötet hatte – sobald er sich daran erinnerte, wie tief der Dolch eingedrungen war, zweifelte er keinen Augenblick daran –, wenn er ihn also getötet hatte, konnte er es nicht verheimlichen! Er mußte es dem Herzog und dem Gericht melden ... wie konnte er aber diese unverständliche Geschichte erzählen und erklären? Er, Fabius, hatte in seinem Haus einen Verwandten, seinen besten Freund, ermordet! Man würde ihn nach den Gründen fragen! Doch vielleicht war Mucius nicht tot? Fabius vermochte diese Ungewißheit nicht länger zu ertragen! Nachdem er sich davon überzeugt hatte, daß Valeria schlief, stand er vorsichtig auf, verließ das Haus und begab sich zum Pavillon. Dort war es still, nur in einem Fenster sah er Licht. Mit aussetzendem Herzschlag öffnete er die Außentür (auf der man noch die Spuren blutiger Finger sah, ebenso wie er auch auf dem Sandweg schwarze Blutspuren entdeckt hatte), öffnete sie, ging durch das erste, dunkle Zimmer und ... blieb starr vor Staunen stehen.

In der Mitte des Zimmers lag lang ausgestreckt auf einem persischen Teppich, ein Brokatkissen unter dem Kopf, mit einem breiten, roten, schwarz verzierten Schal zugedeckt, Mucius. Sein wächsernes Gesicht mit den geschlossenen Augen und bläulichen Lidern war der Decke zugekehrt, er schien nicht mehr zu atmen und tot zu sein. Zu seinen Füßen kniete, ebenfalls in einen roten Schal gehüllt, der Malaie. In der linken Hand hielt er den Zweig einer unbekannten Pflanze, die dem Farnkraut glich. Leicht vorgebeugt, sah er seinen Herrn unverwandt an. Das Zimmer wurde nur von einer niedrigen, in den Fußboden gesteckten Fackel erhellt, deren Flamme grün schillerte, nicht flackerte und nicht rauchte. Der Malaie regte sich nicht, als Fabius eintrat, er sah ihn nur flüchtig an und wandte sich von neuem Mucius zu. Hin und wieder hob und senkte er den Zweig, schüttelte ihn, und seine stummen Lippen öffneten und bewegten sich langsam und klanglos. Zwischen dem Malaien und Mucius lag auf dem Boden der Dolch, mit dem Fabius seinen Freund erstochen hatte. Einmal schlug der Malaie mit dem Zweig auf die blutige Klinge. Es verging eine Minute ... dann noch eine. Fabius näherte sich dem Malaien, beugte sich zu ihm und fragte leise: »Ist er tot?« Der Malaie nickte, befreite seine rechte Hand aus dem Schal und wies befehlend auf die Tür. Fabius wollte seine Frage noch einmal stellen, doch die gebieterische Handbewegung wurde wiederholt, und er verließ, erzürnt und über seinen Gehorsam erstaunt, den Raum.

Als er in sein Haus zurückkehrte, schlief Valeria immer noch, und ihr Gesicht wirkte noch friedlicher. Er zog sich nicht aus, setzte sich ans Fenster, stützte sich auf seine Hand und versank wieder in tiefe Gedanken. Als die Sonne aufging, saß er immer noch dort. Valeria wachte nicht auf.

Fabius wollte ihr Erwachen abwarten und dann nach Ferrara fahren. Plötzlich klopfte jemand leise an die Tür. Fabius ging hinaus und erblickte seinen alten Hofmeister Antonio. »Signore«, begann er, »der Malaie hat mir soeben gesagt, daß Signor Mucius erkrankt sei und mit all seinen Sachen in die Stadt umzuziehen wünsche. Deshalb bittet er, Sie möchten ihm Leute zum Packen und um die Mittagszeit auch einige Begleiter und Pack- und Reitpferde zur Verfügung stellen. Gestatten Sie das?« – »Wie hat denn der Malaie dir das mitgeteilt, er ist doch stumm?« fragte Fabius. »Hier ist ein Brief, in dem er alles geschrieben hat, in unserer Sprache, und ganz richtig!« – »Und Mucius ist, wie du eben sagtest, krank?« – »Ja, sehr krank, man darf ihn gar nicht sehen.« – »Hat man nach dem Arzt geschickt?« – »Nein, der Malaie verbietet es.« – »Hat er dir das auch aufgeschrieben?« – »Ja.« Fabius schwieg. »Nun«, sagte er schließlich, »dann erteile die notwendigen Befehle.« Antonio entfernte sich.

Bestürzt stand Fabius da und sah seinem Diener nach. Er ist also nicht tot? dachte er ... und er wußte nicht, ob er sich freuen oder es bedauern sollte. Er war krank? Aber vor einigen Stunden hatte er einen Toten gesehen.

Fabius kehrte zu Valeria zurück. Sie war aufgewacht und hob ihren Kopf. Die Ehegatten wechselten einen langen, bedeutungsvollen Blick. »Er ist nicht mehr da?« fragte Valeria plötzlich. Fabius fuhr zusammen. »Wieso nicht mehr da? Hast du etwa ...« »Er ist doch weggefahren«, fuhr Valeria fort. Fabius fiel ein Stein vom Herzen. »Nein, noch nicht«, erwiderte er, »doch er reist heute ab.« – »Und ich werde ihn nie, nie mehr wiedersehen?« – »Niemals.« – »Die Träume werden sich auch nicht mehr wiederholen?« – »Nein.« Valeria seufzte erleichtert auf, ein seliges Lächeln lag auf ihren Lippen. Sie streckte beide Hände nach ihrem Mann aus. »Wir werden nie mehr von ihm sprechen, hörst du, nie, Liebster! Und ich verlasse das Zimmer nicht, bis er weggefahren ist. – Schick mir nun meine Mädchen ... Halt, nimm bitte dieses Ding mit!« Sie wies auf die auf dem Nachttisch liegende Perlenkette, die Mucius ihr geschenkt hatte. »Wirf sie in den tiefsten Brunnen! – Und nun umarme mich, ich bin deine Valeria. – Komm nicht mehr zu mir, bis ... er uns verlassen hat.« Fabius nahm die Kette, deren Perlen ihm matt und glanzlos erschienen, und erfüllte die Bitte seiner Frau. Dann irrte er im Garten umher und schaute verstohlen zum Pavillon hinüber, vor dem man bereits eifrig Reisevorbereitungen traf. Männer trugen Koffer heraus, luden sie auf die Pferde, doch der Malaie war nicht zu sehen. Fabius konnte der seltsamen Verlockung nicht widerstehen, einen Blick in den Pavillon zu werfen, um zu sehen, was dort vor sich ging. Die an der Rückfront gelegene Geheimtür fiel ihm ein, die zu dem Zimmer führte, in dem Mucius am Morgen gelegen hatte. – Er schlich dahin, stellte fest, daß die Tür nicht verschlossen war, schob den schweren Vorhang beiseite und warf einen unentschlossenen Blick in den Raum.

12

Mucius lag nicht mehr auf dem Teppich. Er saß in Reisekleidern auf einem Sessel, wirkte jedoch, ebenso wie am Morgen, wie eine Leiche. Der starre Kopf war auf die Rücklehne des Sessels gesunken, und die ausgestreckten gelben Hände ruhten flach und reglos auf den Knien. Kein Atemzug hob die Brust. Auf dem Fußboden, der mit trockenen Kräutern bedeckt war, standen vor dem Sessel einige flache Schalen mit einer dunklen Flüssigkeit, der ein starker, erstickender Moschusgeruch entströmte. Um jede Schale ringelte sich eine kleine, kupferfarbene Schlange, deren Augen hin und wieder goldene Funken sprühten. Direkt vor Mucius, zwei Schritt von ihm entfernt, ragte im bunten Brokatgewand die hohe Gestalt des Malaien empor mit einem um den Leib geschlungenen Tigerschweif. Er trug einen hohen Hut, in der Art einer gehörnten Tiara, und war keinesfalls so unbeweglich wie sein Herr. Bald verneigte er sich ehrfürchtig und schien zu beten, bald richtete er sich in seiner ganzen Größe auf und stellte sich sogar auf die Zehenspitzen. Dann breitete er mit einer gleichmäßigen Bewegung die Arme aus, hob die Hände mit einer eindringlichen Gebärde, und es kam Fabius so vor, als drohe oder befehle er; er stampfte sogar mit dem Fuß auf und runzelte die Brauen. Anscheinend bereitete ihm das alles große Mühe und war sogar qualvoll für ihn: er atmete schwer, der Schweiß strömte von seiner Stirn. Plötzlich erstarrte er auf seinem Platz, holte Atem, legte die Stirn in Falten, spannte die ausgestreckten Hände und zog sie langsam zurück, als halte er in ihnen Zügel . . . und zum unbeschreiblichen Entsetzen des bestürzten Fabius löste sich nun Mucius' Kopf langsam von der Sessellehne und neigte sich den Händen des Malaien zu ... der Malaie ließ sie sinken, und nun fiel auch Mucius' Kopf schwer zurück. Der Malaie wiederholte dieselben Bewegungen, und der gehorsame Kopf folgte ihnen. Die dunkle Flüssigkeit in den Schalen begann zu brodeln, die Schalen selbst gaben einen feinen Klang von sich, und die kupferfarbenen Schlangen wanden sich in wellenartigen Bewegungen um sie. Da trat der Malaie einen Schritt vor, hob die Brauen, riß seine Augen weit auf und nickte Mucius zu ... Die Lider des Toten zitterten, öffneten sich zu ungleichmäßigen Schlitzen, und die matten, trüben Pupillen kamen zum Vorschein. Das Gesicht des Malaien erstrahlte nun in einem stolzen Triumph, in einer bösartigen Freude. Er öffnete seine Lippen, und aus den Tiefen seiner Kehle entrang sich mühevoll ein langgedehntes Heulen ... Mucius' Mund öffnete sich ebenfalls und erbebte in einem schwachen Stöhnen als Antwort auf diesen tierischen Schrei ...

Fabius hielt es nicht mehr aus. Es schien ihm, als wohne er einer teuflischen Beschwörung bei. Er schrie ebenfalls auf und stürzte, ohne sich umzusehen, aus dem Raum, nach Hause, so rasch wie möglich nach Hause, während er betete und sich bekreuzigte.

13

Drei Stunden später erschien Antonio bei ihm und meldete, die Sachen seien gepackt, alles sei bereit und Signor Mucius wolle nun abreisen. Fabius antwortete nicht und ging auf die Terrasse, von der aus er den Pavillon sehen konnte. Einige beladene Pferde standen davor, vor der Treppe wartete ein mächtiger schwarzer Hengst mit einem breiten, für zwei Reiter eingerichteten Sattel. Die Diener standen mit entblößtem Kopf dabei, daneben die bewaffneten Begleiter. Die Tür des Pavillons öffnete sich, und Mucius erschien, von dem Malaien – in seiner gewöhnlichen Kleidung – gestützt. Das Gesicht des Verwundeten war leichenblaß, die Hände hingen wie die eines Toten herab, doch er schritt – ja, er schritt! – selber dahin und saß aufrecht auf dem Pferd, auf das er gehoben wurde. Tastend fand er sogar die Zügel. Der Malaie schob seine Füße in die Steigbügel, sprang hinter ihm in den Sattel, umfaßte seinen Leib, und nun setzte sich der Zug in Bewegung. Die Pferde gingen Schritt, und als sie vor dem Haus abbogen, schien es

Fabius, als schimmerten in Mucius' braunem Gesicht zwei weiße Flecke... Hatte er ihm wirklich seine Augen zugewandt? – Nur der Malaie grüßte ihn, spöttisch, wie stets.

Ob Valeria das alles sah? Die Jalousien ihrer Fenster waren herabgelassen... aber vielleicht stand sie hinter ihnen.

14

Zum Mittagessen kam sie ins Speisezimmer und war sehr still und zärtlich. Sie beklagte sich immer noch über eine große Müdigkeit. Doch die Besorgnis, die frühere ständige Fassungslosigkeit und Angst waren gewichen, und als Fabius am Tag nach der Abreise des Gastes sich ihrem Porträt zuwandte, fand er in ihren Zügen dieselbe Reinheit wieder, deren Verschwinden ihn so verwirrt hatte... Leicht und sicher flog sein Pinsel über die Leinwand.

Das Ehepaar setzte sein früheres Leben fort. Mucius existierte nicht mehr für sie, als wäre er nie dagewesen. Anscheinend hatten sie vereinbart, ihn mit keinem Wort zu erwähnen und keinerlei Fragen über sein ferneres Schicksal zu stellen, das übrigens auch für alle andern ein Geheimnis blieb. Mucius war tatsächlich verschwunden, als hätte die Erde ihn verschluckt. Fabius hielt es eines Tages für seine Pflicht, Valeria die Erlebnisse jener verhängnisvollen Nacht zu erzählen. Anscheinend erriet sie seine Absicht, denn sie hielt den Atem an, schloß die Augen und schien einen furchtbaren Schlag zu erwarten... Fabius begriff und schonte sie.

An einem herrlichen Herbsttag beendete Fabius das Bild der heiligen Cäcilia. Valeria saß vor der Orgel, ihre Hände glitten über die Tasten... Und plötzlich erklang, ohne ihren Willen, das »Lied der triumphierenden Liebe«, das Mucius einst gespielt hatte. In diesem Augenblick spürte sie zum erstenmal seit ihrer Heirat die zarten Regungen eines neuen, keimenden Lebens in sich... Valeria fuhr zusammen...

Was bedeutete das? Ob etwa wirklich...

Mit diesen Worten endete die Handschrift.

ANHANG

NACHWORT

Im November 1843 lernte Turgenjew die frankospanische Sopranistin Pauline Viardot-Garcia kennen, die während der Wintersaison 1843/44 und 1844/45 an der Petersburger Italienischen Oper gastierte. Die charmante und gebildete Sängerin, bereits seit 1840 mit dem Musiker, Kunstkritiker und Übersetzer Louis Viardot verheiratet, übte auf Turgenjew eine so starke Faszination aus, daß es ihm über Jahre hinweg nicht gelingen sollte, seine Liebe zu dieser Frau zu überwinden. Noch im Januar 1857, während eines Aufenthalts in Courtavenel, dem in der Nähe von Paris gelegenen Landsitz der Viardots, schwärmt Turgenjew in seinem Brief an Leo Tolstoi von Pauline, die er »mehr als irgendwann und mehr als irgendwen auf der Welt« zu lieben glaubt, fügt aber im Wissen bitterer Chancenlosigkeit hinzu: ». . . ihr Gatte ist so gesund wie nur irgend möglich, und ich bin so weit von einer Heirat entfernt wie z. B. – Sie.« Und »ohne das volle Glück gekostet zu haben« (Turgenjew), werden doch seine Bindungen zu Pauline und ihrer Familie immer enger. Bereits 1850 hatte die Familie die Erziehung von Turgenjews unehelicher, einer Beziehung mit einer Lohnnäherin entstammenden Tochter übernommen. 1863 folgt Turgenjew den Viardots nach Baden-Baden und wählt diese Stadt ebenfalls zu seinem ständigen Wohnsitz. Als die Familie Viardot beim Ausbruch des deutsch-französischen Krieges 1870 nach England übersiedelt und 1871 wieder nach Frankreich zurückkehrt, schließt sich Turgenjew ihr an. 1883 stirbt er in Bougival, einem Landgut bei Paris, das er zusammen mit den Viardots erworben und bewohnt hatte.

Interessant vor diesem biographischen Hintergrund ist nicht so sehr die so oft betonte Kontinuität des Themas Liebe im Turgenjewschen Werk, als vielmehr die auf stets wiederkehrenden Strukturmerkmalen beruhende Art und Weise seiner Auseinandersetzung mit dieser Thematik.

Natürlich sind auch in Turgenjews literarischem Werk fast alle zentralen Liebesepisoden zum Scheitern verurteilt. Die Liebe erweist sich als ein Mißverständnis. So verläßt Andrej Kolosow aus Turgenjews gleichnamiger erster Prosaerzählung das Mädchen Warja, da er plötzlich feststellt, daß seine Liebe zu ihr erkaltet ist. In zahlreichen Novellen haben diese Mißverständnisse eine soziale Komponente: Junge Frauen aus niedrigeren sozialen Schichten werden von jungen Adligen getäuscht und betrogen in ihren Hoffnungen auf eheliches Glück; auch als beiläufigen Bestandteil von Lebensgeschichten wie in ›Asja‹ oder der ›Unglücklichen‹ greift Turgenjew derartige Episoden immer wieder auf. Besonders häufig aber scheitern die Liebesbeziehungen an den charakterlichen Unzulänglichkeiten des liebenden Helden. Er ist entweder zu schüchtern, um zu handeln, oder wird sich, wie in der Erzählung ›Asja‹, zu spät seiner Gefühle bewußt. Besonders oft fühlt er sich im entscheidenden Augenblick dem Glücks- und Liebesanspruch der Frau nicht gewachsen – und reist ab. Unter diesem letzten Aspekt erweisen sich die Liebesepisoden stets auch als Prüfsteine der moralischen und intellektuellen Integrität des Helden. Auch Fustow aus der Novelle ›Eine Unglückliche‹ besteht diese Prüfung nicht. Lediglich in Turgenjews Roman ›Am Vorabend‹ vermag sich der Held zu bewähren.

Stets bleibt bei Turgenjew die ex negativo im Scheitern heraufbeschworene Möglichkeit erfüllter Liebe an die Institution der Ehe gebunden. Während in Leo Tolstois Roman ›Anna Karenina‹ (1877) der individuelle Anspruch auf Erfüllung emotionaler und sinnlicher Bedürfnisse einerseits und die mit der Ehe fixierten kulturellen Normen und Werte andererseits gleichwertig und spannungsvoll gegenübergestellt werden, stehen im gesamten Turgenjewschen Werk diese beiden Bereiche in einem hierarchischen Verhältnis zueinander. Sinnlichkeit, Sexualität und Erotik erscheinen als dunkle Naturmächte; sie bedeuten nicht Glück, sondern Gewalt, Leiden und Sklaverei; als eine Art Naturkatastrophe suchen sie plötzlich in Gestalt einer schönen, starken Frau den schwachen Helden heim und verhindern, daß dieser sein einer wahrhaft Liebenden gegebenes Ehe- und Glücksversprechen realisiert. Wohl ganz im Sinne des Autors Turgenjew reflektiert Alexej Petrowitsch, eine Figur aus der Erzählung ›Ein Briefwechsel‹ (1855), nachdem ihn eine italienische Tänzerin in ihren verhängnisvollen Bann gezogen hatte: »Liebe ist überhaupt kein Gefühl, sie ist eine Krankheit, ein eigentümlicher Zustand des Körpers und der Seele. ... Sie (ergreift) den Menschen ungefragt, plötzlich, gegen seinen Willen ..., wie der Geier das Kücken, und trägt es fort, wohin er will, mag es noch so um sich schlagen. In der Liebe gibt es keine Gleichheit ... Nein, in der Liebe ist die eine Person – Sklave und die andere – Herrscher ...; ich habe diese Überzeugung mit dem Preis meines Lebens erkauft, da ich als Sklave sterbe.«

In zahlreichen Vergleichen und Bildern greift Turgenjew diese Bewertung der sinnlichen Liebe immer wieder auf: In dem Roman ›Rauch‹ (1867) erscheint der leidenschaftlich liebende Litwinow »wie ein in eine Falle geratener Vogel«; in der Novelle ›Drei Begegnungen‹ (1851) träumt der Ich-Erzähler von einer schönen Frau, in die er sich fasziniert von ihrem Gesang verliebt hatte, und erlebt sie im Traum als eine italienische Spinne, die es – zu seinem Entsetzen – nach Rußland verschlägt. Sinnliche Liebe bedeutet Bedrohung durch die elementare Natur. Und so stehen bei Turgenjew die kulturellen Normen und Werte nicht in einem dynamischen Wechselverhältnis mit den Ansprüchen der Natur, sondern haben einen autoritär-restriktiven Charakter: »... nicht auf Verwirklichung gehegter Gedanken und Träume ... – auf Erfüllung seiner Pflicht soll der Mensch bedacht sein«, bemerkt resigniert der Protagonist in der Erzählung ›Faust‹ (1855).

Alle drei in diesem Band vorgestellten Erzählungen sind – freilich auf eine jeweils sehr eigene Weise – diesem Grundmuster der Turgenjewschen Auseinandersetzung mit dem Thema Liebe verpflichtet.

Die Novelle ›Asja‹ (1858) entstand zu einer Zeit, als Turgenjew an L. Tolstoi schrieb: »Bewahre Sie Gott, eine Empfindung solcher Art zu haben: das Leben ist vorüber, und zugleich fühlen Sie, daß es noch nicht begonnen hat – und haben vor sich die Unbestimmtheit der Jugend und zugleich die ganz fruchtlose Leere des Alters.« Im Laufe seiner 1857 in Sinzig am Rhein begonnenen Arbeit reduzierte Turgenjew erheblich die offensichtlichen Analogien zwischen seinen eigenen Briefäußerungen und den Reflexionen des Ich-Erzählers N. Obwohl auch in der Endfassung noch eine gewisse Resignation die Erinnerungen an das Erlebnis mit Asja kennzeichnet (vgl. S. 54), wirkt nun die Haltung des Erzählers weit distanzierter, zum Teil sogar ironisch.

Der Prozeß der ästhetischen Objektivierung und Bewältigung persönlicher Erfahrungen vollzog sich auf der Basis literarischer Vorlagen. Anmerkungen in den Rohmanuskripten lassen erkennen, daß sich Turgenjew bei der Darstellung der abwartend-passiven Haltung des Erzählers N. und der naiven Zielstrebigkeit des Mädchens Asja leiten ließ von Alexander Puschkins ›Eugen Onegin‹ (1833). In dem romantischen Verspoem steht dem zunächst gleichgültigen Verhalten des Eugen

Onegin die Aufrichtigkeit der Tatjana gegenüber; in einem Brief gesteht sie Onegin ihre Liebe. Im Verlaufe seiner Arbeit emanzipierte sich Turgenjew weitgehend von seinen literarischen Assoziationen und eliminierte so beispielsweise in Gagins an den Erzähler gerichteten Bemerkung über seine Halbschwester, »Es wäre möglich, daß sie Ihnen einen *Brief* schreibt«, den direkten Hinweis auf Puschkins Tatjana; nun heißt es: »... daß sie ... Ihnen eine *Zusammenkunft* vorschlüge« (vgl. S. 42). Im endgültigen Text werden die Analogien zu literarischen Vorlagen durch die Figuren selbst hergestellt. Im Beisein von Gagin und Asja liest der Erzähler N. aus Puschkins ›Eugen Onegin‹ und aus Goethes ›Hermann und Dorothea‹; nun scheint sich Asja selbst mit diesen Frauengestalten zu identifizieren (vgl. S. 23 u. S. 34).

Auf einen weiteren, nicht explizierten literarischen Einfluß bei der Gestaltung des Mädchens Asja weist der Literarhistoriker Peter Brang hin. Details in Asjas Verhalten sowie einzelne Motive lassen sich zurückführen auf die Gestalt der Mignon aus Goethes Roman ›Wilhelm Meister‹. Beide knabenhaft anmutenden, rätselhaften Figuren kennzeichnet nervöse Lebhaftigkeit; die Schnelligkeit ihrer Bewegungen erweist sich als Zeichen ihrer Scheu: Asja verkriecht sich »hinter den Bücherschrank« (S. 27), Mignon flüchtet sich, ehe man sich dessen versieht, auf den Schrank. Waghalsig klettert Asja »wie eine Geiß« (S. 17) auf einen Mauervorsprung einer Burgruine; von dem Mädchen Mignon heißt es, es sei »bei seinem Klettern zwischen den Felsen verunglückt«. Bei beiden Gestalten wird das Klettermotiv zum Vogelmotiv gesteigert; während Mignon bemerkt: »Wie beneidenswert sind Vögel ...«, sagt Asja zum Erzähler N.: »Wären wir beide Vögel – wie wollten wir uns da aufschwingen ...« (S. 34). Beide Charaktere sind geprägt durch einen schillernden Kontrast von femininer Leidenschaftlichkeit und kindlichem Betragen; angstvoll klammern sie sich an ihren Beschützer angesichts einer drohenden Trennung: Wilhelm zu Mignon: »Mein Kind was ist dir? ... sie warf sich ihm wie ein Ressort, das zuschlägt, um den Hals«. – Gagin zu Asja: »Was fehlt dir? ... Sie warf sich mir um den Hals ...« (S. 41). Eine weitere deutlich markierte, doch weniger gelungene Goethe-Reminiszenz enthält das erste Kapitel der Novelle. Hier assoziiert der Erzähler bei seiner im Ausruf »Gretchen« gipfelnden Beschreibung der abendlichen Szenerie des Rheinstädtchens mit den beleuchteten Fenstern offensichtlich jene Szene aus Goethes

›Faust‹, in der sich Faust und Mephistopheles heimlich in Margarethes Stube schleichen (vgl. S. 8).

Trotz dieser Vielfalt literarischer Bezüge bleiben auch in der Novelle ›Asja‹ die konstanten Merkmale Turgenjewscher Darstellung von Liebesepisoden erhalten. Wieder taucht im Zusammenhang mit der sinnlichen Liebe das Motiv der Unterwerfung auf, als sich der Erzähler N. an die junge Witwe erinnert, die ihn »ins Herz getroffen« hat und berichtet: »Sie war sehr hübsch und klug, kokettierte mit jedem – und auch mit mir armem Burschen –, anfangs hatte sie mich sogar ermuntert, nachher aber tief *gekränkt*, indem sie mich einem rotbackigen bayerischen Leutnant *opferte.*« (S. 8) Dieser vom Erzähler N. als Entwürdigung erlebten Liaison ist das entscheidende Jugenderlebnis mit Asja als ein Beispiel für eine mögliche reine Liebe übergeordnet, die auch hier freilich an der Unentschlossenheit und Passivität, der charakterlichen und seelischen Disposition des Mannes scheitern muß. Doch im Gegensatz zu dem ›Lied der triumphierenden Liebe‹ kommt in der Novelle ›Asja‹ dieser Hierarchie kaum Bedeutung zu. Im Mittelpunkt steht vielmehr die versäumte Chance, der Versuch des zwischen Distanz und Betroffenheit schwankenden Erzählers N., sich Rechenschaft über die Entwicklung seiner Gefühle zu Asja abzulegen. In den Reflexionen und Erinnerungen des Erzählers wird das zu spät erkannte Gefühl der Liebe in seiner Vielschichtigkeit durchleuchtet und in einzelne Komponenten zerlegt. Das zunächst eher sachliche Interesse an dem eigenartigen Paar Gagin und Asja und an der Lebensgeschichte des Mädchens, die Faszination ob ihres rätselhaften Charakters, Irritationen und schließlich sogar Furcht vor ihrer naiven Leidenschaftlichkeit erweisen sich als Elemente der Liebe, die der Erzähler nicht zu realisieren imstande war.

Die Unfähigkeit des Erzählers N., im Bewußtsein seiner Liebe sich Asja gegenüber angemessen zu verhalten, stand auch im Zentrum der zeitgenössischen Kritiken und Rezensionen der Novelle. Doch interpretierte man die Figur des Erzählers N. primär unter sozialpsychologischen und politischen Aspekten. So schrieb beispielsweise N. G. Tschernyschewskij in seinem berühmten Essay ›Ein Russe beim Rendezvous‹: »Die Niederträchtigkeit, die er begeht, hätten auch sehr viele andere, sogenannte anständige oder bessere Leute unserer Gesellschaft begangen.« und fährt dann, die Passivität des Helden auf politisches Handeln beziehend, fort: »das ist nichts anderes als ein

Symptom einer epidemischen Krankheit, die sich in unserer Gesellschaft festgesetzt hat.«

Während ›Asja‹ lebhaft diskutiert wurde, schenkte die russische Kritik der Novelle ›Eine Unglückliche‹ (1868) kaum Beachtung. Im Turgenjewschen Schaffen jener Jahre nimmt diese Erzählung eine Sonderstellung ein, obgleich sich auch in ihr die Liebe als ein Mißverständnis erweist und sich die Gefühle des Mannes, des charmanten, nonchalanten Fustow, als oberflächlich herausstellen. Wie in vielen anderen Liebesepisoden wird auch hier der Wunsch der Frau nach Erfüllung in der ehelichen Liebe verbunden mit einer weit über die Partnerschaft selbst hinausgehenden Hoffnung auf persönliche Selbstverwirklichung. Doch während beispielsweise in Turgenjews Roman ›Rudin‹ Natalja die eheliche Zukunft gleichzeitig als Beginn eines politisch aktiven Lebens betrachtet, resultiert Susannas Liebe ausschließlich aus dem Leiden; sie setzt auf Fustow ihre »letzte Hoffnung« (vgl. S. 139), um ihrem unmenschlichen Milieu entfliehen zu können.

Die Intensität von Susannas tragisch scheiternder Liebe zu Fustow erhält ihre Deutung durch die umfangreiche in Form einer Beichte vorgestellte Lebensgeschichte des Mädchens. Mit erschütternder Kontinuität reihen sich in ihrem Leben soziales Unrecht und subjektive Bösartigkeiten aneinander, Unterdrükkung und Willkür scheinen zu eskalieren: Hatte Susannas natürlicher Vater, der Gutsherr Iwan Koltowskoj seine Vaterschaft verleugnet und der Ordnung halber Susannas Mutter wider ihren Willen mit dem Verwalter des Gutes verheiratet, so stellt sein Nachfolger, sein Bruder Semjon Koltowskoj, nun dem Mädchen lüstern nach und ihr geldgieriger Stiefvater Iwan Ratsch scheint sogar nach ihrem Leben zu trachten. Letztlich steht auch Fustow mit seiner galanten Oberflächlichkeit in der Reihe dieser Gestalten, und bereits am Anfang der Novelle macht Turgenjew auf eine Analogie in Charakter und Geschmack zwischen Fustow und Ratsch aufmerksam: sie spielen zusammen ein Duett für Fagott und Zither und freuen sich über ihre derben, dissonanten Töne ebenso wie sie auch Potpourris aus der Oper ›Robert der Teufel‹ schätzen; für beides zeigt Susanna kein Verständnis. Gerade dieser schon zu Beginn der Erzählung markierte Wesensunterschied zwischen der Beethoven-Sonaten spielenden Susanna und dem Zither zupfenden Fustow läßt im Kontext mit der Lebensgeschichte des Mädchens ihre Liebe zu Fustow als eine Art Verzweiflungstat erscheinen.

Von anderer Qualität freilich ist die Geschichte in der Geschichte, Susannas Schilderung ihrer Liebe zu Michail, dem Sohn des Semjon Koltowskoj. Vor dem Hintergrund sozialer Ungerechtigkeit und Willkür scheint mit dieser Liebe für einen kurzen Augenblick die utopische Möglichkeit von Glück und Erfüllung auf.

Auch in dieser Novelle bezieht sich Turgenjew wieder auf Puschkins ›Eugen Onegin‹, wenn er den Erzähler, als sich Susanna an das Fenster setzt, bemerken läßt »wie Tatjana« (S. 64); denn eben in Puschkins Verspoem ist der Platz am Fenster Symbol für Tatjanas Einsamkeit in ihrer eigenen Familie. Besonders interessant ist allerdings die Beziehung der Novelle ›Eine Unglückliche‹ zu einigen Werken Dostojewskijs. Auch die Entstehung der Erzählung hängt zusammen mit dem Verhältnis der beiden Schriftsteller zueinander.

Im Juli 1867, als Dostojewskij Turgenjew in Baden-Baden besuchte, kam es wegen des von Turgenjew soeben erschienenen Romans ›Rauch‹ zum Streit. Dostojewskij beschuldigte Turgenjew der Germanophilie und der Russophobie und riet ihm – nach Aussagen von Augenzeugen – »sich aus Paris ein Fernrohr kommen zu lassen«, um damit angemessener die russische Realität betrachten und darstellen zu können. Während dann Dostojewskij in seinem 1871 verfaßten Roman ›Dämonen‹ in der Gestalt des alternden Dichters Karmazinow Turgenjews politische Ansichten und schriftstellerische Manier bissig karikierte, bekannte Turgenjew, daß ihm das Dostojewskijsche Werk mit seiner »Chaotik« und seinem »Krankenhausgestank« unerträglich sei. Erst 1880 kam es zur Aussöhnung. Ein Jahr nach dem Zerwürfnis begann Turgenjew mit seiner Erzählung die ›Unglückliche‹.

Es mutet fast wie ein Versuch an, Dostojewskijs Vorwurf widerlegen zu wollen, wenn er nun seine lyrisch-romantische Darstellungsweise verläßt und sich bei der Gestaltung der Figuren, ihrer Konstellation und bei den das Geschehen markierenden Situationen an typischen Elementen des Dostojewskijschen Werken orientiert. Das früh verwaiste Mädchen aus einer Künstlerfamilie, die entwürdigende gesellschaftliche Situation eines unehelichen Kindes, die demutsvoll leidende Mutter, die Nachstellungen des grausamen Onkels, des betagten Lüstlings, Verrat und Intrige, der Skandal während des Totenschmauses und schließlich die düstere Stadtatmosphäre – all dies sind Bausteine in Dostojewskijs Romanen ›Erniedrigte und Beleidigte‹

und ›Netotschka Neswanowna‹. Mit letzterem ist Turgenjews Novelle auch noch mit einem kleinen Detail verbunden; in beiden wird Walter Scotts ›Ivanhoe‹ erwähnt. Die für Turgenjew relativ große Anzahl von handelnden Personen und die verwikkelte Fabel erinnern ebenfalls an Dostojewskij. In der ursprünglichen Fassung war die Analogie in einem sehr entscheidenden Punkt noch deutlicher. Dort fehlte nämlich der letzte Abschnitt, in dem der Erzähler klar zum Ausdruck kommen läßt, daß Susanna Selbstmord begangen habe (vgl. S. 139). Ohne diese Passage wäre letztlich ihr Tod ungeklärt geblieben, und das Romangeschehen hätte sich – wie so oft bei Dostojewskij – einer objektiven Deutung entzogen. Turgenjew, der nach Fertigstellung seiner Erzählung diese im Kreise der Viardots vorgelesen hatte, mußte sich von Pauline sagen lassen, daß sie die ›Unglückliche‹ »zu dunkel« finde. Leider akzeptierte Turgenjew Paulines Kritik und milderte mit der Schlußpassage den finsteren Eindruck der Novelle.

Während sich Turgenjew selbst in der Folgezeit etwas von seiner Erzählung distanzierte – »wegen der übermäßigen Pathologie«, wie er in einem Brief an Paul Heyse bemerkte – fand die Novelle in Frankreich großen Anklang. P. Merimée schrieb im Mai 1869 nach der Lektüre des russischen Originals: »Ich finde die Erzählung hervorragend, doch sollte man sie nicht Nachts lesen.« Nach der Publikation der französischen Übersetzung im Jahre 1873 lobte sie Maupassant als eine der besten von Turgenjews Erzählungen. Ähnlich wertete sie auch Flaubert im Mai 1873 in einem Brief an George Sand.

Dem Angedenken Flauberts ist die überaus formstrenge Renaissancenovelle ›Das Lied der triumphierenden Liebe‹ (1881) gewidmet. Dies ist die einzige Liebesgeschichte in Turgenjews Werk, in der der Dichter – mit dem Schillerschen Motto explizit darauf hinweisend – »zu irren und zu träumen« wagt (vgl. S. 140) und nun auch auf bezeichnende Weise abweicht von dem für viele Novellen so typischen Grundmuster: Nicht der schwache Held, sondern die Frau gerät hier in den verhängnisvollen Bann sinnlicher Leidenschaft; Valeria unterwirft sich sklavisch dem finsteren Mucius. In ihrem Ehebruch findet sie schließlich – und auch das ist einzig in den Turgenjewschen Erzählungen – jene glückliche Erfüllung, die ihr in der Ehe mit Fabius versagt geblieben ist (vgl. S. 159). Hatte Turgenjew in früheren Novellen das natürliche Bedürfnis nach sinnlicher Erfüllung stets bedingungslos in die Schranken kultureller Werte und Normen gewiesen, so hebt er hier diese Restriktion auf, ohne allerdings die beiden Bereiche, Kultur und Natur, im Verlauf des Novellengeschehens kollidieren zu lassen: Ohne Chance, sich ihres Handelns bewußt zu werden, begeht Valeria im Bann der Hypnose Ehebruch; der Gatte tröstet die Unglückliche. Nur durch den Rückgriff auf das Phänomen der Hypnose bleibt der Gegensatz von Kultur und Natur, von Wach- und Unterbewußtsein abstrakt und aus dem Kontext realer sich stets als Vermittlung dieser Gegensätze vollziehenden Erfahrung ausgegliedert.

Das ›Lied der triumphierenden Liebe‹ mit seiner Transformation eines für Turgenjews Liebesgeschichten typischen Musters basiert auf verschiedenen literarischen Quellen. Zum einen mag A. Schopenhauers ›Versuch über das Geistersehen‹ zur Entstehung dieser Novelle beigetragen haben; denn hier beschreibt Schopenhauer im Zusammenhang mit der Hypnose die Möglichkeit, »daß, während die eigenen Sinne der Hellseherin jedem Eindruck unzugänglich sind, sie mit denen des Magnetiseurs empfindet ... und sogar die Musik, die in einem von ihr entfernten Zimmer des Hauses vor seinen Ohren erschallt, mithört.« – ein Phänomen, dem in Turgenjews Novelle zentrale Bedeutung zukommt. Auf eine andere literarische Quelle wies bereits 1919 der sowjetische Literaturkritiker M. O. Gerschenson hin: auf Edward Bulwer-Lyttons Roman ›A Strange Story‹ (1862). In einem analogen Dreiecksverhältnis gibt sich auch dort die Frau im Bann der Hypnose dem Liebhaber hin; und orientalische Lieder spielen ebenfalls eine wichtige Rolle. Darüber hinaus spiegelt sich eine allgemeine Tendenz der englischen und besonders der französischen Literatur in Turgenjews Novelle wider: die Faszination an der exotischen Pracht des Orients.

›Das Lied der triumphierenden Liebe‹ zeichnet sich durch eine sowohl für Turgenjews Werk als auch fur die russische Literatur jener Zeit ungewöhnliche formale Strenge aus. Turgenjew selbst hatte in einem Brief an Stasjulewitsch (März 1881) davon gesprochen, in dieser »italienischen Novelle« die Stilisierung bis in das kleinste Detail hinein durchzuführen. Und konsequent versucht er, die Fiktion, es handele sich um eine Handschrift aus dem 16. Jahrhundert, stets aufrecht zu erhalten. Nicht nur mit exakten Orts- und Zeitangaben und Anspielungen auf Zeitereignisse wird die historische Distanz zum Geschehen gewahrt, sondern vor allem durch sprachliche Mittel, durch historisierende Wortwahl und Satzkonstruktionen – was allerdings in der deutschen Übersetzung nicht mehr so deutlich zum Ausdruck kommt. Entrückt muten auch die handelnden Personen an; sie erscheinen nicht als individuelle Charaktere, sondern als Figuren, eingereiht in die Pracht und Fülle toter Gegenstände.

Diese Gestaltungsweise ist eine Hommage an G. Flaubert, mit dem Turgenjew persönlich bekannt war und dessen ebenfalls sehr stilisierten und formstrengen Erzählungen ›Die Legende von Julian dem Gastfreien‹ und ›Herodias‹ er 1877 ins Russische übersetzt hatte. Auch auf Turgenjews ›Lied der triumphierenden Liebe‹ trifft zu, was der Romanist Hugo Friedrich über Flauberts ›Herodias‹ bemerkte: »Die Ausgewogenheit und Strenge des Stils zeigt den Abstand, der zwischen Gegenstand und Darsteller durch den Vorgang der künstlerischen Objektivierung gelegt wird.« Und es ist wohl kein Zufall, daß Turgenjew in der einzigen Novelle, in der er zu träumen und zu irren und die Restriktionen gegenüber der sinnlichen Liebe aufzuheben wagt, mit Flaubertscher Strenge den Abstand zum Gegenstand in einer in keiner anderen Erzählung wiederkehrenden Weise steigert.

Obwohl der Publizist N. K. Michajlowskij die Novelle als eine »sehr dürftige Geschichte aus dem Bereich der niedrigen Instinkte« betrachtete, reagierte, entgegen Turgenjews Befürchtungen, der überwiegende Teil der russischen Kritiker positiv. Man lobte vor allem die formalen Qualitäten der Erzählung. Der Literaturkritiker W. Tschujko schrieb beispielsweise: »Das ist ein Poem besonderer Art, ein lyrischer Ausbruch, der wertvolle Schätze in sich birgt. Als einer dieser Schätze erscheint die unglaubliche Schönheit der Sprache ...«

Jurij Murašov

ZEITTAFEL

1818 Am 9. November als Sohn des Husarenoffiziers Sergej Nikolajewitsch Turgenjew im Gouvernement Orjol geboren.

1827 Von ihrem Gut, Spasskoje-Lutowiniwo, siedelt die Familie nach Moskau über. Iwan S. Turgenjew besucht zunächst ein Pensionat, dann erhält er Privatunterricht.

1833 Beginn des Studiums an der Moskauer Universität.

1834 Übertritt an die St. Petersburger Universität (Philosophische Fakultät). Beendet die Verserzählung *Steno.*

1837 Kandidaten-Examen an der St. Petersburger Universität.

1838 Das Gedicht *Der Abend.* September: Reise nach Berlin; Besuch von Vorlesungen an der Berliner Universität.

1840 Reise nach Italien und Deutschland; in Berlin Studium der Hegelschen Philosophie (zusammen mit M. Bakunin).

1841 Rückkehr nach Moskau. Die Gedichte *Der alte Gutsbesitzer* und *Ballade.*

1842 Erlangung des Magister-Grades an der St. Petersburger Universität. Geburt seiner unehelichen Tochter Pelageja (Polina). Bekanntschaft mit A. Herzen. Deutschlandreise.

1843 Bekanntschaft mit dem Literaturkritiker W. G. Belinskij. Beginn der lebenslangen Freundschaft zu der Sopranistin Pauline Viardot-Garcia; ihre Familie übernimmt später die Erziehung von Turgenjews Tochter. Anstellung im Innenministerium (bis 1845). Die Verserzählung *Parascha* und das Drama *Eine Unvorsichtigkeit.*

1844 Weitere Gedichte. Erste Prosaerzählung *Andrej Kolosow.*

1845 Die Verserzählung *Das Gespräch.* Reise nach Frankreich; zurück in St. Petersburg: Bekanntschaft mit F. M. Dostojewskij.

1846 Gedichte und Verserzählungen *(Andrej, Der Gutsbesitzer).* Die Erzählung *Drei Porträts* und das Drama *Geldnot.* Byron- und Goetheübersetzungen.

1847 Reise nach Deutschland und Frankreich (zum Teil gemeinsam mit W. G. Belinskij). Im Laufe dieses Jahres und der folgenden vier Jahre erscheinen in der Zeitschrift »Der Zeitgenosse« die *Aufzeichnungen eines Jägers.*

1848 Zweijähriger Parisaufenthalt. Die Erzählung *Petuschkow.*

1849 Uraufführung der Dramen *Der Junggeselle* und *Das Frühstück beim Adelsmarschall.* Das Drama *Der Kostgänger* wird von der Zensur verboten.

1850 Das Drama *Ein Monat auf dem Lande.* Im Juni Rückkehr nach Rußland, im Oktober erneute Auslandsreise. Tod der Mutter.

1851 Lebt in Moskau, St. Petersburg und auf seinem Gut Spasskoje.

1852 Verschiedene Rezensionen und die Erzählungen *Drei Begegnungen, Mumu* und *Der Posthof.* Verfaßt einen Nachruf auf den

Dichter N. Gogol. Im April verhaftet und auf sein Gut Spasskoje verwiesen. Als zweibändiger Sammelband erscheinen die *Aufzeichnungen eines Jägers.*

1853 Die Erzählung *Zwei Freunde.* Erhält im Dezember die Erlaubnis, das Gut Spasskoje wieder zu verlassen.

1854 Die Erzählung *Windstille.* In Paris erscheinen die *Aufzeichnungen eines Jägers* in franz. Übersetzung.

1855 Fertigstellung von *Rudin* und nach einer ersten Lesung des Romans Überarbeitung des Manuskripts. Bekanntschaft mit Leo Tolstoi.

1856 Veröffentlichung der Erzählungen *Ein Briefwechsel* und *Faust* und des Romans *Rudin.* Besucht V. Hugo in Paris.

1857 Publikation des Dramas *Der Kostgänger* und der Erzählung *Die Fahrt in die Waldregion.* Erneute Auslandsreise.

1858 Die Erzählung *Asja.* März–Juni: Reise nach Italien, dann nach Wien, London, Paris. Arbeit am Roman *Adelsnest.*

1859 *Adelsnest* erscheint. Mai–September: Auslandsaufenthalt.

1860 Der Essay *Hamlet und Don Quixote,* der Roman *Am Vorabend* und die Erzählung *Erste Liebe* erscheinen. Der Schriftsteller I. A. Gontscharow klagt Turgenjew des Plagiats an; das Verfahren endet mit Freispruch. Im Mai einjährige Auslandsreise. Erklärt seine Mitarbeit bei der radikal-demokratischen Zeitschrift »Der Zeitgenosse« für beendet. Ernennung zum korrespondierenden Mitglied der Akademie der Wissenschaften in St. Petersburg.

1861 Zerwürfnis mit Leo Tolstoi. Im September: Auslandsreise.

1862 Publikation des Romans *Väter und Söhne.* Im Juni Rückkehr nach Rußland, im August erneute Abreise ins Ausland.

1863 Lebt im Ausland, wählt Baden-Baden zum ständigen Wohnsitz. Übersetzt A. Puschkins *Eugen Onegin* ins Französische.

1864 Die Erzählung *Gespenster.* Aussöhnung mit I. A. Gontscharow. Wegen ideologischer Differenzen Bruch mit A. Herzen.

1865 Lebt in Baden-Baden. Parisbesuche. Juni–Juli: Reise nach Rußland. Gebrüder Salajew geben Turgenjews Gesammelte Werke heraus (hier erstmals die Erzählung *Genug*).

1866 Publikation der Erzählung *Der Hund.*

1867 März–April: Reise nach Rußland. Der Roman *Rauch* erscheint; P. Mérimée betreut die französische Übersetzung des Romans. Aussöhnung mit A. Herzen, Differenzen mit F. M. Dostojewskij.

1868 Die Erzählungen *Der Brigadier* und *Die Geschichte des Leutnants Jergunow.* Juni–Juli: Aufenthalt in Rußland.

1869 Die Erzählung *Eine Unglückliche* erscheint.

1870 Die Erzählungen *Eine seltsame Geschichte* und *Ein König Lear der Steppe.* Juni–Juli: Reise nach Rußland.

1871 Die Erzählung *Stuck, Stuck, Stuck.* Reise nach Rußland.

1872 Bekanntschaft mit G. Flaubert. Mai–Juni: Aufenthalt in Rußland. Die Erzählung *Frühlingsfluten.*

1873 Bekanntschaft mit George Sand.
1874 Publikation der Erzählungen *Punin und Bunin* und *Es klopft.* Teilnahme an den regelmäßigen Zusammenkünften der Literaten G. Flaubert, E. Goncourt, E. Zola, A. Daudet. Mai–Juli: Reise nach Rußland.
1876 Veröffentlichung der Erzählung *Die Uhr.*
1877 Die Erzählungen *Der Traum, Vater Alexejs Erzählung* und der Roman *Neuland* erscheinen. Turgenjew übersetzt Flauberts *Herodias* und die *Legende von Sankt Julianus dem Gastfreien* ins Russische. *Neuland* erscheint in französischer Übersetzung.
1878 Im Juni Teilnahme am Internationalen Literaturkongreß in Paris. Während seines Rußlandaufenthalts (August, September) Aussöhnung mit Leo Tolstoi.
1879 Februar-März: Aufenthalt in Rußland. Die »Gesellschaft der Freunde der russischen Literatur« und die »St. Petersburger Künstlervereinigung« verleihen Turgenjew die Ehrenmitgliedschaft, die Universität Oxford die Ehrendoktorwürde.
1880 Eine zehnbändige Werkausgabe erscheint. Während des Rußlandaufenthaltes (Februar–Juli) Teilnahme an den Vorbereitungen und der Durchführung der Puschkin-Feierlichkeiten.
1881 *Das Lied der triumphierenden Liebe;* fast gleichzeitig erscheint die Erzählung in deutscher und französischer Übersetzung.
1882 Redigiert eine geplante Ausgabe der Gesammelten Werke, publiziert die *Gedichte in Prosa.* Beginn einer schweren Krankheit.
1883 Die Erzählung *Klara Militsch* erscheint. Diktiert Pauline Viardot auf Französisch die Erzählung *Brand auf dem Meer* und in verschiedenen Sprachen die Erzählung *Das Ende.* Am 3. September stirbt Iwan S. Turgenjew in Paris.

(Die Daten der Zeittafel sind nach dem Kalender neuen Stils angegeben.)

LITERATURHINWEISE

Bibliographien

Bibliografija literatury o I. S. Turgeneve 1918–1867. Akad. nauk SSSR. Leningrad 1970.

Efimova, E. M.: I. S. Turgenev. Seminarij. Leningrad 1958.

Ščipunov, P.: Ivan Sergeevič Turgenev (1818–1883). Kratkij rekomendatel'nyj ukazatel' literatury. Leningrad 1953.

Kleman, M.: Chronologičeskij ukazatel' literaturnych rabot i zamyslov I. S. Turgneva. Leningrad 1934.

Ausgaben

I. S. Turgenev: Asja. St. Petersburg 1858 (in: »Sovremennik«, Nr. 1/1, S. 39–84). – Moskau/Leningrad 1964 (In: Poln. sob. soč., Bd. 7, S. 71–122, hrsg. v. M. P. Alekseev, A. S. Bušmin, N. V. Izmajlov, Ju. G. Oksman).

Nesčastnaja. Moskau 1869 (in: »Russkij vestnik«, Nr. 1, S. 37–112). – Moskau/Leningrad 1965 (in: Poln.sob.soč., Bd. 10, S. 71–160).

Pesn' toržestvujuščej ljubvi. St. Petersburg 1881 (in: »Vestnik Evropy«). – Moskau/Leningrad 1967 (in: Poln. sob. soč. Bd. 13).

Übersetzungen

Asja, anon. Mitau 1869 (in: Ausgewählte Werke, Bd. 2). – Dass., L. Rubiner. München 1914 (in: Sämtliche Werke, Bd. 5). – Dass., anon. Saarbrücken 1948.

Eine Unglückliche, M. V. Pezold. Berlin 1869. – Dass., anon. Mitau 1869 (in: Ausgewählte Werke, Bd. 2). – Dass., W. Lange, Leipzig 1873.

Das Lied der triumphierenden Liebe, anon. Leipzig 1882. – Dass., Johannes von Günther. München 1924. – Dass., R. V. Walter. München 1925 (in: Sämtliche Werke, Bd. 9). – Dass., Ena von Baer. München o. J.

Zu Leben und Werk

Brang, P.: I. S. Turgenev. Sein Leben und sein Werk. Wiesbaden 1977.

Ders.: Zu Turgenevs ästhetischem Credo. In: Slavistische Veröffentlichungen d. Osteuropa-Instituts d. FU Berlin, Bd. 9. Berlin 1956, S. 83–90.

Freeborn, R.: Turgenev. The novelist's novelist. A study. Oxford 1960.

Granjard, H.: Ivan Tourguénev et les courants politiques et sociaux de son temps. Paris 1954.

Hock, E.: Turgenev und die deutsche Literatur. Ein Beitrag zur Literatur- und Geistesgeschichte des 19. Jahrhunderts. Göttingen 1953.

Holthusen, J. (Hrsg.): Beiträge und Skizzen zum Werk Ivan Turgenevs. München 1977. In: Slavistische Beiträge, Bd. 116.

Kurljandskaja, G. B.: I. S. Turgenev i russkaja literatura. Učebnoe posobie dlja studentov. Moskau 1980.
Laage, K. E.: Theodor Storm und Iwan Turgenev. Persönliche und literarische Beziehungen, Einflüsse, Briefe, Bilder. Heide 1967. In: Schriften der Theodor-Storm-Gesellschaft, Bd. 16.
Magarshack, D.: Turgenev. A life. London 1954.
Moser, Ch.: Ivan Turgenev. New York/London 1972.
Nierle, M.: Die Naturschilderung und ihre Funktion in Versdichtung und Prosa von I. S. Turgenev. Studien zur Geschichte der Russischen Literatur des 19. Jahrhunderts. Bad Homburg/Berlin/Zürich 1969.
Ozdrovsky, M.: The plays of Turgenev in relation to nineteenth century European und Russian drama. Ann Arbor/Mich. 1972.
Petrov, S.: I. S. Turgenev. Žizn' i tvorčestvo. Moskau 1968.
Pritchett, V.: The gentle barbarian. The life and work of Turgenev. London 1977.
Schapiro, L. B.: Turgenev, his life and times. Oxford 1978.
Schütz, K.: Das Goethebild Turgeniews. Bern 1952.
Tschižewskij, D. u. a.: Gogol'–Turgenev–Dostoevskij–Tolstoj. Zur russischen Literatur des 19. Jahrhunderts. München 1966.
Turgenev v russkoj kritike. Sbornik statej. Moskau 1953.
Yarmolinsky, A.: Turgenev. The man, his art and his age. New York 1953.
Ziegengeist, G. (Hrsg.): Turgenev und Deutschland. Materialien und Untersuchungen. Berlin 1965.

Zu den Erzählungen

Backés, J. L.: L'abandonnée. Paris 1964. In: Revue des Etudes Slaves, Bd. 43, S. 43–57.
Černyševskij, N. G.: Russkij čelovek na rendez-vous. Moskau 1975. In: Sobranie sočinenij v pjati tomach, Bd. 3, S. 398–421.
Gabel', M.: Pesn' toržestvujuščej ljubvi. Opyt analiza. Leningrad 1923. In: N. L. Brodskij (Hrsg.): Tvorčeskij put' Turgeneva.
Kurljandskaja, G. B.: Struktura povesti i romana I. S. Turgeneva 1850–ch godov. Tula 1977.
Maurois, A.: Tourguéniev. Paris 1952.
Muratov, A. B.: Povest' Turgeneva »Pesn' toržestvujuščej ljubvi«. Budapest 1975. In: Studia Slavica Academiae Scientiarum Hungaricae, Bd. 21, S. 123–137.
Ders.: Povesti i rasskazy I. S. Turgeneva 1867–1871 godov. Leningrad 1980. S. 118–165.
Trautmann, R.: Zu Form und Gehalt der Novellen Turgenevs. Leipzig 1942.

dtv weltliteratur

2029 Maxim Gorki:
Foma Gordejew
Eine Beichte
Das Werk
der Artamonows*

2032 Romain Rolland:
Johann Christof
3 Bände*

2033 Heinrich von Kleist:
Sämtliche Erzählungen
und Anekdoten

2034 Gottfried Keller:
Der grüne Heinrich
Erste Fassung*

2035 Maxim Gorki:
Konowalow und
andere Erzählungen*

2036 Charles Dickens:
Große Erwartungen
Mit 21 Illustrationen
von F. W. Pailthorpe*

Märchen der Welt*
2037 Band 1
Südeuropa
2038 Band 2
Mittel- und Nordeuropa
2039 Band 3
Amerika
2040 Band 4
Asien
2041 Band 5
Afrika und Ozeanien

2043 Fjodor M. Dostojewskij:
Die Brüder Karamasow*

2045 Leo N. Tolstoi:
Anna Karenina*

2047 Margarete von Navarra:
Das Heptameron*

2048 Johann Wolfgang Goethe:
Die Leiden des jungen
Werther
(Hamburger Ausgabe)

2049 Robert Louis Stevenson:
Die Abenteuer des
David Balfour*

2050 Wilhelm Hauff:
Sämtliche Märchen

2051 Fritz Reuter:
Autobiographische
Romane*

2052 Maxim Gorki:
Der Vagabund und andere
Erzählungen*

2053 Jean Paul:
Flegeljahre*

2054 Fjodor M. Dostojewskij:
Der Jüngling*

2055 Fritz Reuter:
Das Leben im Paradiese*

2056 Achim von Arnim:
Erzählungen

2057 Herman Melville:
Moby Dick*

*) Dünndruck-Ausgabe

dtv weltliteratur

2058 Fjodor M. Dostojewskij: Erniedrigte und Beleidigte Aufzeichnungen aus einem toten Hause*

2059 Edgar Allan Poe: Detektivgeschichten

2060 Miguel de Cervantes: Don Quijote mit 24 Illustrationen von Grandville*

2061 Die schönsten Geschichten aus Thule

2062 Charles Dickens: Oliver Twist Mit 23 Illustrationen von Cruikshank*

2063 Carmina Burana Zweisprachige Ausgabe*

2064 Nathaniel Hawthorne: Der scharlachrote Buchstabe

2065 Georg Büchner: Werke und Briefe

2066 Theodor Fontane: Vor dem Sturm*

2067 Johann Wolfgang Goethe: Die Wahlverwandtschaften (Hamburger Ausgabe)

2068-2073 Plutarch: Große Griechen und Römer. 6 Bände

2074 Johann Wolfgang Goethe: Faust I und II

2075 Gustave Flaubert: Madame Bovary*

2076 Iwan A. Gontscharow: Oblomow*

2077 Deutsche Lyrik vom Barock bis zur Gegenwart*

2078 François Villon: Das große Testament Zweisprachige Ausgabe Mit 39 Illustrationen von M. Vallazza

2079 Theodor Fontane: Frau Jenny Treibel

2080 Mark Twain: Leben auf dem Mississippi

2081 Fjodor M. Dostojewskij: Der Spieler

2082 Heinrich Heine: Atta Troll Deutschland. Ein Wintermärchen

2083 Oscar Wilde: Das Bildnis des Dorian Gray

2084 Aristophanes: Sämtliche Komödien*

2085 Richard Wagner: Die Musikdramen*

*) Dünndruck-Ausgabe

dtv weltliteratur

2001 Honoré de Balzac:
Tolldrastische Geschichten
Mit 425 Illustrationen von Gustave Doré*

2004 Hans Jakob Christoffel von Grimmelshausen:
Der Abenteuerliche Simplicissimus Teutsch*

2005 Stendhal:
Rot und Schwarz*

2006 Honoré de Balzac:
Verlorene Illusionen*

2007 Maxim Gorki:
Autobiographische Romane*

2008 Emile Zola:
Nana*

2009 Alexander S. Puschkin:
Erzählungen*

2010 Charles de Coster:
Thyl Ulenspiegel
Mit 150 Holzschnitten von Frans Masereel*

2011 Fjodor M. Dostojewskij:
Der Idiot*

2012 Honoré de Balzac:
Szenen aus dem Privatleben*

2014 Robert L. Stevenson:
Der Selbstmörderclub und andere Erzählungen*

2015 Mark Twain:
Tom Sawyer und Huckleberry Finn*

2016 Honoré de Balzac:
Glanz und Elend der Kurtisanen*

2017 Maxim Gorki:
Die Menschen
Die Mutter*

2018 Adalbert Stifter:
Der Nachsommer*

2019 Fritz Reuter:
Das Leben auf dem Lande (Ut mine Stromdid)*

2020 E. T. A. Hoffmann:
Die Elixiere des Teufels
Lebens-Ansichten des Katers Murr*

2022 Charles Dickens:
Die Pickwickier
Mit 42 Zeichnungen von Seymour und Phiz*

2024 Fjodor M. Dostojewskij:
Schuld und Sühne*

2026 J. W. Goethe:
Wilhelm Meisters Lehrjahre*

2027 Fjodor M. Dostojewskij:
Die Dämonen*

2028 Charles Dickens:
Weihnachtserzählungen mit den Zeichnungen der Erstausgaben*

*) Dünndruck-Ausgaben

dtv weltliteratur

Aischylos:
Die Orestie
dtv 2086

Goethe:
Leben und Welt
in Briefen
dtv 2087

Goethe:
Gedichte
dtv 2088

Deutsches Lesebuch
Von Luther bis
Liebknecht
dtv 2092

August Strindberg:
Meisterdramen
dtv 2093

Wilhelm Raabe:
Die Akten des
Vogelsangs
dtv 2091

Božena Němcová:
Großmutter
dtv 2089

dtv